La mujer de ceniza y el hombre que no podía escribir

Rayo Guzmán

La mujer de ceniza y el hombre que no podía escribir
© Rayo Guzmán

© Angélica Alva, diseño de portada
© iStockphoto, imagen de portada

D.R. © Selector S.A. de C.V. 2016
Doctor Erazo 120, Col. Doctores,
C.P. 06720, México D.F.

ISBN: 978-607-453-471-9
Primera edición: marzo de 2017

Impreso en México
Printed in Mexico

Acerca tu boca a mis cenizas.
Sopla.
De ti depende el renacer de las llamas.

Alejandro Jodorowsky

1

—No puedo más. Estoy quemado. No puedo volver a escribir.

Sentada detrás de su enorme escritorio, Mercedes Ortiz voltea lentamente la cabeza, asimilando lo que acaba de escuchar. Se ha quedado sin aliento y se mueve inquieta sobre su sillón ejecutivo. No está preparada para una calamidad como esa. Es mucho lo que depende de la creatividad del escritor que tiene ante sí. Sabe muy bien que su propia carrera, su trabajo, están en gran medida en las manos de este hombre que acaba de declarar que atraviesa un periodo estéril; no es de extrañar que un sudor frío recorra la espalda de Mercedes.

Luego de unos instantes controla sus temores y logra hablar con voz clara y firme.

—Augusto, te conozco desde hace más de quince años y me parece normal lo que te está ocurriendo. A los escritores de vez en cuando se les fugan las ideas. ¡Viaja, come, bebe, coge, baila, haz lo que tengas que hacer y regresa con esa novela, que nos queda poco tiempo! —dice con falsa alegría para animarlo.

—No, Mercedes. No se trata de buscar un tema. Es algo más grave, no tengo inspiración —Augusto Montemayor se expresó en un tono tan fúnebre que la doctora de inmediato comprendió el tamaño de su embrollo.

—Entonces dime qué puedo hacer y te apoyo. ¿Quieres algún escritor de respaldo?

—¡Ni se te ocurra! ¡Primero muerto que dejar que otro escriba por mí! El problema está en mí y yo tengo que encontrar la solución.

—¿Y tienes alguna idea?

—Nada, por eso he venido a hablar contigo. Eres de mi entera confianza y sólo a ti te puedo hablar de esto.

Era la primera vez que Mercedes escuchaba a Montemayor atribulado y pesimista. Deambuló por su oficina con los brazos cruzados y la cabeza inclinada, buscando una solución entre sus ideas. En los ojos del escritor pudo leer la desolación, el desconsuelo, la seriedad de su conflicto. Esto era algo grave y había que darle salida pronto. El tiempo avanzaba y tenían encima muchos compromisos editoriales y de mercadotecnia. La esterilidad creativa de Augusto era un asunto espinoso.

Pero no era la primera vez que se enfrentaba a algo semejante. De manera inevitable recordó a otros escritores a los que había ayudado a salir de su esterilidad creativa. Tenía muchos años dentro de la industria editorial y conocía a la perfección una gran variedad de recursos para estimular a los autores de su catálogo. Mientras miraba a Augusto, toda su vida como editora pasó por su cabeza en un segundo.

Hacía más de tres décadas que trabajaba para esa empresa de edición. Siempre le había gustado leer, y desde sus últimos años de estudiante en la Facultad de Derecho comenzó a colaborar ahí como lectora de pruebas. Al terminar la carrera, en vez de ejercer como abogada, solicitó empleo fijo en la casa editora y la aceptaron de inmediato, pues hasta entonces había realizado un trabajo impecable como *free lance*. Comenzó su aprendizaje como editora a la sombra del experimentado director editorial de esa época, un hombre de unos sesenta años para quien los textos no entrañaban ningún misterio. Ahora ella era la directora editorial responsable del área literaria. Sonrió al darse cuenta de que en la actualidad, a pesar de todos los avances tecnológicos, el oficio de editor seguía aprendiéndose como se aprendían otros oficios en tiempos muy antiguos. Empezabas corrigiendo textos. Si mostrabas disposición e interés, el editor te permitía hacer algún dictamen; luego, ya te dejaba la revisión de estilo de una obra, que era la antesala para delegarte al fin la responsabilidad de la preparación de un libro. Así ibas ascendiendo poco a poco, pasando por todos los puestos intermedios entre el simple lector de pruebas y el más codiciado: la dirección editorial.

A pesar de que ahora existían cursos especiales y diplomados de edición, las cosas no habían sufrido mayores cambios. El editor seguía aprendiendo su oficio como cuando ella empezó.

Pero el mundo empresarial sí había cambiado mucho. Una transformación absoluta. Apenas un año atrás la editorial fue adquirida por un poderoso consorcio italiano de comunicaciones. Durante la fusión de ambas compañías despidieron a muchos compañeros suyos. Al nuevo presidente y a sus socios no les importaba la calidad de los libros que publicaba Mercedes. El único lenguaje que comprendían y apreciaban era el que se desprendía de las cifras de ventas. Y a Mercedes cada vez le costaba más encontrar libros ganadores, *best sellers*, y las presiones que recibía del consejo editorial de la empresa eran permanentes y casi insoportables.

Mercedes amaba su trabajo y no deseaba perderlo. Por eso era tan importante para ella encontrar una solución que ayudara a Augusto. Él solo, con su obra, representaba por sí mismo casi veinte por ciento de las ventas anuales de la editorial. Cada nuevo libro suyo incrementaba ese porcentaje hasta cerca de treinta por ciento durante la etapa de promoción. Sabía que no podía permitirse dejar de publicar su nueva novela en el siguiente semestre. Si no cumplía con el presupuesto anual que le había asignado la compañía, ya podía irse despidiendo de su empleo.

—Tenemos que pensar en algo de inmediato —miró al escritor directo a las pupilas y su tono de voz se tornó cauteloso—, y creo tener una solución. ¿Quieres saber de qué se trata?

—¡Claro, Mercedes! Estoy aquí porque necesito tu ayuda. No se me ocurre nada, mi cerebro permanece congestionado y ninguna solución acude a mi mente. No tengo *compositio* porque se me acabó el *inventio* y se me ha extraviado el *elocutio.*

Augusto se expresaba en un tono tan apesadumbrado que su amiga podía percibir la tribulación que emanaba.

—Has sido un escritor disciplinado toda tu vida, tal vez es momento de romper las costumbres. Quizá necesitas probar con lo que está fuera del orden, de los cánones. Perder tu meticulosidad y atreverte a buscar nuevas fórmulas —continuó con cautela la doctora.

—¿En qué piensas? —dijo intrigado Montemayor.

—No es momento de que te rasgues las vestiduras ni de que te importen los prejuicios, si es grave tu situación hay que darle salida. Sí... se me está ocurriendo algo.

—Adelante, soy todo oídos —declaró el escritor con pronunciado interés.

—Tal vez no conoces ciertas prácticas del mundo editorial. Número uno, porque no las has requerido, y número dos, porque no se habla de ellas abiertamente. Más de una vez te habrás dado cuenta de que en las ferias y los encuentros literarios contratan damas de compañía para algunos escritores. En muchas ocasiones terminan en intercambios sexuales, pero eso es asunto privado. Por debajo del mantel, las editoriales les pagan a las chicas un poco más si rebasan sus responsabilidades originales.

—¡Por favor, Mercedes! ¡Yo no necesito pagarle a una mujer para estar con ella! Nunca lo he hecho y no voy a empezar a hacerlo a mi edad —replicó Augusto enfadado.

Mercedes se echó a reír abiertamente.

—¡No se trata de eso, Augusto, déjame terminar! Te acabo de decir que no es momento para prejuicios ni paradigmas obsoletos —aseveró Mercedes en tono imperativo—. Ya sé que has sido un escritor prolífico y disciplinado, pero ahora sólo se me ocurre un recurso extremo para ayudarte a superar tu esterilidad creativa. A grandes males, soluciones extremas.

Augusto no dijo nada, se limitó a mirarla con intensidad, expectante. Para responder a su gesto, Mercedes agregó:

—Creo tener la solución, pero aún no puedo decirte nada, necesito consultar con los miembros del comité editorial. Te prometo que lo sabrás muy pronto, porque en una hora tengo reunión con ellos. Te llamaré en cuanto salga.

Cuando el escritor se fue, Mercedes se puso a escribir de inmediato algunas notas que le serían muy útiles para la citada reunión. Media hora después ya estaba lista. Salió de su oficina y recorrió los pasillos del lujoso edificio donde se hallaba la empresa.

Con pasos firmes arribó al lugar en el que estaba prevista la junta. Una pared de esa sala poseía estantes de nogal preciosamente pulidos en los que se acumulaban todos los libros publicados por la editorial, en versiones encuadernadas en piel. El sitio era un derroche de lujo en piedra, cristal y acero. Los integrantes del comité (directores de los departamentos de mercadotecnia, ventas, derechos de autor y relaciones públicas) aguardaban su llegada en silencio, sin atreverse a hablar, intimidados por la presencia del presidente de la empresa. Comenzaron a revisar las nuevas propuestas editoriales, pero Mercedes apenas podía seguir las argumentaciones, con la cabeza ocupada en las dificultades de Augusto. Al final del encuentro le dijo al presidente que tenía que abordar un asunto con él. Esperaron un minuto en silencio y, cuando se quedaron solos, expresó con sequedad:

—Tenemos un problema.

Luego, nerviosa, atropellándose con las palabras, le ofreció una síntesis de su conversación con Augusto. El directivo la escuchó con atención, sin interrumpirla. Él no pagaba un buen sueldo a sus empleados de alto nivel para que le plantearan problemas, sino para solucionarlos. Así que sólo externó una frase:

—¿Cómo piensa solucionarlo, doctora Ortiz?

—Se me ocurrió una idea —respondió Mercedes, ya totalmente controlada—. Es algo a lo que hemos recurrido muy pocas veces en el pasado, pero siempre ha funcionado.

Al salir de la sala, Mercedes caminó hacia su oficina con paso ligero y una gran sonrisa en el rostro.

El presidente había aprobado su propuesta.

2

Si desde antes de nacer se pudiese elegir la familia, el color de piel, los talentos, la posición social, las cualidades y los defectos, Amanda habría elegido todo diferente. Habría escogido una madre entregada al cuidado de los hijos, un par de hermanos varones mayores que la protegieran de otros chicos y que la acompañaran a los bailes de la secundaria, un padre dedicado a la contaduría con horario laboral de ocho horas para tenerlo en casa por las tardes y disfrutar su compañía sentada a su lado frente al televisor. Tal vez hubiera preferido ser bajita y regordeta. Pero el *hubiera* no existe y la historia de Amanda es muy distinta de la que imaginan todos los que la observan caminar por la calle. Si la belleza fuera fuego, el cuerpo de Amanda estaría envuelto en llamas. Si el pasado se clasificara por colores, el de Amanda entraría en la escala de grises. Como mientras se respire se presume de estar vivo, ella respira y finge tener una vida. Con sus largas y estilizadas piernas recorre las calles de la ciudad robándose las miradas de deseo de los varones y las miradas de envidia de otras mujeres. Sus pasos altivos, de modelo en pasarela, no denotan el dolor de sus aspiraciones truncadas ni de sus miedos crónicos. No dejan ver ese caparazón tejido con astucia para repeler los posibles aguijones que encaja una vida de carencias, ausencias y penumbras.

Da vuelta en la calle de Donceles y ubica la dirección que le anotó su amiga Hilda en una servilleta de papel. Sube la angosta escalera hacia el tercer piso y toca en la puerta que ostenta el número 301. Es un edificio antiguo remodelado de manera suntuosa y modernista en su interior. La madera, la piedra, el cristal y el acero conviviendo en sus finos acabados. La recibe una mujer, de esas que esconden la edad detrás de un rostro inyectado con bótox, enfundada en un traje sastre azul turquesa, quien la saluda con amabilidad ensayada y la invita a pasar al amplio piso que ocupan las oficinas de una editorial.

—Eres más hermosa que en fotografía —afirma la dama señalando un sillón de piel oscura.

Amanda sonríe y deja caer su uno ochenta de estatura en el mueble; cruza sus largas piernas y con el bolso en el regazo espera instrucciones.

—Me llamo Martha. Nuestra directora editorial, la doctora Mercedes Ortiz, te atenderá en unos minutos —le dice y regresa a su escritorio.

¿Por qué aceptó ir a esa cita? Por desesperación. Por desamor. Por impulso. Porque se siente perdida y sin brújula. Porque no tiene otra puerta que tocar. Los últimos tres mil pesos que le quedaban los ha utilizado para cubrir la renta de un cuarto compartido en la colonia Narvarte, después de que Julio la corriera de su departamento. Hilda es la única amiga que conserva desde la adolescencia, y de las pocas personas de su pasado con las que mantiene contacto. No tuvo otra opción que acudir a ella buscando un consejo, una sugerencia, y ahí está. Sentada en esa oficina del centro, esperando a que alguien le explique de qué se trata la oportunidad laboral para la que, según Hilda, no existía mejor candidata que ella.

—La doctora te recibirá ahora mismo —la voz de Martha la sacó de sus airados pensamientos. Amanda se puso de pie y siguió a la secretaria. Entró en una oficina amplia y con grandes ventanales. La apariencia de la persona detrás del escritorio le sorprende. Es una mujer mayor, sesenta, tal vez sesenta y cinco. El cabello corto, color rubio cenizo. Sobriamente vestida con blusa amarilla y saco blanco; porta un enorme anillo de plata sobre el anular de su mano izquierda. Tiene los codos sobre el escritorio y la observa con una sonrisa cálida. La saluda de mano y la invita a sentarse. Amanda se da cuenta de que tiene en su lugar varias fotografías.

—Sí, son tus fotos —le dice la doctora—; precisamente estaba viéndolas por enésima vez. Hilda ha sido muy amable en hacérmelas llegar hace un par de días.

— Espero que le hayan sido de utilidad. ¿De qué se trata el trabajo?

—¡Vaya! Pues al grano, como decimos, veo que estás impaciente por saber por qué nos hemos interesado en ti.

—Disculpe, no quise ser imprudente —responde Amanda para disculparse de su intempestiva intervención.

—Primero quiero conocerte más, ¿te parece? —continuó la doctora—. Puedes llamarme Mercedes. Si nos llegamos a entender, conmigo no necesitarás formalismos, soy doctora en derecho pero llevo muchos años dedicada a la industria editorial. Manejamos las carreras de varios escritores muy famosos, con obras traducidas a varios idiomas y galardonadas con valiosos premios.

—Pero yo no sé escribir ni tengo experiencia en nada parecido, me he dedicado a... otras actividades muy diferentes —respondió Amanda con la confusión pintada en el rostro.

—Lo sé, Hilda me comentó que te has enfocado en pasarelas y venta de ropa, pero eso no importa. Cuando escuches mi propuesta, verás que no necesitas conocimientos editoriales para colaborar con nosotros.

—Lo siento, continúe —respondió al tiempo que se preguntaba qué demonios le habría contado Hilda sobre sus actividades anteriores.

—Pues bien, tenemos un problema con uno de nuestros escritores más importantes. Sus números de ventas son altísimos. No sé si has escuchado hablar de *El rumor del viento* o de *Calle sin esquinas*, son dos novelas suyas que han reportado ventas millonarias.

—He leído *La calle sin esquinas*, de... ¿Agustín Montemayor?

—*Augusto* Montemayor, sí. Él es de quien quiero hablarte. Augusto debe entregar su próxima novela en tres meses pero ha perdido el ritmo. Tenemos ya contratos de ventas firmados por anticipado y a nuestro escritor estrella se le ha ido la inspiración. Lleva más de un año frente a la página en blanco y ha caído en un vacío creativo.

Amanda se sintió sorprendida e incómoda. No alcanzaba a digerir lo que estaba sucediendo. Pensó en lo ilusa que había sido al acudir a esa entrevista en la que se percibía fuera de lugar. Hurgó entre sus limitados conocimientos literarios intentando encontrar un comentario útil para salir bien librada del encuentro. Durante la adolescencia adquirió el hábito de la lectura gracias a la influencia de la madre de Hilda, quien la puso en contacto con obras como *El diario de Ana Frank*, *El principito*, *El llano en llamas* y *Platero y yo*. Alguna vez vio en la televisión un documental sobre la vida de Gabriel García Márquez y otro más sobre la exitosa trayectoria de Stephen King. Los dos, autores cuyos estilos eran de su agrado, pues había leído algunos de sus libros. Recordó la trama de una película en la cual un famoso escritor encuentra por azar el texto de un autor desconocido y lo publica como si hubiese sido propio. Se acordó de otro filme en el que un viejo y reconocido autor de novelas de acción se queda sin inspiración y le contratan un par de jóvenes literatos para que escriban en su lugar. Esforzándose por no parecer tan ingenua ante los ojos de la doctora preguntó:

—¿Y un "escritor fantasma"? He sabido que muchos autores los usan.

—¡Vaya que eres lista, niña! —exclamó la doctora, al tiempo que lanzaba una carcajada—. Ya le hemos planteado eso, pero Augusto preferiría abandonar la literatura antes que permitir algo semejante. Va en contra de sus principios.

Amanda escuchaba con atención; sin embargo, seguía sin entender las intenciones de su interlocutora. Sintió deseos de darle las gracias y salir de ahí de inmediato. La incomodidad del momento crecía a la par que su curiosidad. Lo primero la empujaba hacia la puerta y lo segundo la mantenía inmóvil. Sus expresivos ojos lanzaron una mirada de duda a Mercedes, quien continuó la explicación.

—Le hemos mostrado fotografías de varias chicas. Tú sabes, modelos, actrices, deportistas... de todo con tal de encontrar a alguien ideal para lo que necesita Augusto. No ha sido tarea fácil. Debes entender que lo anterior hay que llevarlo a cabo con suma discreción. Se trata de un proceso cauteloso y desesperado a la vez. Hemos presentado múltiples propuestas al artista, una labor ardua y complicada. Sin embargo, cuando miró tus fotos dijo: "La quiero a ella. Ella es la que puede desempeñar mejor el trabajo". Por eso te hemos llamado.

A medida que Mercedes hablaba, Amanda se iba sumergiendo en el fondo de su asiento. La pregunta "¿Por qué estoy aquí?" taladraba su pensamiento. La respuesta, "porque no tengo qué comer ni otra parte a dónde ir", regresaba su atención hacia la doctora Ortiz.

—No sé qué puedo desempeñar tan bien como cree el señor Montemayor, pero no es mi medio, no creo estar capacitada para trabajar al lado de un escritor; le agradezco su interés pero pienso que no soy la persona adecuada —dijo por fin.

—¡No digas que no tan pronto, muchacha! —replicó insistente Mercedes—, reconsidera tu respuesta. Quisiera poder decirte que te tomes tu tiempo, pero, por desgracia, el tiempo es el enemigo número uno de nuestro escritor. Te acabo de mencionar que le quedan tres escasos meses para presentar su nueva obra, y además aún no he terminado: ¿no te interesa conocer el lado económico del asunto?

—Necesito trabajo y también dinero, pero soy honesta cuando digo que no me siento a la altura de semejante tarea —señaló con firmeza Amanda, al tiempo que intentaba ponerse de pie.

—¡Siéntate! —ordenó la doctora, obligando a la chica a regresar a su lugar—. Dame unos minutos más. Lo que te propongo no implica un trabajo indecoroso o indecente. No harás nada que no quieras. Lo único que desea el escritor es convivir contigo durante tres meses. Una forma poco usual de encontrar la inspiración perdida en su vida a través de la vida de otro ser humano. Convivencia. Nada que afecte tu integridad.

Amanda respiró hondo, bajó la cabeza y observó las uñas de sus manos pintadas de nácar. Contempló sus zapatos desgastados y recorrió con su mirada el pulido piso de madera del despacho. Recuperó un gramo de audacia y expresó:

—Está bien. Permítame pensarlo por unas horas. Esta misma tarde le daré una respuesta. Pero no me diga ahora cuál es la remuneración económica. Eso quiero saberlo después de haber tomado una decisión.

—¡Trato hecho! ¡No se hable más! Anda y consulta con tus adentros; espero tu llamada.

Amanda salió de la oficina y se dirigió hacia la Torre Latino, en el Eje Central y Madero. Entró en el edificio que durante muchos años fue el más alto de la capital mexicana. Subió al mirador y desde ahí contempló la interminable urbe. Interminable como la calamidad de su existencia. No había soledad más lacerante que la que le carcomía las entrañas. Ese sentimiento de desolación constante que la acompañaba y que la hacía sentirse sola cohabitando entre millones de seres. Deambuló por las calles del Centro. Entró en el histórico Café Tacuba para comer molletes, acompañados de un vaso de agua de sandía. Sólo eso le permitían comprar los escasos pesos de su bolsa. Hubiera preferido milanesa o enchiladas, pero constituían manjares inalcanzables para su economía actual. Mientras comía, en su pensamiento se desataba una tormenta por la cual no pudo saborear los alimentos. No había querido saber cuánto ganaría por aceptar tan misterioso empleo, pues temía que su necesidad económica la orillara a aceptar una ocupación que desempeñaría sin éxito. Se sentía sin aptitudes para enredarse en tareas inherentes al mundo editorial, escenario por demás desconocido para ella. Pero su pasión por la lectura le calentaba el pecho y le insertaba un buen presagio en el corazón.

La sorprendió el crepúsculo volviendo otra vez a la agencia editorial. El rostro de la secretaria se iluminó al verla. La condujo de inmediato hacia el despacho de su jefa.

—Me da mucho gusto que hayas regresado, Amanda —le expresó satisfecha Mercedes.

—Decidí venir en lugar de llamar, he tomado una decisión.

—Te lo agradezco, estas cosas son mejores frente a frente. Dime, ¿qué has pensado?

—Acepto.

—¡Así se habla! —exclamó jubilosa la doctora—. Ahora abordaremos los detalles pendientes. Hablemos de dinero. La paga es muy buena: un millón de pesos si propicias que el escritor termine a tiempo la obra.

Dicho eso, Mercedes dejó caer su espalda sobre el respaldo del sillón y entrelazó las manos sobre su regazo, observando la reacción de Amanda.

La chica no daba crédito a lo que acababa de escuchar. Nunca hubiera esperado una oferta tan generosa. No escondió su asombro ante los ojos de Mercedes, pero recuperó la compostura suspirando profundo. Como los enfermos terminales que ven pasar su vida en un segundo antes de morir, en un instante vio transcurrir la suya. Revivió las miserias de su infancia, el hambre en su estómago y los golpes en su cuerpo. Hija de una madre alcohólica, quien la concibió en una noche de inconciencia en Playa del Carmen, durante un romance efímero de dos días con un turista danés y del que nunca jamás tuvo noticias, Amanda creció sin conocer siquiera el nombre del forastero que la engendró. La blanca piel de la hija le recordaba a la madre lo oscuro de su pecado y se dedicó a rechazar a la criatura desde su nacimiento. En las memorias de infancia de Amanda habitaban la soledad y el abandono. Una adolescencia cruel donde no tuvo cabida la ternura ni el consejo. Una madre alcoholizada que terminó loca y que murió una madrugada de invierno dejándola con sus catorce años recién cumplidos, cobijada tan sólo por la incertidumbre. La madre de su amiga

Hilda se había compadecido de ella y le ofreció asilo durante algunos meses, suficientes para que Amanda se percatara de lo que la vida le había negado: un hogar, unos padres amorosos, unos hermanos, una familia. Salió de esa hogar prestado por la amistad, llena de gratitud, a enfrentarse sola a su destino. Su belleza fue su peor compañera, no pasó mucho tiempo para que se diera cuenta de lo fácil que era subsistir viviendo de su agraciado cuerpo. Estudió la secundaria al mismo tiempo que aceptó trabajar como edecán para una marca de cerveza. Lo que llegó después de semejante decisión fue una cadena de infortunios. Una violación por parte de un empresario cuando aún no cumplía los dieciséis. El rechazo de los parientes de su madre por no querer saber nada de la bastarda. El deambular por ambientes sórdidos, viviendo de noche y durmiendo de día. Acumulando deseos de morir dentro de su joven cuerpo que, para maldición suya, emergía en su esplendor sano y vigoroso, delatando la fortaleza de sus genes. Soportaba el frío y el calor, el hambre y el cansancio. A veces no entendía por qué seguían creciendo esos senos, alargándose esas piernas y ensanchándose esos muslos si apenas probaba bocado. Tal vez tenía una comida decente a la semana, cuando la invitaba algún empresario a comer o cuando sobraban pastelillos o canapés en los eventos y podía llevar algunos a su guarida. Recordó de cuántas casas la corrieron por no pagar la renta a tiempo. Cuántas mañanas despertó en moteles de paso acompañada de un cualquiera sin nombre que la hacía sentir también como una cualquiera cuando le dejaba un par de billetes sobre el buró. Nunca trabajó en la calle ni se paró en las esquinas, pero sí intercambió su cuerpo por algo de comida, a la sorda, en lo clandestino, disfrazando de ligue o de conquista ese intercambio de sexo por compañía, en ese intento constante de toparse con aquello que los demás llaman *amor*. Le hubiera gustado ir a la universidad y estudiar medicina. Aspiraciones truncadas por la miseria, el abandono y la falta de rumbo.

Después vio descender de sus recuerdos la imagen de Julio. Ese hombre que le prometió darle una vida y que casi se la arrebata en el intento por cumplirle. Ese hombre casado que la convirtió en su amante, que le puso un departamento en el norte, porque la esposa vivía en el sur. Ese señor respetable que con dos tequilas se convertía en un animal rabioso, celoso y violento; ese que casi la mata a golpes una noche en que no soportó verla platicar con uno de los hermanos de su amiga Hilda, al que se encontró por casualidad. Sí, esa noche casi la mata después de golpearla en el rostro, en las piernas, en el vientre; la arrojó semidesnuda a la calle y la corrió del departamento. Amanda muchas veces se preguntó para qué había nacido, muchas veces prefirió haber sido abortada o nacer sin vida.

A ella, que la miseria y la carencia la cobijaron desde el interior del vientre materno, le estaban ofreciendo un millón de pesos por realizar una actividad inesperada y misteriosa. Se rió de las ironías del destino, y en un pequeño arrebato de dignidad recuperó un poco de confianza. Como no pudo elegir a sus padres, ni su apariencia, ni una carrera, ni sus amores, pensando menos en el millón de pesos y más en la posibilidad de elegir por primera vez algo en su vida, optó por trabajar para Augusto Montemayor y, después de cerrar el trato con un apretón de manos con Mercedes, salió de la oficina pellizcándose los brazos para confirmar que estaba despierta. Que no se trataba de un sueño.

3

La blancura de las sábanas de algodón egipcio que cubren la mitad de su cuerpo tendido sobre la cama le recuerda la página que sigue en blanco. Se pone de pie y estira su cuerpo. Sacude la cabeza, como si de este modo pudiera expulsar los pensamientos depresivos que lo esclavizan desde hace más de once meses. A Augusto Montemayor le ha deprimido tenerlo todo. Lo poseyó el vacío que experimenta el que está lleno. Llegó a este mundo como hijo favorito del destino. Favorecido con destrezas, una mente ágil y un cuerpo atlético. La apostura y la inteligencia se apoderaron de su ser y de manera inevitable la suerte lo empujó por el sendero del éxito. Primogénito varón de una dinastía de hombres exitosos. "Cuna de abolengo", "pañales de seda", "sangre azulosa", poder, prestigio, dinero. Parecía como si varias generaciones anteriores hubiesen preparado su llegada a esta dimensión dejando previsto todo para que cuando él emergiera del vientre de su madre, nada le hiciera falta. La ausencia de necesidades y los dones concedidos hicieron de su vida una cadena de sucesos coloridos, en donde ninguno de sus deseos de infancia se transformó en berrinche. Todo le era otorgado, todo le había sido concedido, quizá desde antes de nacer. Unos padres amorosos con riqueza material y devoción hacia su familia. Dos hermanas menores a quienes sus progenitores entrenaron para adorar al hijo predilecto. Un puñado de talentos que se revelaron de manera prematura. Niño lector desde los cuatro años. Escritor reconocido a los veinticinco. Las tragedias de la vida de Augusto habían sido el fallecimiento de sus abuelos paternos y la muerte de Antares, su primer mascota. Sus enfermedades, la influenza estacional y un par de diarreas. Sus amores, pasajeros y sin compromisos. Su vida sexual, sin prejuicios; y sus ambiciones, resueltas. ¿Qué vida le queda vivir a quien ha vivido de todo? ¿La vida de la carencia? ¿Jugar al pordiosero un fin de semana de cada mes para sentir lo que le es desconocido? De sus múltiples estudios y viajes obtuvo la experiencia para ir construyendo historias que enamoraron a grandes públicos. Lector disciplinado y obsesivo, consumió la obra de clásicos y contemporáneos. Con lo que leyó, con lo que observó y con lo que escuchó por ahí, pudo fabricar sus famosos personajes, como doña Mela en *El rumor del viento* y Felipe Balboa en *Calle sin esquinas*, sus dos obras más reconocidas. En total, lleva publicadas doce novelas que han sido traducidas a más de catorce idiomas. Cuarenta y dos años, una vida resuelta, una página en blanco y cero inspiración. Así se hallaba esa mañana el escritor de moda, recorriendo su espaciosa habitación en calzoncillos, cuando el timbre del teléfono lo sacó de sus lánguidas cavilaciones.

—Augusto, soy Mercedes; la chica ha aceptado.

—Hola, Meche, ¡qué buena noticia! Encárgate de todo, la espero mañana a las cinco en mi departamento de Polanco.

Tomó una ducha y con la toalla enredada en su cintura se sentó en la tumbona de su balcón a observar las fotografías de Amanda. No eran imágenes profesionales como las de las otras chicas que le mostró Mercedes. Eran fotos cotidianas, tomadas, tal vez, con un simple celular o con una cámara cualquiera, quizá captadas por el ojo sin entrenamiento de algún amigo cercano de la mujer. Eso le agradó. Nada de trucos, nada de maquillaje ni de Photoshop. La mujer en su expresión más doméstica. Ropa sencilla, sin un corte de pelo a la moda. Simplemente ojos, boca, piel, rasgos, cabellos que caen sobre sus hombros en abundante cascada rubia. La fotografía en donde Amanda aparecía de cuerpo completo lo conmocionó. Sus piernas largas sostenían su estilizada figura. Diminuta cintura. Brazos largos, cuello delgado. Y la boca. Esa boca que lo hipnotizó, como si quisiera decir algo y se quedara contenida. Le pareció que en la carnosidad de esos labios se quedaron atrapados secretos, un "algo" que nunca se ha dicho.

¿Hace cuánto tiempo que se le escapó la inspiración? Casi un año. Después de *Calle sin esquinas* se tomó un par de meses para viajar por Europa. Entre actividades de promoción de la obra y actividades turísticas, se permitió un descanso y se dedicó a buscar el tema para su siguiente proyecto. La presión de haber firmado por adelantado el contrato de la siguiente publicación comenzó a agobiarlo al sexto mes, se percató de que nada acudía a su mente, de que las ideas se le pulverizaban antes de llegar al papel, y cuando menos lo pensó, la aterradora página en blanco se había apoderado de su trabajo. La pesadilla, el terror de todo escritor, eso a lo que Augusto se llegó a creer inmune, llegaba a su vida y se acomodaba a sus anchas deambulando a su alrededor. No importaba si cambiaba de ciudad o de país. La página en blanco lo acompañaba. La maldita e insoportable *tabula rasa* iba a todas partes con él. Ahí estaba implacable durante sus noches de insomnio en la Ciudad de México, durante esas frescas mañanas en que deambulaba por la orilla del mar en alguna costa caribeña, ahí a su lado mientras caminaba entre marquesinas repletas de luces por Akihabara, en Tokio; o cuando navegaba por las costas de Portofino a bordo de su yate. La maldita página en blanco no cedía. Cuando regresó a México convencido de que había caído en un vacío creativo y sintiéndose acariciado por el fracaso por vez primera en su vida, se dio cuenta de que un sentimiento hasta entonces menospreciado por él llamado *miedo* se estaba adueñando de su talento. Tenía que encontrar la forma de frenar semejante tragedia. Augusto Montemayor, el escritor mexicano de moda, era víctima de la página en blanco y esclavo del miedo. Del miedo al fracaso, del miedo a la crítica, del miedo al ridículo. Del miedo a sentirse vulnerable, frágil, ineficiente, inútil. Su soberbia, alimentada tantos años por su destino favorable, se sacudió.

Un día después de visitar a Mercedes en la editorial para contarle de sus problemas, ella lo llamó para decirle que necesitaba volver a verlo. Esa misma tarde, horas después, ya estaba ahí, derrotado, pero también esperanzado en lo que pudiera decirle Mercedes.

Sin preámbulos, con una mirada traviesa, le asestó directamente:

—Tengo la solución. Una musa. Necesitas una musa —la frase de la doctora fue firme, rotunda.

—¿Una musa? —preguntó sorprendido Montemayor; esperaba todo menos esa propuesta.

—Nunca la has tenido, ¿o sí? Siempre has sido la inspiración de ti mismo —prosiguió severa Mercedes—. Has trabajado para ti y para que el mundo caiga cautivado ante ti. No niego que te ha funcionado de maravilla, pero creo que ha llegado el momento de que te despeine el viento de otro. Dejar de controlarlo todo y permitir que un extraño entre en tu entorno y alimente con carne fresca a tus lobos interiores, ¿no crees?

—No necesitas ser tan dura. Entiendo —asintió el escritor, adolorido por la sinceridad de su amiga, pero al mismo tiempo consciente de la gran verdad vertida entre sus palabras. Después de pensarlo un poco, le dijo—: Está bien, no tengo nada que perder.

Mercedes le guiñó el ojo y aquella tarde Augusto salió de la oficina de la doctora meditando en la descabellada propuesta que acababa de aceptar.

Él había encontrado la inspiración en muchas cosas. Lo mismo lo inspiraban las torcidas ramas de un árbol que la ignorancia de la gente. Lo había inspirado la mirada de algún anciano o el aroma del ajo cocinándose a fuego lento sobre la estufa. Pero, ¿una musa? ¿Las musas se contratan? ¿Se les da seguro social y prestaciones? ¿Cómo saber cuál es *su* musa? ¿Cómo consiguió Dalí a Gala? ¿En dónde se busca una musa? Esa tarde caminó por la Alameda Central convencido de que, al paso que iba, su próxima novela llevaría por título *Cómo me fui volviendo loco*.

No fue fácil la misión que cayó sobre los hombros de Mercedes. Recurriendo a sus múltiples contactos, la editora se dedicó a buscar a la musa para el escritor por todos los rincones del país. Durante un par de semanas recibió fotografías provenientes de agencias de modelos, de empresas especializadas en *casting* de actrices para teatro y televisión, incluso le llegó información sobre chicas jóvenes originarias de diversos puntos del planeta, de distintas nacionalidades, características físicas y oficios, que trabajaban en prostíbulos caros. Estuvo enviando sobres a la casa del escritor con las fotos de las candidatas. Nada. No aparecía la mujer idónea para incentivar la inspiración de Montemayor. Entonces la búsqueda giró hacia sus amistades más cercanas, entre quienes despertó intriga y misterio al preguntarles si conocían chicas hermosas, interesantes o agraciadas. De ese modo, Martha, su secretaria, comentó con Hilda el asunto de la extraña solicitud de su jefa. Fue Hilda quien con su celular tomó varias fotos a Amanda, las imprimió y se las envió a la doctora a través de Martha. Así se tejen los hechos inevitables del destino, esos que sucederán a pesar de los obstáculos.

Días después, Mercedes visitó a Montemayor y, encima de su escritorio, desparramó el interior de un sobre. Augusto pudo contemplar por enésima vez imágenes de todo tipo de mujeres. Morenas, trigueñas, rubias. Altas, bajas, delgadas, frondosas, esqueléticas. Sin embargo, esta vez, de entre todas, su mirada se clavó en las fotos de Amanda. Supo que ella era *su* musa. Fue un proceso intestinal, pero no todas sus vísceras se torcieron. Sólo el intestino. Tuvo que ir de súbito al baño. El hombre racional que todo lo decidía con la mente había tomado esta decisión con las entrañas. Es más, no supo si él decidió con sus entrañas o sus entrañas decidieron por él.

—Todas son mayores de edad —decía Mercedes, mientras ordenaba las fotografías una junto a la otra—. Algunas trabajan como modelos, otras son edecanes; la de pelo corto es tenista y la de traje blanco es dermatóloga...

—¡Ésta! Ya no busques —dijo convencido Augusto.

—¡Vaya! ¡Por fin! La localizaremos de inmediato.

Le agradaba trabajar con Mercedes porque era práctica; prefería las propuestas a los juicios. Su viudez prematura a los cuarenta la condenó a consagrarse a su trabajo y desde que asumió la dirección editorial de su empresa se labró una reputación como una de las editoras más respetadas del mundillo literario de Iberoamérica. Trabajar con ella era sencillo. Directa, sin poses, y justa. No preguntaba de más y se concentraba en los resultados. Por eso Augusto tuvo la confianza suficiente para convertirla en la confidente de su pena.

La moneda estaba en el aire. Paseando en calzoncillos por su habitación esperaba que su intestino hubiera sido más sabio que su mente; encendió un cigarrillo y observó el reloj. En cuestión de horas se encontraría con su musa. "Intestino, no me falles, por favor".

4

—Pues este traje verde olivo hace que tus ojos se vean más grandes —le dijo Hilda al tiempo que ponía la chaqueta sobre los hombros de Amanda.

Con el dinero que le prestó su amiga compró un coordinado de lino para acudir a su primer día de trabajo. Amanda se miraba al espejo sin dejar de pensar en lo increíble de su caso. De mujer agobiada y sin ruta, había pasado a ser la elección de un reconocido autor para colaborar con él durante tres meses. Aún no alcanzaba a comprender los detalles de su nueva ocupación, pero cuando la necesidad y la esperanza se amalgaman, la oportunidad se transforma en decisión.

—La primera impresión es la más importante, Amanda, pero, por favor, cambia esa expresión, porque en lugar de dar una buena imagen, causarás lástima.

— No sé por qué te hice caso, Hilda. Todavía estoy a tiempo de arrepentirme.

—¡Nada de arrepentimientos! ¿Qué puedes perder? ¡Es sólo una cita de presentación! Y si las cosas salen bien tendrás el trabajo de tu vida, la oportunidad de estar al lado de un hombre interesante y del que puedes aprender mucho. ¡Calla boca y a cambiar esa cara de pujido por otra más entusiasta!

Amanda le sonrió al espejo; las dos amigas se abrazaron. Ella no tenía mucho que perder y todo que ganar. Si el tal Augusto Montemayor resultaba ser un tipo egocéntrico y abusivo, la vida ya la había entrenado para lidiar con especímenes de esa calaña. Si, por el contrario, resultara educado y de buenas maneras, tal vez la convivencia pudiera complicársele por no tener experiencia con personas amables. No sabía tratar con gente bondadosa. La maldad la había rondado desde niña y siempre sospechó que poseía una especie de imán con el cual atraía a los seres más ruines. ¿O ella se sentía atraída por ellos? A sus veinticuatro años ya había conocido lo peor del ser humano. No confiaba en los demás. Desde pequeña tuvo la sensación de estar sucia, como si una marca sobre el rostro la delatara como indeseable. Los constantes rechazos a los que la enfrentó la vida llegaron a convencerla de que usurpaba un lugar en el mundo. Por eso pasaba meses sin visitar a Hilda y a su familia, pues a pesar de considerarlos como los únicos seres generosos que la habían aceptado en su entorno, sentía que, sin proponérselo, los lastimaría, que su presencia oscura no tenía la luminosidad de sus almas. Sin embargo, otra vez Hilda jugaba el rol de ángel y la ponía ante una posibilidad. Para quien la imposibilidad se apoderó de su destino, una posibilidad es un tesoro. Amanda lo sabe y, aspirando un poco del entusiasmo de Hilda, se para frente al espejo vestida con el traje verde olivo y deja caer sus rubios cabellos sobre la solapa del saco. La imagen le gusta. La apariencia ejecutiva le va bien y el rubor sobre sus mejillas la hace verse menos lánguida.

—¿Y tú por qué conoces a la doctora Mercedes? —preguntó a Hilda.

—A la que conozco es a Martha, su secretaria; estudiamos juntas en la academia contable. Ella fue quien me contó que su jefa estaba buscando chicas guapotas, así como tú, para una entrevista.

—Me mandaste al matadero, Hilda, ni siquiera me dijiste de qué se trataba el empleo.

—Cualquier cosa era mejor que lo que hacías, pues mira que estar de amante de ese cerdo de Julio Esparza no te conducía a nada bueno; el día menos pensado te iría yo a buscar a la morgue.

—Lo sé, Hilda. Gracias por pensar en mí. No sabes cómo agradecí a tu madre el haberme despertado el placer por la lectura. Jamás pensé que un día me sería útil haber leído varias novelas.

Los mejores recuerdos del pasado de Amanda tenían que ver con Hilda y su familia. La madre de su amiga le enseñó a cocinar lo básico, a peinarse con decencia, a limarse las uñas y aprovechar su agraciada figura. "Tienes un porte distinguido; llegarás a ser muy alta", le decía. Para la chica esos primeros elogios se convirtieron en colchones para su autoestima cuando el destino insistió en echársela al suelo. "Estudia, Amanda, supérate", le insistía Hilda, quien obtenía las notas más altas del salón y motivaba a su amiga a hacer sus tareas. En ese tiempo Amanda asumió su inteligencia y se negó a creer por completo los comentarios y los calificativos destructivos que había recibido durante sus primeros años de existencia. En ese núcleo familiar aprendió a tener esperanza y a sentir esa diminuta dosis de audacia que, hasta la fecha, la rescataba en momentos en que dudaba de sí misma. Sin embargo, tenía un imán bajo su piel que atraía el conflicto, que la jalaba hacia lo intrincado. Después de la secundaria, optó por cursar el bachillerato y aspiraba a convertirse en futura estudiante universitaria. Sentía inclinación hacia las ciencias médicas. Esos anhelos se truncaron por sus carencias económicas y por las malas amistades que fue coleccionando. Algo pasaba en ella: una y otra vez se autosaboteaba la felicidad. A pesar de que se convirtió en una joven astuta para sobrevivir, con una mente ingeniosa de inteligencia innegable, algo la inducía a tomar el camino más escabroso para recorrer la vida. ¿Sería su lado ingenuo? ¿Su lado rebelde? ¿O inconscientemente tenía un idilio amoroso con el conflicto? Por más que se esforzaba, siempre terminaba en algún embrollo. O relacionada con las personas equivocadas. Pensó en Augusto Montemayor y en su nuevo empleo. Tal vez había tomado una decisión equivocada otra vez. "Una raya más para la cebra no importa", pensó.

Hilda sacó un libro de una bolsa de plástico y su voz regresó a Amanda a la realidad.

—Por cierto, aquí está el ejemplar que me pediste de *Calle sin esquinas*, y en la contraportada viene una foto de Montemayor. ¡Vaya que es guapote el muchacho!

Escondiendo sus nervios en una sonrisa, Amanda se sentó en la cama y con el libro de Augusto entre las manos se dispuso a leer en voz alta esa parte a la que nunca antes le había puesto atención:

> Augusto Montemayor. Nació en la Ciudad de México en 1970. Licenciado en Filosofía. Agregado cultural en España de 1999 a 2001. Doctor en Letras Hispánicas. Su narrativa ha merecido elogios de lectores y críticos nacionales e internacionales. Sus obras han sido traducidas a catorce idiomas. Es autor de *El rumor del viento* (Premio Trigueros, 1997), *Los crímenes olvidados* (Premio Juaristi, 1999), *La soledad y el crepúsculo* (Premio Iberoamericano de Novela, 2001). Ha sido llamado el "niño prodigio de la literatura contemporánea mexicana" y varias

de sus obras han sido llevadas al cine y convertidas en series de televisión.

El tono socarrón en que leyó hizo reír a Hilda.

Por encima del texto, una fotografía del escritor lo muestra con piel bronceada, sonrisa intelectual y ojos oscuros bajo un par de cejas pobladas. Labios delgados y juntos dibujando una sonrisa jalada hacia la derecha. La imagen de medio cuerpo permite ver su torso delgado pero firme. Se aprecia sentado en un jardín o tal vez es un patio con paredes cubiertas de enredaderas. Relajado, y al mismo tiempo en control. La foto no le dice más y ni quiere saberlo. Faltan cuatro horas para conocerlo en persona. "Al menos no es tan viejo como Julio", pensó.

—¿Y cuánto te van a pagar? —preguntó Hilda.

—Un millón de pesos.

—¡Pues me cago! ¿Es broma? —dice Hilda, al tiempo que comienza a brincar sobre la cama.

—Eso me han dicho, y ahora que lo mencionas, he pensado todo menos en eso. En el fondo no lo hago sólo por dinero.

—¿Entonces por qué?

—Me gusta pensar que lo haré porque quiero. Porque me da la gana. Hace tanto tiempo que todo lo hago porque no tengo otra opción, que hacer algo porque quiero es algo nuevo y me atrae. Quiero saber qué se siente.

—Estás loquita. ¡Pero pues serás una loca con dinero!

Hilda la abrazó cariñosa y Amanda supo que con ese último comentario su amiga quiso decir que el hambre "se acabó el hambre por un rato, se acabaron las rentas sin pagar y la ropa de segunda; dejarás de rodar como piedra... tal vez por siempre, tal vez por un tiempo".

5

—¿Es común contratar una musa?

—Hay rumores, jamás confirmados, de que algunas empresas editoriales consiguen mujeres inspiradoras para sus escritores estrella. Todos lo niegan, pero no descarto que se practique con frecuencia por debajo de la mesa.

—¿Fue idea suya?

—"Tuya", por favor, el *tú* será indispensable entre nosotros, Amanda, te lo pido. Y no, no fue idea mía. Es sugerencia de Mercedes. Ella nos ha metido en este embrollo y ahora sólo nos queda fluir.

¿Cómo trabajaba una musa? ¿Tendría horario corrido o tiempo para comer? ¿Trabajaría en una oficina o en la casa del escritor? ¿Contaría con seguro social y prestaciones? La historia ha demostrado una y otra vez que las mujeres inspiran a los hombres. Por más que ellos digan que es el prestigio, el dinero o el poder lo que los mueve, casi siempre ha habido una mujer circulando en los acontecimientos que rodean a los varones. A Amanda, a quien no le inspiraba la vida, le proponían ser la inspiración de otro. Sentada frente a Augusto, se esforzaba por esconder su incomodidad, su inseguridad. La amplitud del salón del departamento de Polanco, una de las zonas residenciales más exclusivas de la capital mexicana, decorado al estilo minimalista, la hizo sentirse desnuda, al descubierto. Dedujo que ninguno de los escasos objetos o muebles habían sido elegidos por el escritor, sino por algún interiorista experto. Acudió puntual a la cita y el escritor la recibió de inmediato. La esperaba sentado en el espacioso sillón de piel italiana color avellana, enfundado en unos *jeans* y una camisa blanca. No llevaba calcetines y fue lo primero en que se fijó ella. Tenía la costumbre de observar los zapatos de las personas. Cuando se puso de pie para saludarla, Amanda se percató de que el hombre era más alto de lo que suponía. Cinco o seis centímetros más que ella. Eso le agradó. Una vez sentados, ambos tomaron la postura más cómoda que sus curiosidades les permitieron y echaron al ruedo sus demonios.

¿Qué sucedes detrás de la piel que recubre las almas? ¿Cuántos demonios habitan en el interior de cada ser humano? ¿Están todos dormidos? ¿Están todos despiertos? ¿Cómo saber si son demonios o ángeles? Las miradas del escritor y la musa se cruzaron, pero sus pupilas se repelieron, como si aún no fuera tiempo, como si guardaran para luego la invasión en la vida del otro.

—Y bien, ¿en qué consiste mi trabajo? —preguntó Amanda sin terminar de sentirse cómoda.

—Es difícil explicarlo, porque ni yo tengo una idea clara de ello —respondió Augusto al tiempo que servía dos vasos de vodka y le ofrecía uno a su nueva empleada—. Estoy tan sorprendido como tú de haber tomado tal decisión. Llámalo desesperación, locura, desfachatez, como prefieras, pero me encuentro en un punto en el que me da lo mismo todo; despierto y me acuesto sin saber qué sigue, ¿me entiendes? Es decir, todos los días son tan iguales, toda la gente es tan predecible, todo lo que me rodea lo tengo bajo control, todo me parece repetitivo... Estoy metido en un hoyo que se llama *página en blanco*. Supongo que al acompañarme, tu presencia estimulará mi creatividad —se quedó callado un instante, como si tratara de convencerse a sí mismo de lo que acababa de decir—. Y a ti, Amanda, ¿qué te hizo aceptar la oferta?

—El dinero —externó ella sin dudar un solo instante.

—¿Sólo es el dinero? ¡Vaya! Primer gancho al hígado. Por un momento me entusiasmé pensando que te atrajo la idea de pasar un tiempo con un hombre guapo y famoso como yo —dijo con sorna el escritor, al tiempo que se le escapaba una carcajada que le mostró a Amanda unos dientes impecables y alineados.

—Tengo necesidad de trabajar. Debo la renta y algunos préstamos. Además, me gusta cómo escribe... escribes.

—¿Has leído mis libros? Bueno, vamos mejorando.

—Sólo leí *La calle sin esquinas*, me gusta tu ironía y la forma en que abordas el dilema del bien y el mal. Yo también pienso que no existe la bondad plena o la maldad absoluta.

—*Calle sin esquinas* —la corrigió con suavidad—. Luz y oscuridad, blanco y negro, diablo y ángel. Los dos polos del ser y el actuar. Aunque he de decir que es más divertido escribir de lo despreciable que de lo admirable del ser humano. Al menos para mí. Disfruto más las zonas oscuras de la gente.

—Entonces te seré de utilidad. Tengo muchas —respondió la musa con astucia.

—Lo supe desde que observé tu fotografía.

El comentario del escritor incomodó a la chica. No le gustaba ser tan predecible. Acostumbrada a estar a la defensiva, que alguien oliera sus evidencias con tanta facilidad la incomodó. Augusto Montemayor se puso de pie e invitó a hacer lo mismo a Amanda. Después la tomó por el brazo y le señaló la puerta.

—¿Qué te parece si caminamos por la oscuridad de tu conciencia mientras cenamos y tomamos una copa?

Mientras atravesaban la ciudad dentro de un Bentley Mulsanne negro, conducido por un canoso y parlanchín chofer a quien Augusto llamaba Nelo, Amanda permanecía en silencio meditando sobre lo que el escritor le había dicho. ¿Eran tan obvias sus zonas oscuras? ¿Augusto tenía la facultad de ver lo que otros no percibían en ella? Estaba acostumbrada a que los hombres vieran en ella sensualidad, ojos, boca, pechos, carne. A ninguno le había interesado otra cosa que no fuera su apariencia. Tal vez Genaro, el hijo de la costurera del barrio donde pasó su infortunada adolescencia, fue el único que la llegó a mirar con ojos diferentes. Sonrió al recordar la timidez del pecoso muchacho que se sonrojaba al verla pasar por la calle. Era al único hombre que recordaba haber provocado un suspiro y no una erección. De reojo observó a Augusto y notó su nerviosismo. Al menos compartía con ella ese estado de desasosiego.

Llegaron a un restaurante del sur de la ciudad. Un inmueble elegante y concurrido en San Ángel. El personal del lugar reconoció a Augusto de inmediato. Un mesero los condujo hacia la mesa reservada por el escritor en un rincón apartado. Amanda escuchó a sus tripas protestar y entonces recordó que no probaba bocado desde la mañana. Los nervios del encuentro con su nuevo jefe le habían arrebatado el hambre y el sueño las últimas veinticuatro horas. Si el hambre estaba regresando, era una buena señal para ella. Tal vez no resultaría tan complicado ser la musa de Augusto Montemayor, pero le manifestó sus dudas:

—Tengo miedo, Augusto —dijo Amanda mientras se llevaba unos trozos de endivias bañadas en salsa de mostaza.

—¿Miedo? ¿De qué, Amanda?

—De no inspirarte. De que no escribas nada y de que todo sea inútil.

—Existe ese riesgo, pero será mi problema y no el tuyo. Yo te he metido en esto.

Augusto Montemayor pidió una botella de Volnay. Conocedor de vinos, acostumbraba consumir aquellos con los que se sentía identificado. Para él, los dictados del *sommelier* le tenían sin cuidado, y a veces se divertía poniéndolo en aprietos al opinar sobre las características del vino descorchado.

—El Volnay es un vino potente; sin embargo, a la vez es sutil y elegante —instruyó a la chica en tono petulante sin dejar de ser cálido—. Es un vino francés, de la región de Borgoña; su volumen es excepcional.

—Nunca antes había estado con alguien que hablara así de un vino —dijo Amada mientras recordaba que siempre había estado con hombres que elegían las bebidas por su efecto y no por su sabor. También pensó que Augusto era un pesado.

—Es un vino francés, y la fama de los vinos franceses viene del *terroir*, un término complejo que combina clima, suelo y hombre, mezcla de factores que le dan el carácter a la bebida.

—Está delicioso —dijo la acompañante después de darle un sorbo a su copa, agradeciendo que el tono de su interlocutor se hiciera menos arrogante y más cálido.

—Es *Clos de Ducs*, de distinción rara, con un afrutado puro, desplegando por etapas los aromas de cereza negra que ofrecen un fundido majestuoso de notas tánicas.

Al leer la incomprensión en los ojos de Amanda, Augusto le dio un sorbo a su copa de Volnay y sonrió. El escritor epicúreo, mundano, había dejado de ser un turista para convertirse en ciudadano del mundo. Lo mismo disfrutaba una exquisita carne kobe en el Nobu de Nueva York que las merluzas con papas de doña Nieves, una antigua amiga, propietaria de una fonda en el distrito de Sant Marti, en Barcelona. Amanda no tenía idea de qué platillo elegir y pidió al escritor que ordenara por ella. Se sentía inadecuada en ese contexto. Montemayor la deslumbró con sus finas maneras de utilizar los cubiertos. Observaba con atención los movimientos de Augusto y trataba de imitarlo. Aquello provocó ternura en él.

El atún sellado, bañado en salsa de frambuesas, se convirtió en el incentivo que requirió para soportar la inquietud que le provocaba el momento. Contrastando con ese babilónico físico, la modestia de la personalidad de la mujer que afloró ante los ojos del escritor lo maravilló. Conforme transcurrían los minutos, se fue sintiendo un poco más cómodo con la forastera que acababa de introducir en su vida. Pero sólo un poco. Sus nervios cesaron y empezó a disfrutar la charla que pasó de los monosílabos a frases más entusiastas. Montemayor comenzó a deleitarse con los sabores del vino y la comida. Hacía mucho que no le excitaba el olor del ajo reventando sus sentidos, invitándolo a devorar lo que tuviera enfrente. Se sorprendió a sí mismo gozando la charla con esa casi desconocida de ojos abismales y largos dedos. Y a pesar de no lograr durante la cena un confort total con la compañía de la chica, comenzó a invadirlo una intensa curiosidad, esa que se parece al morbo. Esa que hace que el gato muera y que no le importe apostar sus siete vidas.

6

Esa noche la musa y el escritor no durmieron. El insomnio se apoderó de sus almas. Ella pasó la madrugada empacando sus escasas pertenencias y tomando café instantáneo. A ratos observaba por la ventana las incontables luces de la ciudad. Recordaba callejones y tugurios sórdidos por los que había deambulado mendigando vida. Su piel se erizaba al rememorar las caricias obscenas de más de un hombre sudoroso que, jadeante, la poseyó en algún motel de paso después de un ataque de lujuria disfrazado de un "te amo". Su carencia de afecto la había llevado por el sendero en el que se camina intercambiando un poco de cariño por placer. Siempre esperando que eso no fuera eterno y que alguien apareciera con otras intenciones y cuidara de ella. Le creyó al gordo de Juvenal Mendiola, el empresario que la contrató por primera vez para trabajar como edecán, y quien le prometiera una carrera como modelo. Falsedad. Mentira. Le creyó a Julio Esparza sus promesas de amor, aceptó ser su amante convencida de que la esposa era una arpía y de que después del divorcio dejaría de ser *la otra* para ser la señora de la casa y formar una familia a su lado. Falsedad. Mentira. Le creyó a su madre cuando le dijo que no volvería a abandonarla, que regresaría por ella, que nunca la volvería a golpear. Falsedad. Mentira. La asaltó el miedo. Le pasó por la mente la idea de que Augusto Montemayor fuera un mentiroso, un hábil actor, y que la usara igual que todos. Le aterrorizó imaginar que la decencia y el buen trato del escritor sólo fueran una máscara detrás de la cual se oculte una bestia. La vida le enseñó a desconfiar más de lo bueno que de lo malo. A la maldad la conocía tanto que ya no le temía.

Augusto pasó la noche fumando en calzoncillos, deambulando por su elegante aposento, arropado por el deseo de encontrarse una vez más con su musa. Las mil historias que le sugirieron los ojos de Amanda se arremolinaban en su cabeza. Adentro de esa mujer había de todo. En cada frase, en cada movimiento, pudo percibir una emoción diferente. Saboreó la nostalgia de sus *antes* y la perturbadora melancolía de sus *después*. "Antes de ser tu musa", "después, cuando ya no lo sea". Estuvo recordando cada parte del encuentro. Sus posturas, sus palabras, sus intercambios visuales, su manera de masticar y la forma de limpiarse la boca después de cada bocado. El intestino le insistía en que había dado en el clavo. En el interior de Amanda habitaba una musa. Una inspiración que no podía interpretar si era sórdida y mundana, o angelical y sublime. El hombre audaz, atrevido, dueño del camino que pisaba, se descubrió indeciso, cauteloso, inseguro. No quería dar un paso en falso, no había espacio para la arrogancia o la autocomplacencia. Estaba seguro de tener enfrente una experiencia reveladora. Pudo ver que emanaba de ella una inteligencia nata y una coquetería traviesa. Lo sorprendió el amanecer pensando en la fémina. La imaginó desnuda, tendida sobre la arena de una playa cualquiera. Se descubrió por primera vez en su vida pensando en una hermosa mujer, sin intenciones carnales ni arrebatos de deseo. Se descubrió a sí mismo contemplativo y sereno, recordando los ojos de su musa, hurgando en ellos las historias escondidas más allá de su piel, ahí donde está el fondo y no la forma.

—Aquí será tu hogar los próximos tres meses.

Amanda recorrió la habitación con la mirada. El tono marfil de las paredes, la enorme cama cubierta por un edredón de algodón color turquesa, el amplio ventanal con vista a Campos Elíseos. Era un cuarto acogedor. Se sentó sobre la cama y acarició los cojines bordados. Augusto la observaba complacido. A pesar de las ojeras bajo sus ojos se veía revitalizado, dispuesto a comenzar la aventura.

—Gracias. Nunca había estado en un lugar así. Espero no acostumbrarme porque esto tiene caducidad —dijo la musa.

—No pienses en eso ahora y disfruta. Hoy mismo comenzaremos. Te espero en el salón en media hora.

El escritor salió de la habitación, dejando a Amanda a solas para instalarse a sus anchas. Se sentó en la tumbona de su balcón y encendió un cigarro. Comenzó a sentir una mezcla de incomodidad y arrepentimiento. ¿Fue buena idea traerla a casa? ¿Y si Amanda resulta ser una mujer posesiva y loca de remate? Hasta el momento se estaba dejando llevar por sus intestinos, pero su mente, que no aceptaba con facilidad ser desplazada por las vísceras, cuestionaba sus decisiones. De sus temores emerge de nuevo un recurrente resquemor, como en otras ocasiones en las que se ha acercado con obstinación a mujeres que le interesan, y una vez con ellas, las dudas lo sacuden. "¿Y ahora qué hago con ella?" ¿Y si es tonta y desabrida? ¿Y si no tiene tema de conversación? ¿Será desaseada e impertinente? ¿Será cleptómana o adicta a alguna droga? De manera inesperada le preocupó que debajo de esa bella apariencia habitara una mujer sin escrúpulos o una persona sosa y deprimente. "¿Y si a los cinco días se aburre de mi presencia?" Trató de tranquilizarse pensando en que, si ese fuera el caso, le pediría a Mercedes que indemnizara a la muchacha y se deshiciera de ella. No había contratos firmados. Todo había sido de palabra. Intentó calmar su desasosiego con una larga bocanada de humo de cigarro. ¿Y si era sagaz y calculadora? ¿Y si esa inteligencia que vio destellar en su mirada era el indicio de costumbres abusivas? Acostumbrado a tenerlo todo bajo control, esa incertidumbre lo perturbó. Debía asumir los riesgos. Sacudirse el prejuicio y darle oportunidad a la chica de despejar sus dudas. A pesar de que en el primer encuentro no logró pisar suelo cómodo frente a ella, estaba decidido a soltar, aunque no del todo, los hilos del control. Permitirse fluir y dejar que la mujer fluyera. No forzar nada.

En su habitación, Amanda acomodaba su ropa en el clóset y sus enseres en la sala de baño; después sacó su cepillo y lo pasó por sus largos cabellos. Se miró en el espejo y una vez más se preguntó si de verdad tenía aspecto de musa. Era consciente de que su cuerpo inspiraba deseo y su estilo de vida desconsuelo, pero no estaba convencida de poseer las facultades necesarias para inspirar a un artista de modo que lo hiciera recuperar su talento perdido, que lograra inundar de una pasión creativa a una persona. Sintió pavor. Un arrebato de inseguridad infestó su ser. ¿Y si Augusto se decepcionaba de ella a los pocos días? ¿Y si el escritor desilusionado terminaba corriéndola de su departamento de la misma manera como lo había hecho Julio? ¿Qué le pediría el escritor? ¿Y si Montemayor la decepcionaba a ella? Nadie la había obligado a aceptar ese empleo. Tal vez la desesperación o la miseria, pero no la amenazaron con un revólver para meterse en la vida del literato. Pensó que si las cosas tomaban un rumbo indeseable o incómodo abortaría la experiencia sin exigir un solo peso. Acostumbrada a dejarse llevar por las circunstancias, cayó sentada sobre la cama y abrazó un cojín. Suspiró profundo y cerró los ojos. Necesitaba el dinero. Ese recurso representaba la oportunidad de inventarse una vida. Tenía que arriesgarse y poner toda la carne encima del asador. Sentimientos encontrados afligieron su corazón. La duda contra la esperanza. La audacia contra la temeridad. ¿Quién ganaría esa batalla interior? Si quería saber el desenlace tenía que atreverse. Dejarse ir sobre la oportunidad que el destino le ofrecía. Abrió los ojos, se puso de pie y caminó hacia lo desconocido.

Cuando llegó al salón, Augusto la esperaba con varios libros sobre la mesa de centro.

—He elegido con los ojos cerrados y al azar tres libros de mi biblioteca. ¿Los has leído, Amanda?

Con sus largos y delicados dedos, la musa acarició las portadas de los ejemplares. El primero, *La pasión turca*, de Antonio Gala; el segundo, colocado al centro, *Trópico de cáncer*, de Henry Miller; y el tercero, *La insoportable levedad del ser*, de Milan Kundera.

—Cuando yo era adolescente, la madre de una amiga me prestaba libros; he leído todo lo que ha caído en mis manos. Los libros para mí han sido la forma de no estar... ¿cómo te explico?... de no ser yo, de estar lejos o de ser otra. En fin, he leído muchos, pero no conozco ninguno de los tres —explicó con actitud interesada, tratando de asumir su papel de empleada dispuesta a cumplir con sus responsabilidades.

—¡Perfecto! —exclamó Montemayor, complacido—. Te diré lo que haremos. Cada mañana elegirás al azar uno de estos tres libros. Enseguida, y del mismo modo, abrirás aleatoriamente una página, leerás un párrafo y me dirás qué es lo que se te antoja hacer después de leerlo. Vamos a empezar ahora mismo. Abre el que quieras en este momento.

Amanda cerró los ojos y tomó uno. Eligió *La pasión turca,* de Antonio Gala, y lo abrió al azar. Con la mirada, el escritor le indicó que leyera en voz alta la página seleccionada. Cuando terminó, el literato intervino.

—¡Vaya que tienes tino! ¡Buen párrafo! Ahora dime... ¿qué sentiste al leerlo?, ¿qué quieres hacer después de haberlo leído?, ¿a dónde se ha ido tu mente después de posar tus ojos en esas líneas?

Intrigado, y con el pecho invadido por una súbita ansiedad, Augusto observaba a su musa.

—Nada.

—¿Nada? —reclamó Montemayor, contrito.

—Bueno, mucho.

—¿Nada? ¿Mucho? ¿Eso es todo? Por favor, Amanda, esfuérzate un poco. Sé que puede ser complicado en principio, pero si te concentras lo lograrás; puedes hacer que algo en tu interior conecte con ese párrafo —insistió el prosista con cierta impaciencia.

—¿Qué es lo que esperas que haga? —preguntó la musa, atribulada.

—Quiero que te sueltes, que fluyas. Quiero que cierres los ojos y que a las palabras que has leído les pongas las imágenes que deambulan por tus sentimientos. Por favor, inténtalo —perseveró Montemayor con un tono más cálido.

—¿Qué quiero hacer después de leer esto? Pues seguir leyendo el libro. El párrafo habla de una pasión más poderosa que el simple deseo sexual; señala que la pasión comienza antes y persiste después del deseo; que una pasión es personal e intransferible, pues no se puede sentir por otro que no sea el ser que la provoca, y cuando no se culmina, se convierte en un cáncer que devora por dentro a quien la padece —reaccionó con más entusiasmo la chica.

—¡Alto! No, no podrás leer estos libros completos durante estos tres meses que trabajemos juntos —la detuvo el autor—. Al finalizar nuestro contrato te los regalo para que los leas enteros las veces que se te antoje. Quiero que sólo recibas trozos, ideas, y que la imaginación recorra el mayor trayecto. Verás, Amanda, un escritor se alimenta de lo que lee, de lo que vive y de lo que imagina para construir relatos y personajes. Deseo que cada mañana la lectura de algún párrafo me deje entrever tus vivencias y tus anhelos. Quiero intentar de este modo reactivar mi imaginación agonizante. Ahora dime... ¿qué sientes después de leer lo que has leído?

Amanda dejó caer su espalda completa en el respaldo del sillón. Entrelazó sus dedos sobre su regazo y, disparando su profunda mirada hacia un punto que sólo ella distinguía, distendió sus escrúpulos y comenzó a hablar:

—Te diré lo que siento; quizá no es lo que esperas escuchar pero, bueno, aquí voy —se recargó en el sofá, y en la comodidad de esa postura, la musa se concentró, se sumergió en su mundo interior y prosiguió—: Me hizo sentir envidia. Nunca en la vida he sentido pasión por algo o por alguien. Creo que siempre he despertado deseos, pero jamás pasiones. Todo lo que he sido capaz de provocar en otro es ese deseo efímero que se debilita por completo después de saciarse. Percibí mi cuerpo hueco, sin órganos internos, sin nada adentro que pudieran llegar a devorar los gusanos cuando muera, que no sea otra cosa que mi empaque hecho de piel y de cabellos. No conozco la pasión, sólo la desesperación. Si la pasión devora, la desesperación carcome. La desesperación de no ser nada más allá que un momento de saciedad, sin nada antes del deseo y nada después de saciarlo. Esa desesperación que se ha convertido en mi propio cáncer y que siento que yo misma lo alimento para que cada minuto se esparza más y más dentro de mi.

—Muy bien, Amanda. Me sorprendes. ¡Wow! Esto es más de lo que esperaba —exclamó impresionado Augusto—. Ahora piensa qué es lo que quieres hacer en este momento, después de lo que has sentido.

Con una inusitada y sorpresiva sonrisa en el rostro, Amanda miró directo a las pupilas a Montemayor. Augusto no se lo esperaba. Estaba preparado para todo menos para contemplar la más hermosa expresión de esa mujer. Se le acababa de ocurrir una idea y se lanzó a fondo, pensando que no tenía nada que perder, después de todo.

—Creo que me subestimas. No he pisado universidades privadas pero sí he adquirido cierto conocimiento. Ese que dicen que se adquiere en la trillada frase de “la universidad de la vida” —la musa guiñó el ojo y enseguida agregó—: Quiero ir a una tienda de disfraces. Conozco una en el Centro Histórico.

El escritor se puso estúpidamente nervioso cuando la vio aproximarse sonriendo hacia él para tomarlo de la mano. Sintió incluso temor. Como si esa sonrisa le otorgara superpoderes a la mujer; comprendió en ese momento que lo que quisiera hacer Amanda no serían deseos sino órdenes. Y lo sedujo la idea. Se recuperó de lo inesperado y sólo atinó a decir:

—¿Una tienda de disfraces? ¿Por qué no? ¡Vamos, te sigo!

¿Qué ocurre cuando dos seres permiten salir a sus demonios de los oscuros rincones donde habitan? ¿Qué sucede cuando dos desconocidos se conocen al compartir sus infiernos? Un hombre en ebullición. Una mujer en cenizas. Él anhela la inspiración para escribir. Ella, la inspiración para vivir. La antesala de la esperanza es la desesperación. La desesperación los hizo coincidir. Sólo quedaba esperar que la esperanza los mantuviera unidos hasta la meta. Para muchos tres meses pueden ser nada. Para el escritor y su musa, una vida completa.

Llegaron a la calle de Uruguay, en pleno Centro, y entraron en un gran local donde comerciaban pelucas de payaso, trajes de mosquetero, de la Rana René, de Bob Esponja, así como antifaces de Batman. Amanda se transformó en una niña risueña mientras se ponía lo mismo una máscara del Santo que una capa de Superman. Augusto luchaba en su interior con sus prejuicios. No faltó el admirador que lo reconoció y le pidió un autógrafo. A su cabeza llegaban los ecos de su pulcra educación, recordándole que un hombre serio como él no jugaba con disfraces. Fue más fuerte la sonrisa de la musa. La dulzura de su voz y el estruendo de sus carcajadas lo arrojaron por el abismo del "no me importa"; se dejó llevar por el momento. Amanda sintió que su cuerpo era poseído por un ya conocido arrebato lúdico. Era juguetona, y jugar implicaba una forma de ir resquebrajando el grueso hielo que aún la separaba del escritor. Ni uno ni otro lograban todavía el bienestar completo juntos. Medían sus distancias y contaban los centímetros entre sus cuerpos. Como una de tantas parejas en una discoteca de moda, que baila separada intentando no perder el ritmo y esperando las baladas románticas para poder pegar sus cuerpos con confianza y danzar abrazados sin recato.

Montemayor aceptó ponerse un traje de sacerdote, y junto a Amanda, vestida de monja, caminaron tomados de la mano por el centro de la ciudad, acaparando la atención de los transeúntes. Sin aviso ni oportunidad de reacción, Amanda se detuvo y lo besó. Fue un beso desprovisto de deseo y con sabor a travesura. Los silbidos de desaprobación y los gritos de "Échenles agua" de observadores conmocionados retorcieron de risa a la pareja. Y así los sorprendió el atardecer, vestidos de religiosos, con trajes rentados por trescientos pesos al día, comiendo un sorbete de mango y sentados sobre una banca en la Alameda Central. Despojados de sus identidades, se entregaron a la fantasía de ser otros y encontraron en la experiencia una paz desconocida por sus almas.

—¿Por qué me besaste, Amanda?

—¿Te gustó? —preguntó traviesa.

—¡Claro!, pero no me lo esperaba.

—Es la primera vez que beso a un hombre.

—¡Mentirosa! Eso no es posible.

—Sí es posible. Siempre han sido ellos los que me han besado.

—Entiendo. Creo que es mejor que regresemos al departamento —dijo Augusto, al tiempo que recuperaba control y volvía a conservar distancia prudencial con la mujer. Amanda asintió con la cabeza.

La moneda había sido echada al aire. En la cara, la estructurada soberbia del escritor, sabelotodo e invencible. En la cruz, la astucia y la seducción de la musa, dispuesta a todo con tal de sorprender a su empleador.

7

—¿Dónde demonios te metes, Augusto? —era la voz de Mercedes del otro lado del auricular. Se escuchaba preocupada.

Al oír la pregunta de la editora, Montemayor sonrío y respondió para sus adentros: "En mis demonios, ahí es justo donde estoy metido".

—Trabajando, Meche. Te advertí que iba a apagar celulares y a responder los correos electrónicos cuando tuviera tiempo. Debo concentrarme. ¿Qué pasa?

—Ya lo sé, pero no creí que lo fueras a cumplir. Eres un obsesivo del teléfono celular y de las redes sociales. Por cierto, en Twitter y en Facebook se hizo viral tu última entrevista en la cual anuncias la publicación de tu nueva novela. Tienes que terminar a tiempo, por favor.

—Si dejaras de preocuparte tanto y me dejaras ocuparme en lo mío ahora mismo estuviera terminando el tercer folio del día —respondió el autor con una sonrisa dibujada en el rostro.

—¿Es verdad? ¡Vaya, qué buena noticia! Parece que la musa está funcionando. De hecho también te llamo por algo que tiene que ver con ella — el tono de Mercedes se tornó adusto.

—¿Con Amanda? ¿De qué se trata? —preguntó intrigado Montemayor.

—No te alarmes, es sólo un comentario precavido. Sé cauteloso con ella porque Martha, mi secretaria, me ha contado que la chica tiene un pasado tenebroso. No descarta la idea de que tenga manías raras o malas amistades a su alrededor. No te vaya a salpicar de alguna mierda y esto te sepa amargo al final. Sólo eso, cuídate y escribe.

Al terminar la llamada, Augusto se sentó frente a la computadora y volvió a leer los párrafos que comenzaban a danzar sobre la página en blanco. El último comentario de Mercedes logró excitarlo. "Una mujer con pasado es un tesoro", pensó. Estaba convencido de que de la oscuridad de una mujer puede emanar la luz más intensa. Amanda lo cegaba con su luz. Mujer oscura. Pasado. Demonios. Infiernos. Todo lo que un escritor en crisis necesita para despertar al dragón dormido de la imaginación. Augusto Montemayor sabe que la novela no es el género de las respuestas sino de las preguntas, y su musa está llena de interrogantes. Esto lo excita, lo erecta, lo catapulta hacia donde no tiene idea. Escribe hasta altas horas de la madrugada. Dieciocho cuartillas en tres días. Poco a poco recupera lo perdido. De lo mejor que ha escrito en su vida.

Amanda se vistió de inexistencia para ver trabajar al novelista. Sigilosa, preparaba sándwiches para la cena, abría cervezas y se sentaba en el sofá a contemplar cómo él se despojaba de su ropa hasta quedarse en calzoncillos. Como si la vestimenta le pesara, le estorbara, para escribir. Como si en ropa interior las palabras brotaran con mayor destreza de sus dedos sobre el teclado.

—¿Te molesta que me desnude? —le había preguntado Augusto.

—No, en absoluto. Me hace pensar que comienzas a tenerme confianza —respondió ella con ojos pícaros.

—Todos los escritores tenemos nuestras manías y nuestros rituales. Se cuenta que Gabriel García Márquez debía tener una flor amarilla sobre la mesa en que escribía y que Alejandro Dumas se vestía con una sotana roja de amplias mangas cuando se sentaba a escribir. A mí me gusta escribir en calzoncillos.

La sonrisa de Montemayor, casi ausente en su rostro durante los últimos meses, comenzó a brotar con facilidad. Una súbita ansiedad creativa se apoderó de sus entrañas. Lo mejor de todo era esa mujer sentada frente a él. Contemplando por la ventana las estrellas borrosas detrás del manto contaminado de la gran capital, Amanda resentía el cansancio del día y, sin interrumpir al escritor, se retiraba a su habitación, dejando al hombre sumergido en su torbellino creativo. En momentos llegaba a sentirse espectador de su propia experiencia y se cuestionaba si Amanda y él eran reales o si se habían convertido en personajes de alguna de sus novelas. Tal vez si. Amanda y él se estaban convirtiendo en los protagonistas de su obra en gestación.

8

—Julio vino a buscarte hace dos días —dijo Hilda, preocupada.

—¡Imbécil! ¿Para qué me busca? Que vaya a buscar a su esposa y a sus hijos y les cuente lo hijo de la chingada que es —respondió Amanda, furiosa.

—Le he dicho que has conseguido un trabajo en Cancún, que no sé cuándo regresarás, y salió echando lumbre por los ojos. Traté de localizarte pero siempre me contestó tu buzón.

—Sí, Augusto me pidió que apagara el celular y me desconectara de todo para concentrarnos en el trabajo. Sólo te marqué para darte otra vez las gracias, amiga. No sé qué pase pero por lo pronto está siendo menos incómodo de lo que imaginé.

—¿Cómo es él? —la curiosidad de Hilda traspasaba la bocina del teléfono.

—Es como nadie, como ninguno. Cuando lo conocí su presencia me incomodaba mucho, había en él una mezcla de frustración con soberbia. Me pareció insoportable en algunos momentos. Sin embargo, o me estoy acostumbrando a su forma de ser o he percibido un cambio en él. Cuando le mencioné la transformación que he visto me dijo que le estoy devolviendo la paz que da poder hacer otra vez lo que le apasiona. Comienza a estar más relajado conmigo.

—Y tú, ¿cómo estás?

—Te mentiría si te digo que ha sido sencillo, pero fluyo. Por primera vez en mi vida no quiero regarla, deseo que las cosas salgan bien; reza por mí para no cagarla, amiga, no quiero que me corra.

Cuando Amanda terminó la llamada con Hilda, no pudo evitar que un dejo de amargura se le metiera en el vientre al pensar en Julio. Sin embargo, recuperó su recién estrenado entusiasmo al pensar en un nuevo día acompañando al prosista a buscar la inspiración perdida. De hecho, ya no estaba tan perdida. A medida que pasaban las horas y que se acumulaban los días, el literato fue reconciliándose con su talento. Cada noche ella se sentaba en el salón para observar cómo Montemayor *asesinaba* la página en blanco.

Por las mañanas se sentaba frente a la mesa de centro del salón principal en donde seguían los tres ejemplares elegidos para la lectura obligada. Con los ojos cerrados tomaba alguno, abría los ojos y el libro al mismo tiempo. La página y el párrafo elegidos al azar se manifestaban y entonces comenzaba el reto del día. El ritual era el mismo. Ponerle experiencia al texto. Vincular la obra del autor con sus experiencias de vida. Amanda esparcía su mirada en el techo y hurgaba en la memoria para encontrar las imágenes que se formaban en su mente a partir de la lectura. El escritor observaba a su musa en trance. Metiéndose en ella misma. Eso lo excitaba. La veía entrar y salir de sus sórdidas evocaciones para después construir a su lado un cotidiano inesperado. ¿Qué había en los infiernos de Amanda que lo estaba conduciendo a la gloria?

A lo largo de la historia del hombre, la mujer ha sido su fuente de inspiración. ¿Qué debe tener una mujer para convertirse en una musa? ¿Qué debe poseer una mujer para inspirar a un hombre? Las mujeres tienen incontables recovecos en su interior que son como laberintos en los que se quedan a vivir los hombres para siempre, buscando la salida que no existe. Un hombre posee a una mujer penetrándola. Una mujer posee a un hombre inspirándolo. Gala para Salvador Dalí, Beatriz Portinari para Dante, Anita Ekberg para Fellini. Amanda para Augusto. La musa desconocida para el escritor reconocido. La mujer con pasado para un hombre con futuro.

Fue por la tercera semana de convivencia cuando sucedió algo inesperado durante el ritual creativo.

—¿Qué nos dice Henry Miller hoy en su *Trópico de cáncer*? —pregunta Montemayor al ver el ejemplar elegido por Amanda. La musa comienza a leer en voz alta el párrafo elegido al azar.

Una vez terminada la lectura, Amanda se echó a llorar. El desconsuelo de su llanto retumbó en las entrañas de Augusto. Sin embargo, el escritor decidió llevarla al límite:

—¿Qué sentiste al leer esto, Amanda? —la mujer se retorcía sobre el sillón y el escritor comenzó a gritarle—. ¡Amanda! ¡Dime lo que ves! ¡Dime lo que sientes! La tomó por los hombros y comenzó a sacudirla. Las lágrimas de la chica salpicaron la mejilla del autor. Durante un segundo sus miradas se encontraron, tiempo justo para que ella le plantara una bofetada. Se quedaron inmóviles. Intentando predecir la siguiente reacción del otro. Anticipándose a la musa, el escritor la tomó por la nuca y atrajo el rostro de la mujer hacia su pecho. Amanda pudo escuchar las pulsaciones del corazón de Augusto. "Así debe de haberse escuchado el latido del corazón de mi madre cuando estuve en su vientre", pensó. Entonces, sus largos y delicados brazos, que habían quedado rígidos y ajustados a su cuerpo, se aflojaron y con ellos rodeó la cintura del prosista. Las piernas de Augusto reaccionaron temblando. Pasó un tiempo sin conciencia, minutos empañados de eternidad. Cuando el llanto dio paso a los suspiros, deshicieron el abrazo y se sentaron en el sillón tomados de la mano. Amanda comenzó a hablar:

—Sentí que no valgo nada. Lo lamento, me fue imposible no derrumbarme al leer eso. No tengo la remota idea de quién se lo dice a quién porque desconozco la trama y el contexto, pero leer que alguien desea conocer a una mujer que sea inteligente y no sólo un coño removió muchas cosas en mí. Si un hombre afirma que para amar a una mujer, ésta tiene que ser mejor que él, me doy cuenta de que nunca he sido mejor que nadie porque a nadie le he inspirado amor verdadero. He sido un coño. Recordé a mi madre... Recordé una tarde de mi infancia. Tenía nueve años y mi madre llegó alcoholizada a la casa acompañada de un hombre. Me metí a la cama y me tapé de la cabeza a los pies. Los escuchaba discutir. Reír. Gemir. De pronto, mi madre entró y me descobijó de manera violenta. Entonces noté que el hombre estaba de pie a mi lado, junto a la cama. Mi madre me obligó a realizarle una felación a su amigo. Ése fue el inicio de una serie de abusos que aquel tipo cometió conmigo. Una noche me penetró en contra de mi voluntad. Yo apenas había cumplido los doce. Mi madre lo supo y no hizo nada. Cuando la culpa le laceraba la conciencia me decía que era mi destino. Que las mujeres no somos otra cosa que una vagina. Que hubiese preferido engendrar un varón. Me dijo una y otra vez que mi destino era coger y no amar. Que el amor no existe. Que así como mi padre la preñó en un acto de lujuria y no de amor, del mismo modo yo estaría destinada a satisfacer los más bajos instintos de los hombres, a ser preñada por un desconocido y a perpetuar la maldición que se apoderó de ella y que la arrojó a los brazos de la muerte. Sentí tristeza. Hubiese preferido tener amor que belleza. Hubiese preferido tener un pene y no una vagina. Así tal vez mi madre me hubiese amado.

—Tu madre ha muerto y no puedo hacer nada al respecto —intervino Montemayor intentando salir del *shock* en el que lo dejó el relato de su musa. Hubiera deseado decir algo más tierno, pero sólo agregó—: Creo que será mejor que yo elija la actividad de hoy, se me está ocurriendo algo.

Tomó a Amanda por el talle y la guió hasta la salida del departamento. En el elevador le guiñó el ojo y nunca le soltó la mano. Una vez en el auto, encendió su celular y marcó un número.

—¿Patricio? Voy para allá, necesito tus servicios.

Nelo, el chofer, asintió con una mirada por el retrovisor y dejó atrás Polanco, se dirigió hacia Las Lomas. Conocía el destino.

Llegaron a una torre de elegantes departamentos. Un hombre alto un hombre alto, de tez muy blanca, con cejas depiladas y finos labios, los recibió en el *penthouse*. Todo un personaje. El departamento era espacioso, con las paredes pintadas en rosa y gris. "Psicodelia refinada", pensó Amanda.

—¡Pero qué maneras las tuyas de aparecerte tan temprano, Augusto! — exclamó con una voz chillona Patricio Higueras, el maquillista de moda, mejor conocido como "el estilista de las estrellas".

—Hola, amigo, te he dicho que las flores no te van. ¿De dónde sacas esas espantosas camisas? —dijo Augusto guiando a su musa hacia el interior del lugar.

—Hola, soy Amanda —atinó a decir la chica.

—¡Pero qué preciosidad, Augusto! Apuesto a que eres del este de Europa —dijo Patricio mientras acariciaba los largos cabellos de la mujer.

—No, nací aquí. Mi padre era europeo, de Dinamarca... creo.

—Un dato más —intervino Montemayor con complicidad, mirando a la musa.

Se sentaron en el salón. Estaba claro que Augusto tenía una relación de confianza con el artista y que conocía el lugar como la palma de su mano. Higueras se dejó caer sobre un sillón de terciopelo gris, justo enfrente de la pareja. Con mirada curiosa, preguntó:

—¿Y para qué soy bueno? No me digas que por fin te preocupa tu imagen y has aceptado que un cambio de *look* no le caería nada mal a tu exitosa carrera...

—No empieces, Patricio —interrumpió el escritor—. Estoy aquí por Amanda, no por mí. Apresúrate, que llevamos prisa.

—¿Ella? ¡Pero si ella es hermosa así, al natural! Bueno, tal vez una depilada de ceja, un poco de rubor...

—No, no quiero que la maquilles como mujer. Quiero que la transformes en hombre.

De los rostros de Amanda y de Patricio brincó la sorpresa. Se vieron uno al otro y después observaron al escritor. Augusto, con los brazos cruzados y moviendo impaciente la punta del pie izquierdo, los miraba con una sonrisa traviesa.

—Amanda, Patricio Higueras es todo un artista —explicó Montemayor—, está a cargo de la imagen de famosos artistas de cine y televisión; además, es todo un profesional en caracterización y maquillaje para efectos especiales. Tal vez conoces su trabajo en varios filmes como *Ligera como el aire* o *Antes de morir en silencio*. Pues bien, él transforma a jóvenes en viejos, a viejos en jóvenes, a hombres en mujeres... y a mujeres en hombres. ¿No es así, Patricio?

—Es correcto, *darling* —respondió el maquillista poniendo los ojos en blanco resignado—. Veré qué tengo a la mano para la transformación.

Se puso de pie y se dirigió a una habitación al final del pasillo. Hasta el salón, Augusto y Amanda podían escuchar el ruido de cajas abriéndose, cosas cayendo sobre el piso de madera y puertas cerrándose. Patricio regresó minutos después con un maletín que al abrirse reveló múltiples compartimentos. Tarros, pinceles, polvos, tijeras, látex, pelucas... Parecía no tener fondo. Le pidió a Amanda que se sentara en un sillón colocado frente a un gran espejo. Se perdió de nuevo por los cuartos del amplio y lujoso departamento para volver con un esmoquin dentro de una funda de plástico trasparente y con cierre.

—Lo siento, *darling*, es lo único que tengo de su talla —dijo dirigiéndose a Montemayor. El escritor asintió con la cabeza y se sentó a observar el trabajo del artista.

—Tranquila, Amanda, después te diré lo que haremos cuando esté terminado el trabajo —tranquilizó a la musa.

—¡Huy! ¡Cuánto misterio, *darling*! —intervino Patricio con sorna.

—Te pago el doble si no haces preguntas —le dijo con seriedad el escritor.

—Págame el triple y además no recordaré que estuvieron aquí esta mañana; me dará amnesia.

—¡Trato hecho!

—Entonces ve a la cocina y sírvete un café para que no estorbes. Yo te aviso cuando esté listo el "muñeco".

Al tiempo que degustaba la manzana que tomó de la cocina, Augusto intentaba asimilar el revelador relato de Amanda. ¿Cómo podía tanto dolor habitar en un cuerpo tan bello? Si el dolor cincelara los rasgos de los rostros humanos, el de esa chica de veinticuatro años estaría desfigurado. Corroboró que el dolor más espantoso se esconde detrás de las apariencias más encantadoras. Así ha sido a través de la historia de la humanidad. Las masacres más desgarradoras se han ocultado tras los más honorables ideales. Incluso detrás de la adoración de un dios se han ocultado los crímenes más despreciables. De pronto, se percibió él mismo como un fraude. Detrás de su imagen de hombre exitoso habitaba un ser oscuro. Logró notar asimismo su propia envidia, esa que lo hacía anhelar el sufrimiento ajeno desde la comodidad del espectador, apropiándose de las emociones del otro para construir sus personajes. Desde siempre quiso vivir la vida de otros, sentir lo que sentían los demás, poseer lo del extraño. Por eso se convirtió en escritor. Para robarse las vidas ajenas y, montado en su soberbia, hacer con ellas lo que le viniera en gana. Logró reconocer su lado manipulador, esa faceta suya que le permitía hurtar mensajes de otros para fabricar ideas distorsionadas sobre realidades ajenas pero vistas a través de la omnipresencia del narrador. Realidades impropias despojadas de su esencia para fabricar con letras el perfume que aspirarían sus lectores. Se lamió su egoísmo y sintió su sabor. Por primera vez le supo amargo. Se dio cuenta de su fragilidad. Se reconoció dispuesto a dejar de ser él mismo. Sonrió para sí cuando se percató de que ese estado lánguido en el que cayó de pronto lo excitaba, lo incitaba a escribir. Encendió un cigarrillo y dejó pasar el tiempo. De una cosa estaba seguro: haría lo que fuera para ser la inspiración de su musa. Don Juan se convirtió en doña Inés y los pájaros comenzaron a dispararle a las escopetas.

—¡Taraaaan! —gritó Patricio y Amanda abrió los ojos.

—¡Wow! ¿Ese soy yo? —exclamo Amanda llevándose las manos a la boca, asombrada.

—Sólo porque sé que eres mujer, si no, ahora mismo comenzaba a conquistarte, "muñeco" —dijo el estilista mientras regalaba a la muchacha una sonrisa a través del espejo.

—¡Joder! ¡Vaya que eres bueno, Higueras! —reconoció Augusto después de extenderle unos billetes al maquillista, quien los enrolló y los introdujo en su camisa floreada—. ¡No chingues! ¿Usas sostén? —ironizó Montemayor.

—Corpiño, niño, corpiño —refunfuñó Patricio.

Amanda se levantó para observarse en el espejo. ¿Qué hubiese dicho su madre si la viera convertida en hombre? ¿La habría aceptado? Patricio había conseguido un resultado magistral. Una peluca cuidadosamente colocada en su cabeza ocultó de manera perfecta su larga cabellera. Con látex le marcó algunas patas de gallo al lado de los ojos. El bigote, impecable, parecía propio. En verdad el simpático estilista era bueno. Con una venda comprimió y ocultó sus pechos de adolescente. Con hombreras en el saco le inventó una espalda corpulenta. Salió de ahí transfigurada en un apuesto joven.

—¿Sabes qué? Me gusta más mi nombre en masculino que en femenino —le comentó Amanda al novelista cuando iban en el automóvil hacia rumbo desconocido.

—¿Cómo? No te entiendo —expresó Montemayor, sorprendido con tal declaración.

—*Amando*. Me gusta más *Amando*.

Augusto pidió al estupefacto Nelo que los bajara en pleno Reforma. Caminaron hasta el Museo de Antropología. Esta vez la instrucción del escritor fue clara: "Caminaremos juntos por la tarde para ver cuántas mujeres enamoras a tu paso, y por la noche nos iremos de putas". Así lo hicieron. Augusto y *Amando* se dedicaron a lanzar piropos a las bellas, a las feas, a las gordas, a las flacas. Más de una eligió a *Amando*. Más de dos reconocieron a Montemayor y se le colgaron del cuello después de pedirle un autógrafo. Antes de las cinco de la tarde *Amando* tenía en su poder ocho números telefónicos de chicas entusiasmadas con una posible cita. Augusto lo trataba como hombre.

—Mira, cabrón, el asunto es éste: haces como que no las ves, pero cuando ellas se percatan de que las observas, ¡clavas tu mirada un par de segundos directo en sus pupilas! Ahí caen. ¡Ah! Y de vez en cuando procura fingir que te rascas los huevos, para que no levantes sospechas.

—¿"Huevos"? ¿"Cabrón"? ¿Así acostumbras hablar con tus amigos? —preguntó divertida Amanda al conocer una nueva faceta de la personalidad de su empleador.

—Pongámoslo así: la mujer civiliza al hombre. Cuando estamos entre varones la parte animal o rupestre emerge a plenitud. No hay eructo que se contenga ni rascada de huevos que se evite. Sobre todo si no hay jerarquías; es decir, si estamos entre iguales, entre camaradas. Pero si aparece una dama, los huevos se convierten en testículos o en agallas, y los eructos en respiraciones profundas. La mujer saca lo mejor de los hombres en sociedad.

—Y lo peor en la intimidad —lo interrumpió Amanda.

—Puede ser. Sí, tienes razón. Pasa más veces de lo que nos gustaría. Pero también saca lo mejor. ¿Acaso no lo ves?

—¿Eso es lo mejor que tienes? —respondió desafiante la musa.

—Esto es el comienzo, aún no has visto nada —dijo Montemayor y le dio una nalgada que hizo cuchichear a más de un extraño.

Los sorprendió la noche en un *table dance* de "alcurnia", ubicado al norte de la ciudad. "Sólo para miembros", decía la tarjeta que les entregaron en la entrada. Amanda pensó que a la frase le faltaba una palabra: *erectos*. Augusto le explicó que en la mayoría de establecimientos de ese tipo existían reglas y restricciones. Eligió ese en particular porque la dueña era una vieja conocida que cuidaba mucho la calidad de sus "productos". Putas de linaje y relumbrón que por sumas importantes permitían casi de todo. En otros sitios similares se prohibía tocar a las bailarinas y sólo en los privados, después del correspondiente arreglo económico, se accedía a otro tipo de servicios. El lugar estaba revestido con una alfombra verde olivo y las paredes estaban pintadas de color marfil, con molduras de madera en las esquinas. Los angostos pero altos ventanales se hallaban cubiertos por gruesas cortinas color durazno. La media luz predominaba. En un rincón se distinguía un piano de cola abandonado. Se instalaron en un salón de té inglés infestado de voluptuosos cuerpos tapados sólo por diminutas tangas de hilo. Las mujeres que bailaban en los dos tubos ubicados en el centro mostraban su desnudez entera. Depiladas. Ningún vello en sus pubis. Una pelirroja de anchas caderas fue la primera en posar su mirada en *Amando*. Las indicaciones de Augusto fueron precisas: "Habla poco y acaricia mucho. No dejes que te toquen la entrepierna y tira el contenido de tu copa en la cubeta de los hielos. No quiero que vivas esto con los sentidos alterados. Lo que quiero es que esto te altere los sentidos". De inmediato se acercaron tres mujeres. Entre ellas la pelirroja. Esta última se sentó junto a *Amando*, de cuyo nombre hizo burla. "¿*Amando*? Mejor deberían llamarte *Fornicando*, es más común", le dijo sarcástica. La musa comenzó a percibir en los rostros de esas damas a mujeres conocidas. Una de ellas, morena, con los ojos vidriosos y de movimientos torpes, le recordó a su madre. Otra, que tenía cara de niña y culo de rumbera, a su abuela materna; una trigueña, prudente y servicial, con pezones oscuros y que en ese momento se ofrecía para un privado con Montemayor, le recordó a ella misma. Vio reflejada en ese rostro su propia carencia de afecto. Pudo leer en sus facciones una historia de abandono semejante a la suya. Tuvo deseos de abrazarla y lo hizo. La arrebató de los brazos del escritor y la sentó sobre sus piernas. En silencio, como lo indicó Augusto, comenzó a acariciarle la cara, los pezones, las piernas. Con delicadeza y sin prejuicios la besó con ternura. La lengua de la mujer tenía el sabor de su propio pasado. Le acarició la piel como le hubiese gustado a ella haber sido acariciada por un hombre. Le chupó los pezones como el niño agradecido que se amamanta de la madre. Puso su mano sobre su clítoris y lo acarició con devoción. Y así, sin decir nada, se arrodilló frente a ella y con su falso bigote le frotó el pubis. La miró a los ojos y encajó su lengua ahí, donde otros la embestían con el pene. La mujer se dio cuenta de que ese delicado varón la había elegido para darle placer y no para exigírselo. Desde su lugar el novelista abría su camisa para dejarse acariciar por la pelirroja, pero no dejaba de observar el desempeño de su musa. La otra dama, la de los ojos vidriosos, regresó a danzar a la pista. Las pupilas del escritor se dilataron, su pulso se aceleró, y la inevitable erección emergió del pantalón. *Amando* se detuvo, y sin dejar de mirar directo a los ojos de su acompañante, siguió acariciándole el clítoris. Después hundió la lengua en su humedad deliciosa y se deleitó el paladar con sus jugos. La trigueña gemía; con los brazos abiertos y temblorosos se sostenía del respaldo del asiento. Cerró los ojos. La musa los mantenía abiertos, y al contemplar el placer de la mujer, sus propias entrañas se humedecieron. Augusto buscó su boca. La separó de la excitada chica y la atrajo hacia él. Saboreó la humedad de la otra en los labios de Amanda. Las demás quedaron atónitas, inmóviles. Envidiando la arrebatada pasión de ese beso. Sin dejar de besarse, la mano de *Amando* buscó a tientas las nalgas de la trigueña para acariciarlas, y la mano de Augusto, la vagina de la pelirroja. Sin dar tregua a la fusión de sus lenguas, insertaron sus respectivos índices en las cavidades húmedas de sus acompañantes. Con dichos apéndices intentaban encontrar el fondo, con los restantes dedos acariciaban la superficie. Sumergidos en un espacio privado a la vista de todos los demás clientes del lugar, escuchaban a lo lejos la música candente y el tintinear de las copas. Hubo quien aplaudió. Otros lanzaron silbidos. Mientras la pelirroja metía en su boca la erección de Montemayor, el hombre besaba a la musa, a su diosa de placer vestida de caballero. Mientras el escritor se aferraba a ese beso, Amanda sumergía tres de sus largos dedos en la mojada cavidad de la trigueña. Los dejó ahí dentro, el tiempo suficiente para provocarle un orgasmo más. Al separar sus bocas, *Amando* y Augusto retornaron a los cuerpos de sus respectivas mujeres. El escritor esparció su semen sobre un manto de cabello rojo desparramado entre sus ingles. La musa sumergió su cabeza entre los senos de su hetaira. Le apretó los muslos y con dulzura le lamió los pezones. Los vio endurecerse como el cemento. Entonces, cuando la trigueña intentó tocarle la entrepierna, *Amando* le retiró el brazo y, sin decir una palabra, se puso de pie y se dirigió a la salida.

Augusto desparramó un fajo de billetes sobre la mesa. Pagó las bebidas y fue tras su musa. La noche era joven, y él tenía mucho que escribir.

9

Después de la insospechada y súbita experiencia que vivieron juntos Amanda y Montemayor, la musa poco a poco ha ido reanimando la moribunda inspiración del escritor. Augusto anhela que sea de día para explorar junto a ella los recovecos de sus infiernos disimulados. También anhela la noche porque es momento en que, enfundado en sus bóxer de algodón, ultraja el teclado de su computadora y escribe sin detenerse hasta la madrugada. Mientras la musa duerme, el novelista trabaja. No le importa haber reducido sus horas de sueño a la mitad. No le importunan sus ojeras ni sus temblores matinales. Hechizado por la experiencia cotidiana compartida con esa mujer a la que casi le dobla la edad, ha comenzado a enojarse con el maldito tiempo que se consume más rápido de lo que imaginó. A veces se descubre temeroso de llegar a la meta, de que se diluyan los tres meses y con ellos la presencia de esa mujer. Se ha prometido a sí mismo poseerla por medio de la escritura y no de manera carnal. Sin embargo, a medida que conoce más el espíritu de la chica, comienza a desear su cuerpo. Algo insólito para él, que siempre metió a las mujeres en su vida a través de los ojos y no del corazón. Primero la carne, después lo incorpóreo. En la mayoría de los casos, por no decir en todos, se quedó en el plano de la satisfacción sexual sin atreverse a mirar en las profundidades del alma femenina. Por vanidad, por miedo. Por arrogancia o por cobardía, siempre se metió a la cama pero jamás a las vidas de sus conquistas. Su fácil acceso a los *todos* le hacía evitar la *nada*, y tal vez se tragó la idea de que era preferible hacer un poco feliz a todas y no infeliz a una sola. Se había tragado el cuento de haber nacido inmune al sufrimiento y a la tragedia. Por eso se hizo escritor, para contar los dramas de otros, porque en su vida impoluta no había cabida para el desazón. Se acostumbró a caminar por el mundo mirando a los demás desde arriba. Desde donde el destino lo colocó al nacer, allá donde el hambre, la soledad, la miseria y el desconsuelo son asunto de otros. Desde esos *otros* emergió su musa. Esa mujer que lo trata como un otro, como un igual, como un cualquiera, con el mismo respeto con el que trata a un mesero, a un niño, a un anciano. A sus cuarenta y cuatro años Montemayor creía haberlo visto todo. Tal vez vio mucho pero sintió poco. Tal vez habitó en el confort sin sentirse cómodo jamás. Tal vez había existido sin tener vida.

Amanda terminó de leer el párrafo elegido cuya lectura le provocó un profundo suspiro, y expresó:

—Es increíble cómo escribe Milan Kundera, estoy fascinada con lo que logra transmitirme, Augusto, es como si al leerlo un millón de imágenes tomaran forma en mi cerebro. Cuando habla de la eternidad, de la repetición infinita de instantes, ese maldito mundo en donde todo se repite se convierte en algo insoportable, y tiene toda la razón. Parece como si al leerlo asumiera de modo consciente lo que he sido en mi vida. Una cadena interminable de instantes ya vividos que retornan de manera obligatoria y hacen que sienta un peso incalculable sobre mis hombros. Es entonces cuando experimento esa levedad de la que se habla en el libro, cuando ese peso enorme me aterriza en la tierra y de pronto me convierto en pluma ligera y lo observo desde lo alto, allá donde habito para dejar de percibirlo. En mis conmiseraciones, o como quieras llamarlas, pero a final de cuentas ahí, donde el cuerpo no se siente y sólo habita el alma. ¿O se dice *espíritu*? No lo sé. Y sí, esa carga pesada es mi vida y no la he querido afrontar como debería hacerlo; esa ligereza que logro al separar mi vida real de la que anhelo es lo que me ha permitido sobrevivir. Por eso podría responder a la pregunta de qué prefiero: si el peso o la levedad, elijo la levedad, pero al mismo tiempo leer esto me permite reflexionar en lo importante que es, de una vez por todas, pisar el suelo y ver qué demonios puedo hacer con esta carga que llevo encima desde que nací.

—Kundera es muy bueno, debo decirte que he leído *La insoportable levedad del ser* más de cinco veces —declaró Montemayor, al tiempo que encendía un cigarrillo.

Una indescriptible ansiedad lo invadió, obligándolo a fumar antes de probar bocado. Tenía dicho hábito después de ingerir alimentos, pero así como ése, muchos otros se habían deteriorado con la presencia de la musa. Su costumbre de escribir por las mañanas se trasladó hacia las noches. Sus rutinas murieron y nacieron otras. Ese cotidiano presuroso embriagado de novedad que compartía con la mujer, despojó de rigidez sus acciones, desbarató muchos de sus prejuicios y le arrebató la importancia a lo que antes era primordial para él.

—Lo que acabo de leer hoy no me hace pensar en "algo". Me hace pensar en "alguien" —dijo Amanda encajando sus pupilas en las de Augusto.

—*¿Alguien?*

—En ti.

—¿Y qué sugieres?

—Ir a caminar al parque.

Quién iba a pensar que en la simpleza de una caminata se puede esconder una complejidad inaudita. Sobre todo cuando no hay prisas ni rumbos y se permite a los sentidos explorar el entorno a plenitud. El Parque Lincoln, también conocido como Parque de los Espejos o el Parque del Reloj, fue el escenario del día. En esa parte de Polanco, a unas cuadras de la casa de Augusto, sucedería lo inesperado.

—A veces no hay que ir tan lejos para sentir que se ha viajado —dijo Augusto.

—Vives en un hermoso lugar, pero a veces siento que no eres consciente de ello —expuso Amanda.

—¿Eso piensas? Bueno, ¿y qué tiene que ver Kundera con un parque? No hallo la relación.

—Pienso en lo que leí, en que a veces lo más pesado puede ser ligero; al menos eso entendí, pero no sé si estoy en lo correcto. Y por favor, necesito tu paciencia, no soy experta en interpretación de textos. Pero leer eso, no sé por qué, pero me hizo pensar en ti, en que por momentos eres pesado, y en otras ocasiones, ligero.

—¿Yo? —exclamó sorprendido el escritor—, ¿te parezco un pesado?

—No tú. Tu *yo* insoportable. Tu rol de inmortal que asumes. Se ve que te pesa.

Buscaron una mesa libre en uno de los cafés ubicados al costado del parque. Después de encender el cuarto cigarrillo del día, Montemayor se reconoció nervioso. Esa mujer sin estudios superiores, de estirpe desconocida, con aspiraciones truncadas, lo estaba inquietando y además hablaba de él como si lo conociera desde siempre. Se reprendió a sí mismo al darse cuenta del ataque de soberbia que lo poseyó por unos minutos. La musa le estaba metiendo el dedo en una herida oculta. Y le estaba doliendo.

—¿Leyendo el párrafo de un libro te inspiraste tanto que ahora tienes superpoderes y conocimientos psicoanalíticos? —prosiguió Augusto con un tono tan sarcástico, que se arrepintió de sus palabras enseguida de haberlas exteriorizado.

—No me menosprecies —respondió desafiante Amanda—, no se necesitan años ni haber cursado doctorado para reconocer el lado insoportable de una persona.

Augusto se percató de su comentario fuera de tono. A su manera, ella había aspirado la pesadez de su vida ligera.

—Tienes razón, discúlpame. No sé por qué demonios me has puesto tan nervioso.

—Eso es lo que hacen las musas, ¿cierto? Poner al artista en estados emocionales que perturben su estabilidad para detonar su creatividad, ¿o no? —continuó Amanda después de darle un sorbo a su café.

—Eso fue realmente *sexy* —contestó el escritor dilatando sus pupilas—. Me gusta que me perturbes.

—Nunca he dicho que sea malo ser insoportable, no es positivo ni negativo, sólo es. Pasa. Sucede. Yo también a veces soy así. ¿Qué eliges? ¿El peso o la levedad?

—Hace días te hubiese respondido que la levedad, porque eso es lo que sentía, que nada me ataba a la tierra, que como un diente de león al que le soplan me dispersaba en el espacio atravesando grandes distancias, dirigiéndome a la nada. Hacia el vacío. Ahora te puedo decir que prefiero el peso. Sentir mis pies aferrados a la tierra. Sentir mi carga. Su peso hace que me sienta vivo.

—Quiero sentir tu carga.

—¿Hacia dónde va esta conversación, Amanda? No quiero que te metas en mis cosas personales y menos con esos ojos de compasión que me has puesto encima —objetó Montemayor.

—No quiero compadecerte, quiero sentirte vivo —refutó Amanda—. Te haré tres preguntas para las que yo no tengo respuesta. Es decir, si tú me preguntaras lo mismo, mi respuesta a esas tres preguntas sería un "no sé". ¿Te parece?

—Pregunta entonces.

—¿Quién es tu padre?

—Mi padre se llama Arnulfo Montemayor; es un arquitecto jubilado. Vive en Cuernavaca desde hace diez años. Originario de Toluca pero avecindado en la capital del país desde la adolescencia. Mis abuelos se dedicaban a la industria textil e hicieron una fortuna considerable que les permitió mandar a mi papá a los mejores colegios. Cuenta que desde niño quiso ser arquitecto. Pudo estudiar en el extranjero. Vivió dos años en Londres y tres en España. Regresó a México para casarse con mi madre, su novia desde la adolescencia, y montó su despacho en Polanco, a unas cuadras de la casa que ahora habito. En los ochenta participó en la construcción de numerosos edificios que hasta hoy son emblemáticos de la capital. Recibió ofertas de reconocidos despachos de arquitectos en otros países y colaboró en varios proyectos internacionales. Le gusta la música de Chopin y el queso maduro. Es un viejo afortunado. Desde muy joven cosechó éxitos y ahora goza de buena salud y de una jubilación cómoda. Juega golf y monta a caballo. Es disciplinado, obsesivo, culto. Nunca lo he visto borracho pero sí sabe disfrutar un buen vino. Colecciona trozos de ámbar. Los clasifica por tamaños y procedencias, colocándolos de manera meticulosa en una vitrina que diseñó especialmente para ellos. Es conservador en el vestir pero liberal de pensamiento. Es un gran conversador pero debo admitir que le gusta más ser escuchado que escuchar. Dicen que me heredó su estatura y su voz. Hay quien nos confunde por teléfono. Es un amante del desafío y no se permite fracasar. Ése es mi padre, según mi percepción. ¿Cuál es la segunda pregunta?

—¿Qué se siente tener una familia?

—No te puedo responder acerca de "una" familia, pero te diré lo que siento al tener a "mi" familia —Augusto encendió el penúltimo cigarrillo de su cajetilla y prosiguió—. Mi familia nuclear la conforman mi padre, mi madre y mis dos hermanas menores. Ser primogénito varón ha tenido un sabor agridulce. Por un lado eres el centro de atención de las mujeres de la casa. He sentido la devoción de mi madre y de mis hermanas desde que tengo uso de razón. Sin embargo, por el otro lado, siempre he sentido un peso sobre mis hombros. Tener que ser el ejemplo, el guía, el protector. Me he sentido seguro entre ellos toda la vida, y al mismo tiempo, con un deseo ferviente y constante de diferenciarme. Quiero sentirme uno de ellos y al mismo tiempo dejar de serlo. Pertenecer y no pertenecer. Como deseos irracionales de sacudírmelos de encima, por decirlo de alguna forma. Ahora que intento responderte me doy cuenta de que es una sensación confusa. Tener una familia afirma tu sentimiento de pertenencia pero al mismo tiempo reafirma un clandestino deseo de diferenciación. Tal vez se deba a las comparaciones que los padres hacen entre los hermanos. Yo, por ejemplo, me he descubierto a mí mismo varias ocasiones agradeciendo al destino no ser como mi hermana Fernanda. Ella es la menos agraciada físicamente. A eso le atribuyo su mezquindad y doble cara. Es envidiosa y huele a amargura. Es cuatro años menor que yo, casi cuarentona y con una voz de niña boba que disgusta hasta al más paciente. A petición de mi madre le conseguí un trabajo en la empresa de un amigo y ahí sigue. Estudió contaduría y se casó con un profesor de inglés que gana tres veces menos que ella. Todos en la familia sabemos que lo mantiene y que es la que lleva los pantalones en su casa, pero cada vez que puede nos habla del carácter maravilloso de su esposo y de lo bien que la trata. Como justificando ante nosotros el bajo perfil de su príncipe. Es envidiosa y chantajista. No soporto estar cerca de ella muchas horas. Tiene justo lo que odio en una persona: hipocresía, envidia, frustración, miedos. Tener una familia te hace sentir protegido y al mismo tiempo expuesto. Vulnerable. Te conocen tus defectos y si te descuidas los usarán en tu contra cuando menos te lo esperes. Así lo hace mi otra hermana, Victoria, la menor de todos, dos años menor que Fernanda. No deja de echarme en cara mi egoísmo y mi pasión por el control. No puede entender que es algo que me fue otorgado y no algo que exigí. Un rol que se me fue dando con la convivencia de unos con los otros: Augusto el que organiza, el que cuida, el que protege, el mayor. El que sabe. Victoria ha seguido mis pasos, estudió letras inglesas en Londres y regresó a México. Vive con mis padres y escribe guiones para publicistas. Ha sido molesto para mí que alguien más de mi familia se dedique a lo mismo que yo, no me gusta que me imite, que se haga amiga de mis amigos buscando un recodo por dónde meterse en mi mundo. Me invade y me critica. Ha tenido dos noviazgos largos y sospecho que ambos enamorados huyeron de su carácter histriónico. Como puedes ver, tengo una hermana mezquina y otra dramática. Creo que las amo a mi manera y porque son mis hermanas, pero si hubiese tenido la oportunidad de elegirlas, había optado por otras... Poseer una familia es tener espectadores de tu conducta las veinticuatro horas del día. El padre, la madre, los hermanos, todos están pendientes de lo que haces y de cómo lo haces, ya sea para imitarte o para juzgarte. Para halagarte o para criticarte. Tener una familia es dulce y es amargo. Es estar condenado a amar a quien no elegiste, a fingir que se perdona todo porque por las venas corre la misma sangre. Tener una familia te permite saber de dónde vienes, pero no te asegura saber hacia dónde vas. Afirma tu origen, tu identidad, los *porqué* de tus fondos y tus formas. Los *para qué* te tocará descubrirlos por cuenta propia. Una familia es origen, no destino.

Amanda lo escucha sin interrumpirlo. Su intuición captura cada tono, cada rasgo en su voz que delate emoción alguna. Siente. Siente amor y desamor. Con su relato el escritor conecta con zonas semejantes. La piel de la chica se eriza. Nunca pensó ser víctima de un poderoso deseo de besar a ese hombre con devoción. Con ternura. Se contiene.

El tráfico de la zona es abrumador por las tardes. La pareja regresa caminando sin prisa al departamento. Sin darse cuenta se han tomado de la mano. Sin proponérselo se asemejan a un par de enamorados que deambulan por el parque buscando el pretexto para un beso furtivo. Algún desconocido reconoce al escritor y le toma fotografías con el celular. Las sube a las redes sociales. Otro más lo aborda y le pide que estampe su firma en un ejemplar de *El rumor del viento.* "¡Qué suerte la mía traer el libro entre mis cosas y toparme con usted! Soy su fan. Me encanta su estilo". Montemayor sonríe; la musa, prudente, se hace a un lado para cederle lugar a la fama del escritor. Se ofrece a tomar la fotografía con el inoportuno admirador. Ella y el escritor se miran a los ojos, alimentando el vínculo que los está enredando. La musa entrega su levedad. El novelista entrega su carga. Ambos comienzan a sentir que se amalgaman y ninguno desea evitarlo. Llegan al departamento y Augusto abre una botella de Pinot Noir. Rellena dos copas e invita a Amanda a sentarse a su lado en la tumbona del balcón. El viento de abril es sereno. La noche se avecina y el escritor da un sorbo a su copa tomando conciencia de que la hora de quedarse en calzoncillos se acerca.

—¿Cuál es la tercer pregunta?

—¿Has amado a alguien? Me refiero a las mujeres con las que has estado.

—Creo que responderé lo mismo que tú. No sé.

—No te creo. Para escribir las historias que escribes debes haber sentido pasiones intensas, debes haber amado con locura a alguien —argumentó la muchacha.

—Inventar el amor entre otros es sencillo. Vivirlo es otra cosa. Que sea amor es otro asunto. Puede ser. Tal vez. Hubo una mujer española con la que viví casi dos años. La conocí en una exposición de pintura durante una de mis giras por Madrid. Quizá fue la mujer con la que experimenté lo más parecido al amor. Ya sabes, no sólo la deseaba sexualmente, había en mí una constante preocupación por su bienestar, un deseo continuo de verla sonreír. Me hacía feliz saberla feliz. Aunque presumo de haber compartido la cama con muchas mujeres, soy sincero cuando te digo que he tenido muchas relaciones carnales y pocas relaciones amorosas. Creo que me han dominado las pasiones y la lujuria. Los arrebatos de la carne me mantuvieron ocupado muchos años. Tal vez por eso sigo solo. Porque he amado a mi soledad más que a mujer alguna.

—Qué prefieres entonces, ¿el plomo o la pluma?

—¡Basta de incógnitas, señorita! Es tiempo de quedarme en calzoncillos.

10

Julio Esparza aplastó la colilla de su cigarro sobre el cenicero. Le dio un trago a su tequila y apagó el celular. Ciento diez intentos de llamadas en quince días y el móvil de Amanda sigue enviándolo a buzón. Después de que los celos se esfumaron decidió darle una segunda oportunidad a la amante. Estaba dispuesto a perdonar sus devaneos. La fue a buscar en dos ocasiones a la casa de Hilda, la única amiga que le conocía. Ni por las buenas ni por las malas consiguió una pizca de información sobre el paradero de la chica. Lo enardecía pensar que pudiese estar en los brazos de otro hombre. Amanda era suya. Él la había sacado del cuchitril donde vivía. La había vestido y alimentado. ¿Cómo podía ser tan malagradecida? ¿Cómo pudo tragársela la tierra? Estaba seguro de que la historia de que se había ido a trabajar a Cancún era un invento de Hilda. Cuando sacó a Amanda a empujones del departamento no le permitió llevarse dinero. ¿Dónde estaba? ¿Con quién? Acostumbrado a tenerlo todo bajo control, su desesperación aumentaba a medida que transcurrían los días sin noticias de su ex amante. ¿Ex? ¡No, señor! ¡Amanda era suya! Presente, gerundio, nunca pasado. Adicto al alcohol y a la cocaína, resistía cobijado con sus vicios la incertidumbre, el desasosiego interior que le provocó el rompimiento con la mujer. Su esposa, Mónica, llegó a preocuparse por su salud.

—¿Te sientes bien, Julio? Te he notado demacrado —le dijo.

—Mejor que nunca —respondió, acostumbrado a ocultar sus emociones—, nada que no se arregle con un buen tequila y estando solo, así que andando, cierra la puerta y déjame en paz. Tengo mucho trabajo.

Veinte años casados mostrándose ante los demás como un matrimonio ejemplar. Dueño de la reconocida empresa Grúas Esparza, con sucursales en diez estados del país, Julio se había encumbrado gracias a las relaciones de su suegro, quien fue un destacado servidor público en la década de los noventa. El padre de Mónica le consiguió varias licitaciones y contratos en el sector público, y pudo enriquecerse con facilidad en pocos años. Después inyectó capitales de dudoso origen, provenientes de unos socios del norte del país. Nadie afirmaba ni desmentía esos rumores porque el apellido de su mujer era sinónimo de decencia en lo social, y su fama de hombre sagaz y prepotente hizo que él fuera temido en el ámbito de los negocios. Con sus dos varones adolescentes era un padre estricto y severo. Escondía sus pecados y sus culpas con la chequera y los consentía en todo lo material. Era un padre ausente estando presente. Sus interacciones con ellos se limitaban a una breve charla los domingos durante la acostumbrada comida en casa de su suegro, y a un par de viajes en familia a lo largo del año. Esparza era un marido dominante, irascible, poco paciente. Mónica consumía ansiolíticos a diario para soportar la neurosis de su marido, y la propia. Era una esposa que vivía con la sospecha clavada en el corazón. Sospechaba que su marido consumía drogas, que la engañaba con otras mujeres. Sospechaba que hacía negocios turbios. Sospechaba que ya no la amaba. Sospechaba que nunca la amó. Sospechando sin aclarar nada. Aferrada a unos valores obsoletos que le demandaban conservar su "familia". El divorcio nunca pasó por su pensamiento. En su estirpe esas cosas no se permitían. Además, internamente agradecía a Julio la discreción de sus agravios. Mientras nadie se enterara de los actos indecorosos de su cónyuge, ella estaba dispuesta a seguir interpretando el papel de esposa digna y madre ejemplar de sus dos vástagos por el resto de sus días.

Julio sabía eso, pero también sabía el costo social y económico en caso de una separación. Su suegro era de armas tomar y no se quedaría sentado a observar cómo Esparza injuriaba a su hija ante los demás. Por eso se mantenía cauteloso. Se limitaba a ahuyentar con su mal carácter los mimos de su resignada mujer y a vivir una vida clandestina en la cual ejercía a sus anchas su derecho de hacer lo que le daba la gana. No le importaban los sentimientos de los otros. Su dios era el dinero y la lujuria su pecado predilecto. De temperamento impetuoso, poco tolerante y soberbio, Esparza se convertía en un energúmeno cuando alguien desobedecía sus órdenes o contrariaba sus deseos.

Encendió otro cigarro y apagó la luz. A oscuras, en su despacho se dispuso a emborracharse por tercera vez en esa semana. ¿Dónde demonios se había metido Amanda? ¿Y si estaba muerta? Tal vez la habían atrapado los imbéciles que salieron en el noticiero de la tarde, esos que se dedican a la trata de blancas. Desechaba una idea y atrapaba otra. Si no se hubiera metido tanta cocaína y alcohol aquella tarde, tal vez recordaría con más lucidez los hechos.

Como ráfagas fugaces, las imágenes de Amanda llorando, semidesnuda a media calle, le atravesaban la mente. "¡Se lo merecía! ¡Es una puta!" Después volvía a sentir ese nudo en el vientre que le recordaba cuánto la extrañaba. Le consolaba pensar que las mujeres como ella estaban destinadas al infortunio, necesitaban hombres como él para limpiarse el lodo. Para Esparza, Amanda había sido afortunada al topárselo. Si Julio no la hubiera encontrado trabajando como edecán en esa feria de automóviles de lujo, quizá la chica seguiría viviendo en aquel cuartucho de la colonia Doctores, comiendo frijoles con tortillas y las sobras de canapés que le regalaban los meseros. Lo volvió a invadir la furia. El deseo. Sintió unas ganas inmensas de hacerle el amor. De poseerla hasta quedar exhausto. Abrió su bragueta y comenzó a masturbarse pensando en Amanda. En su piel blanca, en su pechos proporcionados, en sus muslos firmes. En sus largas piernas que se abrían dóciles para recibir sus embestidas. Con ella era fácil actuar en el terreno amatorio; obediente, se dejaba hacer de todo. Como si con la ropa se quitara la voluntad y emergiera de su desnudez una disposición absoluta para convertirse en proveedora de placeres. Después de eyacular, con la misma mano con la que se masturbó, sacó una pistola del cajón de su escritorio.

"Si te encuentro viva y sola, te voy a perdonar. Si te encuentro viva y con otro... te mato", susurró.

11

—¿Cómo que se van de viaje a París? ¿Y la novela? —exclamó sorprendida Mercedes.

—En dos días tendremos listo el pasaporte de Amanda. Compraremos los boletos enseguida, y por la novela no te preocupes, va caminando a buen ritmo. Te aseguro que la terminaré a tiempo —dijo Augusto sereno, intentando calmar la angustia de su editora.

—Mira que he perdido horas de sueño pensando en tus locuras, Augusto —continuó Mercedes—. Te has vuelto un suceso viral en las redes sociales: si no estás vestido de sacerdote besando a una monja, te toman fotos caminando de la mano de otro hombre por Reforma, o trepado en un columpio, o recitando poemas sobre una trajinera de Xochimilco. ¡Esto es demasiado! Te conviertes en ostra por meses y apareces haciendo el ridículo sin ton ni son por la ciudad, ¿acaso te estás volviendo loco?

Montemayor soltó una carcajada.

—Yo no tengo la culpa de que en estos tiempos todo mundo posea un celular con cámara ni de que la mayoría padezca delirios de reportero de espectáculos y suba a sus redes la información cada minuto, como si fuera obligatorio —dijo el escritor divertido.

—Pues yo no le veo la gracia, pero si eso te inspira y terminas a tiempo, habrán valido la pena semejantes absurdos.

—Meche, llevo más de cien folios, tranquila. Ha resurgido en mí un deseo incontrolable por escribir. Me siento renacido, reconfortado, regenerado, reinventado...

—¡Te creo! —lo interrumpió Mercedes—. No he venido a dudar de ti, ya sabes que estoy metida en esto contigo hasta el cuello. Quise ver con mis propios ojos que estás bien y que no se te ha desenchufado un cable, ¿estamos? Además, perdona que te insista, pero mi secretaria me ha vuelto a decir que tu musa tiene un pasado escabroso y que no está por demás ser precavidos...

—¡Basta, Mercedes! —ahora fue Montemayor quien interrumpió a la mujer en tono decidido—. Amanda es mi musa. Yo la elegí y asumo la responsabilidad. ¿Estamos?

—Tienes razón, Augusto, no se pueden tomar decisiones sin riesgos, perdona mi insistencia. Este asunto de la novela y de la premura me tiene presionada y como de alguna manera fue idea mía me siento responsable. No volveré a tocar el tema. ¿Cómo es ella? ¿Te gusta la experiencia?

—Digamos que entre más la conozco, lo que más me gusta de ella soy yo. Lo que más me gusta de esta experiencia, soy yo mismo cuando estoy con ella.

—No me vayas a decir que te estás enamorando, Augusto.

—Me estoy enamorando de mí. De quien soy cuando estoy con ella.

La mujer le dio un sorbo a su café, recargó su espalda sobre el respaldo del sofá y cruzó las piernas. Clavó su mirada en los ojos de Montemayor.

—Definitivo. Te estás volviendo loco.

—Loco de inspiración —dijo el escritor.

La visita de Mercedes dejó reflexivo al escritor. Se percató de que unas semanas antes lo que pensaran los demás acerca de él pesaba mucho. Ahora le parecían opiniones cargadas de ligereza. Sin agobio alguno volvió a reírse pensando en la cara de familiares y amigos al ver sus fotos vestido de sacerdote besando monjas por la Alameda Central. Estuvo a punto de revisar sus redes sociales para constatar lo que le narró su amiga. Se contuvo y prefirió conservar la curiosidad. Se había prometido a sí mismo desconectarse de los demás para conectarse con su musa. Lo estaba logrando y no quería perturbar la fluidez del proceso. Fluir. Dejar que se derramen los acontecimientos por donde les venga en gana. Sin premeditaciones ni planes. Como si el pasado no tuviera consecuencias ni anclas. Como si el ayer fuera un clóset repleto de juguetes viejos que se sacan y se sacuden de vez en cuando para jugar a la nostalgia. Montemayor sabe que se está transformando, que se aborta y se engendra cada día. El azar lo atrapó. El azar le puso a su musa en el camino. El azar seleccionó los libros de los que ella elige aleatoriamente un párrafo cada mañana. ¿Cuáles son los disfraces del azar? ¿La intuición? ¿La atracción? ¿La suerte? Amanda se metió en su vida como un guante en una mano. Buscando a tientas dar con el orificio para cada dedo. Una vez ubicadas todas las funda exactas, la mano siente la calidez y la protección de la prenda. Igual se siente el escritor acompañado de su musa. Cómodo, protegido, arropado. Comenzaba a percibir a Amanda como a una mujer inalcanzable, preñada de luz. Imposible. Se prometió no tocarla, no ultrajarla, no lastimarla. Al mismo tiempo deseaba poseerla, penetrarla, invadirla, sofocarla, arrancarle su esencia y dejarla sin aliento. Como quien intenta apagar el fuego soplándole a las cenizas, abastecía de oxígeno la combustión de su inspiradora tratando de no quemarse y anhelando arder con ella al mismo tiempo.

La dinámica creativa seguía su inercia. El turno de la lectura del día se lo llevó *La pasión turca*, de Antonio Gala. Un párrafo que el azar puso en los ojos de Amanda y que provocó a su imaginación sumergirse en nuevas idas. La idea de un creador, de un todopoderoso cuyo ejercicio divino da a la luz la bondad, la verdad y la belleza.

—¿Qué sientes? —había preguntado Montemayor, y la respuesta de la mujer lo conmovió hasta las vísceras.

Amanda estiró sus largas piernas enfundadas en un ajustado *jeans*. Sus pies descalzos sobre la mesa. Jugó con sus manos sobre su regazo y en tono melancólico comenzó a hablar. Augusto no entendía cómo esa mujer podía ser melancólica y sensual al mismo tiempo.

—Siento que he vivido todo de segunda mano, con ojos prestados; como si desde mi nacimiento hubiese sido condenada a observar la bondad, la belleza y la verdad a través de un televisor. Nunca como experiencia directa, como piezas de la realidad ajena y no de la propia. Desde siempre he pensado que si existe un dios, se avergüenza de mí y me considera un error de sus designios. Lo que me ha sido otorgado de experiencia directa ha sido el grito, el rechazo, la mugre, el desorden, la pobreza, el abuso. He conocido tres ciudades en mi vida. El puerto de Acapulco lo conocí un fin de semana en que fui contratada como edecán para una feria artesanal. Nos hospedaron en un hotel miserable sin playa cercana y con baño común. El mar lo pude ver desde lejos, unos cuantos minutos, antes de que nos subieran a la camioneta y nos trajeran de regreso a la capital. Cuernavaca la conocí de noche. Acompañé a Julio, el hombre con el que viví hasta hace poco, a recoger un vehículo descompuesto. Estuvimos un par de horas ahí; el alumbrado público me permitió ver casonas con grandes muros y floridas enredaderas. No más. Y esta ciudad, donde nací y en la cual me imagino he de morir. He recorrido sus contrastantes barrios. Me ha mostrado lo mejor y lo peor que ofrece. Lugares que ni por error pisarías, Augusto. Ni idea tienes de lo atroces que pueden ser los rostros de esta urbe que a ti te ha mostrado su cara más majestuosa.

La voz de Amanda había sido lánguida, descorazonada. Ante la indigencia existencial de su musa, el escritor se avergonzó de su afortunada vida. ¿Cuántas ciudades había habitado? Madrid, Londres, París, Barcelona. ¿Cuántos rincones del mundo había explorado? Lo mismo había deambulado por la favelas brasileñas que por los mercados turcos. Había hecho el amor sobre una mullida cama del George V y también sobre la arena de las playas de Holbox. Había comido tlayudas con tasajo en el zócalo de Oaxaca y queso menonita en los campos de Ciudad Cuauhtémoc. Había sentido la húmeda brisa de las Cataratas del Niágara sobre su rostro. Había esquiado en Villard de Lans durante el invierno. Tanto mundo recorrido tan de prisa y con insensatez. Se sintió un caballo al que arrean con una fusta y se pasmó al voltear hacia atrás y percatarse de que era él mismo quien la empuñaba. ¿A dónde se dirigía con tanto apremio? De golpe, su presente recuperó el valor extraviado, y con una sonrisa lúdica y generosa preguntó a su musa:

—¿Qué ciudad te gustaría conocer?

—París.

—¿Paris? ¿Por qué no algo menos convencional? ¿Por qué no Bangkok o Katmandú?

—Porque el otro día escuché en la radio que en París vive Milan Kundera.

La impensada respuesta de Amanda divirtió a Montemayor. La mujer estaba guiando al escritor hacia una opulencia vivencial desde la austeridad de su experiencia. Si hubiese tenido una bola de cristal para ver el futuro, Augusto la habría roto en mil pedazos. No quería salirse del presente y lo excitaba la idea de todos los futuros posibles con su musa.

12

Amanda cerró el libro de Henry Miller, *Trópico de cáncer*, y lo estrujó sobre su pecho. Suspiró y comenzó hablar:

—Leer esto hoy me ha cimbrado la conciencia. Siento que he sido un saco vacío de vida y lleno de ideas. La verdad es que nunca había puesto atención a eso, nunca antes me detuve a pensar en lo importante que son las ideas en el ejercicio de la vida, ni mucho menos en que si una idea no llega a tener vida es como si no existiera. Y te repito, mi existencia ha sido un saco lleno de ideas pero vacío de vida. Me doy cuenta de que algunas de esas ideas han sido heredadas, y que otras han nacido en mí. Provienen de mi interior. Yo las he generado. Ahí donde dice el libro, en mi hígado, en mis riñones. Coincido en que las ideas son la vida en sí mismas. También descubro que algunas de esas ideas me encadenan, otras me liberan. Pero no hay acción. He comido sin digerir, he sufrido sin sentido, no conozco el sexo con amor. Hace apenas un par de semanas que he comenzado a sentir que me dirijo a un rumbo nuevo. A tu lado va tomando forma lo que era un espejismo. Pero tengo una duda.

—¿Cuál?

—En el párrafo que acabo de leer aparece la palabra *intersticial* y no sé qué significa. ¿Qué es *intersticial*, Augusto?

El tono de la chica había sido sincero y su toque de espontaneidad hizo reír al escritor.

—Lo que ocupa las rendijas, las hendiduras de un cuerpo. Como el líquido contenido en el espacio entre las células del organismo. ¿Sabías que el líquido intersticial de una persona adulta es de once litros en promedio?

—No. No sé muchas cosas. Pero siento.

—No te preocupes, muchas veces es mejor sentir que saber.

En la comodidad de la cabina de primera clase de un avión de Air France, la pareja cruzaba el océano rumbo a París. Las últimas horas en México estuvieron impregnadas de acontecimientos inesperados. Primero, una llamada telefónica del padre de Augusto que lo conminaba a abandonar el absurdo en el que se había metido. Las fotografías encontradas por su hermana Fernanda en las redes sociales, que mostraban al escritor vestido de sacerdote besando a una monja, pusieron en alerta a la familia. Augusto estaba perdiendo la cabeza y envileciendo el apellido. El novelista se había alterado y por primera vez mantuvo una discusión acalorada con Arnulfo Montemayor. Defendió su derecho a hacer lo que le viniera en gana y colgó el auricular con más rabia que impotencia. Entretanto, Amanda se había comunicado con Hilda para avisarle de su imprevisto viaje, y la amiga le contó que Julio no dejaba de rondar su casa, que la última vez que la abordó le exigió que le dijera su paradero y la amenazó a ella y a sus familiares si no hallaba pronto a su ex amante. La angustia que desataron tales llamadas, tanto en la musa como en el escritor, en lugar de aminorar el entusiasmo de su propósito, aumentó el deseo de estar lejos, donde las fatigosas cadenas de sus contextos y sus pasados no los agobiaran.

Cuando un ser humano se relaciona con otro ser humano, se relaciona asimismo con el todo que lo rodea. Se establece de facto un vínculo con sus hábitos y sus manías, con sus errores y sus aciertos. Con sus pasados y sus gerundios. No es sencillo separar al ser de sus acciones, de sus afectos y de sus trastornos. Los actos humanos salpican. Alcanzan a los otros sin que se haya planeado. Algunas veces con toda intención. Amanda y Augusto, equipados con ropa adecuada para enfrentar el abril parisino que es indeciso y lo mismo calienta que moja, cargaron con las obras de Kundera, Gala y Miller, y se dirigieron hacia donde nadie quería ir con ellos: a sus zonas oscuras, que irónicamente se estaban convirtiendo en su terreno de paz.

—¿Ya viste quién va en el asiento de allá? —preguntó Montemayor, señalando con la mirada a un pasajero ubicado dos filas atrás de ellos.

—No. ¿Es alguien que conoces?

—Fabián Michelena. Es un famoso ingeniero químico, doctor en fisicoquímica; ha trabajado para varias universidades estadounidenses y ha realizado importantes estudios sobre la capa de ozono. Ha recibido importantes premios. También ha sido asesor científico de los gobiernos de diversos países europeos. Es amigo de mi padre —explicó Montemayor.

—¿Te ha reconocido? —preguntó la musa.

—Creo que no me ha visto. No tardará en darse cuenta, el vuelo es largo y toparemos miradas tarde o temprano.

—¿Y es igual de conservador que tu padre? —continuó haciendo preguntas Amanda, pero su tono se volvió misterioso, burlón.

—¡Claro! Son hombres de ideas rígidas, de principios absolutos. Ya sabes, una esposa, sus hijos, reconocimiento público, moral intachable y...

—Doble —lo interrumpió la mujer—, doble moral, doble pensamiento, ideas rígidas que esconden acciones demasiado flexibles y permisivas.

Lo dijo con un dejo de rencor que sorprendió a Montemayor, quien empezaba a ver cómo danzaba la travesura en las pupilas de su musa.

—¿En qué estás pensando, Amanda?

—En demostrarte lo que te he dicho. Fingiremos que no nos conocemos. Que solo nos hemos topado en el vuelo. Antes de que saludes a Michelena entraré en acción, verás cómo todos tienen su lado fácil, no importa cuánto le hayan dado de comer a su intelecto.

Augusto alcanzó a percibir la sensualidad que se perfilaba en las palabras de la mujer. Aunque en el fondo se sentía agraviado por la comparación que hizo Amanda entre Michelena y Arnulfo Montemayor, empapándolos de una doble moral a ambos, no dijo nada. Contuvo su malestar. Se tragó la acidez que provoca escuchar la crítica forastera sobre un ser amado y se dispuso a seguirle el plan a la chica.

Amanda se puso de pie. Abrió el cierre de su chaqueta y tres botones de su blusa blanca de algodón, dejando entrever el encaje de su sostén. Simuló ir al baño y, de regreso, justo al pasar al lado del doctor Michelena, fingió perder el equilibrio, quedando sus pechos encima de las gafas del científico. Perplejo, el hombre sostuvo a la chica con los brazos dejando caer sus anteojos al piso. Sin los cristales encima, la chica contempló en los ojos del hombre una mezcla de azoro y suerte. La vida la entrenó para leer detrás de las emociones socialmente aceptadas aquellas que el instinto descoyunta.

—Disculpe, di un paso en falso —susurró sensual.

—No hay problema, señorita —dijo acomedido el científico, ayudándola a recuperar el equilibrio.

—¿Viaja solo?

—Sí, voy a París a un congreso. ¿Y usted?

—También. Voy a visitar a una amiga que se ha ido a vivir allá. Es mi primer viaje al extranjero —el tono de Amanda se hizo infantil, despertando el lado protector de Michelena.

—¿Cómo que es la primera vez? ¡Va usted a disfrutar mucho esa ciudad, es magnífica!

Sin recato alguno, Amanda se dejó caer en el asiento vacío al lado del científico y comenzó a charlar con él de manera fluida. Pasó del *usted* al *tú* sin tapujos. Sonreía con extrema coquetería ante las respuestas de Michelena. Augusto sabía mejor que nadie el impacto letal de las sonrisas de esa mujer. Simulaba leer un periódico y con el oído atento observaba de reojo lo que sucedía entre su musa y el reconocido químico. Cuando vio que la azafata le llevaba un par de vodkas a la pareja, quedó convencido del arrojo de Amanda. Se acomodó entre los dos asientos de modo que le fuera posible mirar con mayor precisión la acción, usando el reducido espacio entre los respaldos como mirilla indiscreta. La media luz que comenzó a envolver la cabina a medida que se acumulaba el tiempo de vuelo, fue dando al escritor una favorable atmósfera para observar las travesuras de su chica. La azafata sustituyó varias veces los vasos vacíos por otros llenos. La musa reía y el científico estaba entregando su cordura e intachable moral a Eros. De las pupilas dilatadas de Michelena se desvanecieron las imágenes de su esposa y sus hijos, de su decorosa trayectoria y de los estrados universitarios. Cedieron su lugar a las imágenes posibles cuando tuviera a esa mujer en la cama de su hotel en París. El químico se sentía afortunado. Exultante. Alborozado. A sus casi sesenta y a pesar de su prominente calvicie, una diosa con manos de largos dedos se había fijado en él. "Esto pasa una vez en la vida", pensaba. "No le hago daño a nadie", se repetía una y otra vez. Cuando el científico vio que Amanda extendía la manta que dan en ese tipo de vuelos y cubría con ella sus cuerpos, supo que algo más pasaría. Se debatió entre el deseo absoluto e irracional y la prudencia inculcada. Hacer algo ilegal no iba con él. A la erección que empezaba a apoderarse de su miembro sin necesidad de Viagra no le importaban las leyes. La mano blanca y delgada de la musa se deslizó bajo la manta y se posó sobre la entrepierna de Michelena, confirmando el endurecimiento. Sus largos dedos acariciaron con melosidad el urgido pene. Con los ojos cerrados y fingiendo dormitar, la mujer invadía la bragueta del doctor. Con las piernas sueltas y el torso rígido, el químico hacía lo mismo. Fingían dormir para no despertar las sospechas de los cuatro pasajeros de la cabina de primera clase. Montemayor adivinó lo que estaba sucediendo. Se excitó al imaginar el miembro del erudito entre las suaves manos de su musa. Recordó una ocasión en que una azafata italiana le había practicado sexo oral en el baño durante un vuelo a Roma. Después se le vino a la mente la imagen de una rubia inglesa a la que, sentada en el lavabo del baño, le había lamido el clítoris desenfrenadamente durante otro de sus vuelos a Europa. Recuperaron vida recuerdos muertos. Momentos arrojados al desuso de la memoria regresaron y lo excitaron de tal forma que optó también por usar la manta. Se masturbó con sutileza, casi con devoción. Se sintió poseído por su musa. Desconoció por un instante dónde terminaba él y dónde comenzaba ella. Alcanzó el clímax. Rato después, Amanda regresó y se sentó a su lado.

—Eyaculación precoz, seguro usa Viagra. Mucha ciencia y poco uso. Muchas ideas y poca acción —dijo en tono descriptivo y divertida.

—¿Ese es tu reporte? —ironizó Montemayor, quien no pudo evitar sonreír.

Arropados por la oscuridad en que había quedado la cabina del avión, compartieron sus impresiones en voz baja. Susurrando.

—Te dije, Augusto, nadie es inmune a la tentación.

—No estoy de acuerdo. Considero que existen ideas tan rígidas que vencen o asesinan a la tentación —la retó el escritor.

—Michelena no es el caso. Sus ideas me las pasé bajo la manta y hasta me dio el nombre de su hotel en París y el número de su habitación. Está seguro de que voy a ir a buscarlo. Creo que alimenté de más su ego.

La mirada traviesa y retadora de la chica observaba cómo el rostro de Montemayor se ponía rígido mientras intentaba argumentarle en contra.

—Un hombre puede ser infiel pero leal —persistió.

—¿Engañar a su mujer sin lastimarla? —replicó Amanda.

—La fidelidad tiene que ver con una persona, la lealtad con una causa, con un ideal —insistió el novelista.

—Esas son ideas. Las acciones son las que cuentan —declaró la musa con determinación y dio por terminado el diálogo.

Cerró los ojos y se entregó a la penumbra de sus sueños. Augusto intentó hacer lo mismo, no lo logró con la misma facilidad que la mujer. Imaginó que en el lugar de Michelena pudo haber estado su padre, el incorruptible Arnulfo Montemayor. Sintió furia. Se estremeció. Cuando contempló el hermoso rostro dormido de su musa, otra vez la ternura se apoderó de él. También la pasión. Esa pasión ingobernable y contenida que padecía cada día al lado de Amanda. Después sonrió. Se imaginó la cara que pondría el científico cuando encendieran por completo las luces de la cabina del avión y el escritor le presentara a Amanda como su asistente.

13

Mientras Amanda y Montemayor cruzan el océano, Julio Esparza visita a Eufemia Casas. Conocía a la mujer desde veinte años atrás. Coincidieron en un baile popular en Chihuahua y, en aquellos tiempos, Eufemia era dueña de una cintura envidiable y de una larga cabellera negra que dejaba crecer por debajo de sus hombros. Dos acostones, cada uno en diferente borrachera, fueron el cimiento de una amistad que se alimentaría de mañas y vicios comunes al pasar los años. Casas había sido prestanombres de Esparza en un par de operaciones fraudulentas, además de su cómplice en algunos negocios de dudosa legalidad. Se dieron cuenta desde el principio de que eran mejores socios que amantes y se prodigaron secretos y confianzas en lugar de manoseos. Diez años atrás, la norteña abandonaba su terruño y se avecindaba en la colonia Portales. La capital del país había sido siempre su meta. Salir de la provincia y vivir entre millones para que su mala fama no trascendiera con tanta facilidad como en su lugar de origen, en donde su nombre aparecía en la lista de los personajes indeseables de aquellos rumbos.

Eufemia Casas nunca se casó. Tuvo amantes memorables como el Chato Ruso, a quien todos le achacaban ser el padre del hijo que abortó una noche en que la mujer hiciera uso excesivo de la cocaína. También se le relacionó con Gregorio Pantoja, un conocido bailarín de teatro con fama de ser bisexual y diez años menor que ella. La naturaleza de Esparza se entendía muy bien con la calaña de esa dama. La amistad entre ambos se fortaleció con los años, se robusteció con la truculencia de sus hábitos, con la desfachatez de sus acciones. Sobre todo con los secretos compartidos. Se conocían sus pecados y sus crímenes. Uno al otro se pisaban las colas.

—Siempre te advertí que esa mujer te volvería loco, cabrón —dijo Eufemia con enfado.

—Me vale madres, no llegué aquí a pedir tu opinión. Vine a que me eches las cartas.

La voz de Esparza delataba rabia y desesperación. Eufemia sabía de lo que era capaz el hombre en ese estado.

Desde muy pequeña se ufanaba de presentir cosas, de tener premoniciones. Sus padres la ignoraron, sumergidos en la crianza de doce hijos, y creyeron innecesario atender sus palabras. Se sorprendieron cuando más de una vez Eufemia pronosticó la muerte de un par de vecinas, pero encontraron la explicación en la casualidad. Casas terminó acostumbrándose a ignorar las voces de su mente. La vida pesarosa de sus primeros años la entretuvo sacudiéndose la pobreza junto a los suyos. Después abandonó el rancho donde nació; bajó de la sierra y se instaló en la capital del estado. Chihuahua era una ciudad en progreso. Encontró la oportunidad en sus aptitudes artísticas y apenas rebasada la adolescencia se convirtió en corista y bailarina de un grupo versátil. Bailaba más de lo que cantaba. Ese trabajo le daba para comer y al mismo tiempo la oportunidad de conocer gente. Por lo general hombres, como Julio Esparza, que además de una pieza de baile, querían una pieza de cama. Se hizo ligera de principios y altanera. Se enamoró del riesgo y de lo prohibido. Una noche, una ciudadana estadounidense, procedente de Nueva Orleans, llegó a Chihuahua a dar un curso de cartomancia. Fueron tres semanas intensivas aprendiendo a leer los diferentes tipos de tarot. El de Marsella, el de los orishas, el egipcio y el gitano. Eufemia se encontró de nuevo utilizando sus talentos ocultos. Se hizo fama de curandera y recetaba conjuros y cataplasmas para enfermedades del alma y del cuerpo. Sin embargo, debajo de su charlatanería moraba encubierto un verdadero don paranormal, jamás usado para buscar el bien. Se acostumbró a ser ave de mal agüero y le encantaba describirles los malos presagios a sus clientes. "La gente que tiene miedo paga más", decía. "Allá en la capital te harás rica", le había dicho Julio Esparza. La curandera, con sus ahorros, compró una casa de dos pisos en la colonia Portales y mandó a hacer volantes con la leyenda:

> Eufemia. Curandera y consejera. Salud, dinero, amor, paz y prosperidad. ¿Está usted sufriendo de deficiencia sexual, alcoholismo, insomnio, nervios, inseguridad, mala suerte? ¿Marchan mal sus negocios? ¿Quiere saber si su pareja lo está engañando? Retiro las envidias que quieren acabar con todo lo que ha logrado con tanto sacrificio. Especialista haciendo amarres y curaciones. Con sólo una llamada puede cambiar su vida. ¡Ya no sufra más! No pague nada hasta no ver resultados. Se leen cartas, la mano, y se hacen limpias. Yo le diré todo sin que usted mencione nada. Le describo la cara de su enemigo. Si no puede tener hijos, llámame. Mal de ojo y mucho más. Servicios a domicilio. 100% efectivo. No se aceptan tarjetas de crédito ni se fía.

Agregó su nueva dirección y su teléfono; los repartió por la colonia y por las zonas aledañas. Su fama se extendió por la metrópoli. Una clienta satisfecha recomendó sus servicios en el norte. Otra en el sur. Llegó clientela desde diferentes rincones de la capital. Lo mismo de Las Lomas que de la Doctores. De San Jerónimo o de Xochimilco. Desde Tlalnepantla y Satélite. Amas de casa con la sospecha de una infidelidad de parte de sus maridos o deportistas famosos que deseaban un conjuro para ganar el siguiente juego. Todo tipo de personajes desfilaban por su guarida. Acondicionó la sala de su casa con alfombras persas y muebles de madera labrada. Lámparas turcas y un diván de terciopelo rojo convivían con iguanas disecadas y saquitos de manta llenos de yerbas secas. No faltaban las patas de conejo y los ojos de venado. Elíxires para atraer el amor y mejorar la capacidad sexual. Botellitas diminutas con esencias contra la envidia y el engaño. Eufemia usaba largas y coloridas faldas de algodón, blusas de gasa de colores oscuros. Las uñas rojas y largas con piedrecillas incrustadas. El cajón de los amuletos tenía un compartimento secreto en el que Casas guardaba bolsitas con cocaína, anfetaminas o mariguana. Las vendía clandestinamente. También las consumía para lograr la necesaria elevación espiritual para ver el destino ajeno. Prefería la mariguana. Le provocaba un estado de relajación profunda que le abría sin dificultad la puerta de la premonición.

Eufemia sacó el tarot gitano, el que usaba en ocasiones especiales, para complacer a Esparza. También llamado oráculo gitano, era su herramienta de adivinación, compuesta de treinta y seis cartas, y lo utilizaba de muchas maneras. A veces tirando una sola carta, otras usando tiradas más complejas como la de la fortuna o en cruz. La manera de fumar de Julio le reveló esa tarde la incontrolable ansiedad que lo esclavizaba. Consciente de la urgencia de su amigo, se decidió por una tirada de tres cartas. Se sentaron uno frente al otro, separados por la angosta mesa cubierta con un mantel de terciopelo morado. Después de barajar las cartas varias veces, las extendió bocabajo sobre la mesa e incitó a Esparza para que eligiera tres. Eufemia comenzó a destapar la tirada.

—La viuda —mostró la carta a su amigo y comenzó la interpretación— es presagio de soledad, de desconsuelo. De abandono.

Esparza se mordió los labios. La mujer destapó la segunda carta.

—La perfidia. Debes estar alerta, cabrón, y desconfiar de tu propia sombra. Alguien está tratando de usurpar un lugar que es tuyo.

La tirada de Julio no podía ser peor, pensó la curandera y, esperando encontrarse con una carta más amigable, destapó la última.

—El adversario. Alguien se cruzará en tu camino. Un oponente que no podrá ser evitado. Y a lo mejor hasta te rompe la madre —declaró Eufemia y se rio dejando ver sus dientes amarillentos y desgastados.

—¡Quien sea ese hijo de puta lo voy a matar! —chilló Esparza golpeando la mesa con el puño.

—¡Tranquilo, moreno! —gritó la mujer, levantando la mano e intentando calmarlo—. No sabemos quién es ni si es hombre o mujer. Requiero más tiempo para lograr una videncia y darte datos más específicos.

—¡Necesito que veas en tu chingada bola en dónde está escondida esa puta!

—No es tan fácil, Julio, dame tiempo. Esta misma noche me concentraré en la tarea.

Salió furioso de la casa de su amiga. Esparza estaba acostumbrado a transitar por la vía fácil, era intolerante a los obstáculos. Regresó encolerizado a su casa y se encerró en su despacho. Desde que la ausencia de Amanda lo sumergió en ese pozo de impotencia, su deseo de venganza se había alimentado de pensamientos criminales que le corroían las vísceras. A Julio Esparza no lo abandonaba ninguna mujer. Lo correcto era que él las mandara al carajo. Así tenía que ser. De ninguna otra manera. Hedonista y megalómano, era un ferviente enemigo de la compasión. Implacable con los que lo traicionaban. Abusivo con los más débiles. Como buen hijo de la doble moral, con una mano se metía cocaína y con la otra se persignaba. Por un lado hacía el mal y por el otro le temía. Se conducía por la vida entre rezos e injurias, entre lo místico y lo prosaico. Se sirvió un whisky y encendió un cigarro. Se dejó caer en el sillón y masticó la derrota un día más. Seguro de que Amanda no tenía otro destino que el de la perdición, había enviado a dos de sus empleados a buscarla por las zonas de prostitución más conocidas de la ciudad. Nadie se la había topado. No había rastros ni pistas. Otras dos personas bajo sus órdenes indagaron por el rumbo de la casa de Hilda. Ahí había sido vista semanas atrás. Vecinos la observaron deambular por la zona, unas veces sola; otras, acompañada por la amiga. Sus hombres habían seguido a Hilda día y noche. No la vieron de nuevo con ella. Se prometió a sí mismo que haría lo que fuera para tener una vez más a su amante desnuda y sudando bajo su cuerpo. Penetrándola a su completo antojo. Haciéndola gemir de dolor y de placer. Sodomizándola. Estaba seguro de que nadie la había hecho gozar como él. "Cuando me compare con otro me buscará", pensaba. Imaginarla en los brazos de alguien más lo enardecía y lo excitaba a la vez. Terminó su whisky y subió a su habitación. Si Esparza hubiera ido al cuarto de su hijo mayor a desearle buenas noches, lo habría encontrado divertido observando las fotografías del escritor de moda en traje de sacerdote besando a una monja en Facebook. La esposa de Julio miraba la televisión acostada en la cama. Esparza se desnudó y se metió bajo las sábanas. Pensando en Amanda se arrojó sobre el cuerpo de Mónica. La poseyó sin consideración. Eyaculó. Se dejó caer al lado de su mujer y se quedó dormido.

14

Amanda cerró *La insoportable levedad del ser* y se dejó caer sobre uno de los sillones estilo rococó del departamento de la Rue de Monceau. Habían llegado a mediodía y Augusto sugirió no dormir para adaptarse de inmediato al horario local. La musa, a pesar de sentir los párpados pesados, asumió la recomendación del escritor. Era una experiencia nueva para ella. Una ciudad lejana. Un país diferente. Una lengua distinta. Un párrafo elegido cuyas líneas viajaron directo a los escabrosos rincones de su memoria. Para ella la palabra *madre* constituía un término doloroso. Lacerante.

—¿Y bien? ¿Qué sientes? ¿Qué haremos? —preguntó Montemayor sacando a la chica de su pensar atormentado.

—Comer. Después de leer un párrafo en el que la palabra *madre* está presente no se me ocurre otra cosa. Y menos si se trata de una madre que lee el diario de su hija frente a otros. Siempre me pasa lo mismo. No sé la razón, pero cada vez que recuerdo a mi madre siento deseos de comer. Como si alimentándome se llenara el hueco que siento cuando la recuerdo. Y sí, mi peso corporal delata que evito recordarla a menudo, si la evocara con frecuencia estaría gorda como un cerdo.

Los ojos acuosos de la musa pusieron sobre aviso al escritor. Los vestigios de una profunda herida emergían de ella. Poderosos. Letales. Augusto se sintió conmovido. Esa mujer era capaz de arrastrarlo desde la proyección hasta la transferencia.

De cimbrarlo con la más alta dosis de ternura permisible, o de empujarlo hasta la furia.

Caminaron por los alrededores al departamento que Augusto pidió prestado por unos días a su entrañable amigo Donato Pavón, reconocido escritor español de novelas policiacas. Dos décadas atrás, Pavón y Montemayor se habían conocido en Madrid cuando tomaban un taller literario impartido por el finado Gabriel Huesca, renombrado literato. Eran dos jovenzuelos dispuestos a devorar el mundo derrochando talento. Germinó entre ellos una amistad a prueba de años y distancias. Aunque no se frecuentaban mucho, mantenían una relación estrecha y estaban pendientes de la exitosa carrera literaria del otro. El escritor prefirió la privacidad de un departamento y de un barrio poco turístico para trabajar acompañado de su musa. No quería que Amanda conociera el París de folletines publicitarios. El *huitième arrondissement* situado a la derecha del Río Sena acoge la residencia del presidente de la República y varios de sus ministerios. Es un barrio en donde diversas embajadas poseen su sede. Es común ver caminar por sus calles a distinguidos personajes de la política local e internacional. A la mayoría de los transeúntes del barrio se les ve ataviados con elegantes trajes y portando portafolios o documentos bajo el brazo. Eligió Le Valois, una *brasserie* de tradición para invitar a comer a su inspiradora. La chica permaneció silenciosa mientras se dirigían al lugar. Tomó de la mano a Augusto y caminó a su lado contemplando los edificios de la imponente urbe.

—¿Dónde está la Torre Eiffel? —preguntó.

—Del otro lado del río —respondió Montemayor, enternecido—. Después de comer la visitaremos. Te encantará verla iluminada, ya no tardan en encender sus luces.

Después de degustar el *boeuf bourguignon* acompañado de un Volnay, ordenaron el postre y Augusto retomó el tema:

—¿Desapareció el hueco?

—Nunca desaparece. Comiendo me tranquilizo. La angustia se hace soportable, pero la oquedad siempre está ahí. Un jodido vacío que no se llena con nada —explicó Amanda.

El escritor se sorprendió de la forma de hablar de Amanda. Percibió en sus palabras resentimiento, frustración, incluso ira. La chica se ruborizó.

—Lo siento, pero no hay otra forma de describir esa sensación, de verdad.

Montemayor puso su mano sobre la de ella. La sintió sudorosa.

—¿Qué más sientes, Amanda? —persistió.

—Va a parecer loco, pero te lo diré. De alguna forma ese párrafo me dio paz. Me hizo sentir acompañada. Como si Teresa, el personaje que aparece en esas líneas de texto, estuviera a mi lado para decirme que a veces es mejor tener una madre muerta que una mala madre. Sentí tristeza pero también consuelo.

Asumiendo el riesgo de meterse en terrenos pantanosos, el escritor decidió ir más allá.

—Háblame de ella —le dijo.

El mesero interrumpió la charla al poner frente a ellos un plato con *macarons* de mandarina y avellana. Amanda aprovechó esos segundos para respirar hondo y tomar valor antes de tocarse esa herida tan profunda, imposible de cicatrizar.

—Se llamaba Beatriz. Una mujer delgada, no tan alta. No tan vieja. Aunque en sus últimos años el consumo de drogas y alcohol la consumió. Parecía mayor de lo que era. Tal vez murió a los treinta y cinco, o cuarenta. No lo sé. Nunca pudimos intercambiar más de tres frases en calma. De ella recuerdo órdenes, gritos, golpes, rechazo. No recuerdo un abrazo suyo. Tampoco un beso. Ni en público ni en privado. Me trataba igual a solas que frente a los demás. Con rencor, con desprecio. La abuela decía que mi madre odiaba a mi padre y que se desquitaba conmigo por lo que él le había hecho. Sospecho que mi madre ni siquiera supo quién fue en realidad mi papá. No le conocí una pareja estable. Hombres enfermos, drogadictos, patanes... de esos le gustaban. A veces creo que heredé mucho de ella. Otras veces me siento muy distinta. Como si ella no me hubiera parido. Gracias a mi madre soy un estuche lleno de "no sé". No sé quién fue mi padre, no sé por qué su familia siempre me rechazó, no sé por qué me odiaba tanto. No sé por qué nunca me amó... Me he quedado con las respuesta de otros. Ella jamás despejó alguna de mis dudas. Me lastimó todo lo que le fue posible y después murió. Su familia era de clase media, venida a menos. Al principio vivíamos con los abuelos en una casa de dos plantas, por la colonia Escandón. Cuando falleció mi madre, el abuelo tenía tres años de difunto, habían perdido la casa y rentábamos una vivienda de interés social, en una zona habitacional en desarrollo, en el norte de la ciudad. Nos mudamos muchas veces en pocos años. Los familiares de mi madre me culpaba de su desgracia. Decían que desde mi nacimiento no les pasó otra cosa que tragedias. Cuando mamá murió, la abuela encontró un rollo de billetes en la bolsa de uno de sus sacos, uno que casi no usaba y que estaba colgado en el ropero. No era mucho, algunos miles de pesos guardados por ella, en secreto, mientras pasábamos hambres y nos echaban de las viviendas por no pagar la renta. La abuela usó ese dinero para incinerarla. Lo que sobró me lo entregó, con la condición de que me fuera a vivir lejos de ellos. No querían saber más nada de mí. ¿Por qué? No lo sé. Otra incógnita más. Nunca he entendido su crueldad. Yo tenía catorce años, aunque por mi estatura y mi desarrollo aparentaba más. Mi amiga Hilda dice que me corrieron por ser bella y que mi aspecto físico les recordaba su fealdad. Las dos hermanas menores de mi madre no eran muy bonitas que digamos y con frecuencia se mofaban de mis piernas o de mi cabello. Me llamaban "pelos de elote" o "patas de jirafa". Hilda me ofreció su casa por un tiempo, en tanto yo decidía qué hacer de con mi vida. Empaqué mis escasas pertenencias y quise llevar conmigo la urna con los restos de mi mamá. Cuando salí de la casa, la abuela me interceptó para evitarlo. Terminaron en el lodo cuando forcejeábamos y las cenizas resbalaron. La calle donde vivíamos aún no estaba pavimentada y había llovido durante la noche anterior. No pudimos rescatar nada. Ahí quedó Beatriz, fusionada con el fango. Meses después asfaltaron dicha calle.

Montemayor pidió *café créme* para la musa y una *Perrier* para él. La observó sorber la infusión. Notó que en el labio superior de la chica había quedado espuma de la leche. Se acercó a ella y se la retiró con la lengua. Después le besó la punta de la nariz. La Amanda sonrió. Estiró el brazo y con la mano retiró un mechón rebelde de la frente del escritor. Después susurró:

—Ahora tú.

Augusto levantó las cejas. Se puso nervioso. Sintió el malestar que se experimenta cuando se tocan temas incómodos.

—¿Cómo es tu madre? —preguntó Amanda.

Augusto se sorprendió evasivo. No quería hablar. A su musa no podía contarle el cuento que a todos relataba. Con Amanda, su yo más auténtico había emanado, y no le interesó volver a ser el de antes. A ella no le podía decir que su madre es la mujer más amorosa que existía sobre el planeta. Tampoco podía hablar de los sabrosos panecillos de arroz que cada viernes cocinaba para él cuando era pequeño. Imposible narrarle cómo presumía de él ante sus amistades. A su musa no podía describirle las superficies, sólo los abismos. Tomó un trago de agua y jugó eternos segundos con el vaso sobre la mesa. Sabía que diría lo que jamás había expresado. Palabras que habitaban su conciencia y que nunca llegaron a su voz. Le dio un segundo sorbo al agua y, como quien se lanza al mar sin saber nadar, se arrojó al tema.

—Escucha bien, Amanda, porque esto que te diré no se lo he relatado ni a mi terapeuta. He sabido fingir, incluso ante mí mismo. Lo que revelaré no lo pienso repetir en mucho tiempo. Tal vez jamás —el escritor suspiró y prosiguió ante la mirada atenta de su musa—. Mi madre es la mujer más manipuladora que he conocido. Me utiliza desde que tengo uso de razón. Se llama Ofelia y cuida mucho su físico. Se conserva sana a pesar de su complexión frágil. Como si en ese cuerpecillo delicado que habita, el destino se hubiese encargado de esconder todos los sentimientos más contradictorios del ser humano. Con dulzura puede desbaratarte el corazón, para después con energía exigirte que lo reconstruyas solo. Todos piensan que soy su hijo predilecto, pero no es así. Su favorita es Fernanda. Estoy convencido de que mi madre ve en ella su parte mezquina y mustia, y eso le gusta. Disfruta hablar de nosotros, sus propios hijos, a nuestras espaldas. A Victoria le habla mal de mí. A mí me habla mal de Fernanda. A Fernanda le habla mal de Victoria. Como si su entretenimiento favorito consistiera en enredar nuestros lazos de afectos y divertirse viendo cómo intentamos desenredarnos a nuestro modo. Después niega todo y se declara enferma. En lo público es una señora distinguida y correcta. Admirada por sus inclinaciones altruistas y su fama de madre ejemplar. En lo privado es chantajista y no sabe perder. Estoy seguro de que ella ha tenido que ver en la llamada que mi padre me hizo antes de salir de México. Seguro fue ella quien le pidió exigirme decoro. Mi padre es su esclavo. Le ha entregado su voluntad, sus valores, sus anhelos. No puede dar paso alguno sin el consentimiento de ella. Ante los demás mi madre exagera mis éxitos y se llena la boca relatando mis triunfos. En la intimidad es perniciosa. "Hay cosas más importantes que escribir libros", me dice refiriéndose al hecho de que no me he casado y no he formado una familia. "Deberías tomar ideas del hijo de fulano, es un gran poeta", y me echa encima el nombre de cualquier mequetrefe que no ha publicado ni un cuento. "Tienes que cuidar a tus hermanas por siempre, que no les falte nada", como si fuera mi responsabilidad vivir para ellas y por ellas. Como si no fueran capaces de arreglárselas solas. Les cuenta a nuestros amigos cercanos que tengo mal genio, que soy egocéntrico y que soy un mal hijo. Les pide que hablen conmigo. Como si no pudiera sentarse frente a mí y decírmelo a la cara. ¡Eso es lo que más odio de mi madre! ¡Su costumbre de enredarlo todo! Hablando bajito y con dulzura cree que todo lo que externa es correcto. Me utiliza para obtener de mi padre lo que necesita. "Augusto, dile a tu papá que debería llevarnos este año a esquiar, que la playa no es una buena idea". Y lo peor es que yo caigo en su juego. Con el ligero argumento de "porque es mi madre", me integro a su engranaje y me digo que así es ella y que la tengo que amar.

La voz de Montemayor se quebró. Una lágrima retenida en sus ojos millones de minutos resbaló y mojó el puño de su manga. Terminó su relato diciendo:

—Más de una vez he deseado su muerte. La he imaginado tendida dentro de un ataúd. Maquillada, impecable. Con los brazos cruzados sobre su pecho. Esa imagen me provoca paz. Mucha paz. Tal vez el día en que eso suceda enterraré con ella algunos de mis demonios. Quizá todos.

Caminaron por la orilla del Sena rumbo a los Campos de Marzo. El gélido viento arrancaba la humedad de sus ojos. Tomados de la mano escondían en un confortable silencio un profundo sentimiento de solidaridad. Como si al arrojarse a sus abismos encontraran la emancipación ambicionada. Ascendieron por las escaleras hacia la cúspide de la majestuosa torre iluminada. Desde la obra cumbre de Eiffel, dejaron caer las últimas lágrimas de esa noche. Abrazados. Temblando. Observando París y su esplendor nocturno. ¿Qué habita en la confidencia que libera? La confianza es el lazo más vigoroso que puede unir a dos seres humanos. Posee una fragilidad implícita que lo hace más poderoso, porque necesita ser alimentado, nutrido. En cuidado constante. Necesita la acción permanente.

Montemayor es poseído por su musa. La madrugada parisina no le alcanza para terminar de derramar encima de la hoja en blanco todo lo que vaga por sus entrañas. En calzoncillos, escribe extasiado. Mientras la mujer duerme, el novelista despierta. La inspiración se pasea por su imaginación a sus anchas. Ni Euterpe, ni Calíope, ni Clío. Amanda. Amanda y sus largos dedos. Amanda y sus frágiles caderas. Amanda y su sonrisa endemoniadamente hermosa. Amanda y su oscuridad. Amanda y su luz. Amanda y sus preguntas. Amanda y sus respuestas. El escritor se excita. El escritor se cimbra. El escritor se estremece. El cansancio lo vence. Su cabeza cae sobre la mesa. Cierra los ojos. Se duerme orgulloso de lo que ha escrito.

15

—Vengo a verte por un asunto delicado —dijo Fernanda Montemayor en tono misterioso.

—Ese tipo de asuntos son mi especialidad —replicó Eufemia Casas. La curandera presintió que ese día ganaría una buena suma de dinero. Fernanda era su clienta desde hacía varios años y conocía de sobra cómo tenerla contenta. Seguro iba por otro conjuro para mantener amarrado al marido a su cama. Sin embargo, lo que la mujer le expuso la sorprendió.

—Estoy aquí porque quiero saber si una mujer le está haciendo brujería a mi hermano.

—¿Tu hermano? ¿El famoso escritor?

— Sí, ese mismo, no tengo otro.

—¿Trajiste fotografías de ambos?

Fernanda Montemayor era una mujer flaca y sin encantos. El tipo de mujer que pasaba desapercibida. Por más que intentaba sobresalir usando ropa fina y bolsos caros, no conseguía destacar con brillo propio. Sus grandes complejos eran las bolsas debajo de sus ojos que poseía desde adolescente, y sus pechos casi planos coronados por ridículos pezones que parecían botoncillos cosidos con aguja sobre su piel. Miedosa desde el nacimiento, jamás le pasó por la mente someterse a operaciones estéticas. Todo lo que olía a sangre y alcohol la desmayaba. Optó por usar rellenos en el sostén y con maquillaje agrandarse la mirada. La genética había sido cruel con ella, pues era idéntica a la hermana solterona de su padre que, por cierto, tenía fama de arpía. Le gustaba la intriga y hablar de las vidas ajenas. Era muy allegada a su madre, a la que hablaba en tono de retrasada mental, como si al estar con su progenitora tuviera que comportarse como una niña eterna para seguir recibiendo el trato de hija. Para alguien como Fernanda, sin brillo propio, era insoportable la luz que emanaba de su hermano mayor. Ante todos se manifestaba como la admiradora número uno de Augusto, pero en sus adentros no podía sentir más que envidia. Con Victoria, su hermana menor, estableció un vínculo hipócrita. En apariencia se llevaba de maravilla con ella, pero en secreto envidiaba sus glúteos y su rostro angelical. A Victoria le había tocado la parte de belleza que a Fernanda le había sido negada. En medio de dos hermanos más agraciados que ella, enfocó su energía en obtener las mejores notas en la escuela para sentirse reconocida por sus padres. Le fastidiaba el protagonismo de Augusto. Sus miedos y sus inseguridades condenaron a Fernanda a transitar el mundo con un bajo perfil. A pesar de haber terminado sus estudios con menciones honoríficas, no tuvo la valentía de enfrentarse a la vida y buscó la forma de permanecer cobijada por el manto familiar. Era una mujer de socialización limitada, sus amistades eran escasas y por lo general buscaba relacionarse con personas de bajo perfil como ella. En el resquicio de su personalidad habitaba un instinto de maldad que se mantenía contenido. Cuando la ira la dominaba, se convertía en una hiena rabiosa; pataleaba, golpeaba a quien estuviera a su alcance y no medía las consecuencias de sus actos. Conservaba el puesto en la empresa contable donde trabajaba gracias a su hermano mayor, quien intercedió por ella tras verla navegar por la marea del quehacer insignificante. Aliada con su madre, juntas inventaban intrigas familiares y manipulaban los afectos fraternales. Demostraba ser noble y amorosa, pero en su interior convivían el resquemor y los celos. Había tenido pocos novios. Poseía una libido acelerada con la que trataba de compensar sus escasos atributos en el acto amoroso. De carácter fogoso y exagerado en la intimidad. Se había practicado un aborto en Murcia, mientras estudiaba en España un máster en finanzas. Nunca se lo dijo a nadie. Ni siquiera al muchacho con quien había engendrado al producto. Se llevaría ese secreto hasta la tumba. Se casó con un profesor de inglés de nacionalidad estadounidense. Un hombre apacible y de poco carácter que le daba la razón en todo y que impartía clases en tres escuelas para que Fernanda pudiera presumirles a los demás que su cónyuge era una persona muy trabajadora. Ella aportaba más a la economía del hogar; tal vez por eso el marido soportaba con resignación sus ataques de celos, sus inseguridades extremas y su manera posesivamente enferma de amarlo. Desconfiada y doble cara, estaba lejos de ser transparente en su sentir y en su pensar. Tenía muchos recovecos en el alma, en donde moraban las intenciones más innobles y purulentas. Era aficionada a leer poemas de Neruda y a visitar curanderos y brujos. Tenía cabellos de su marido dentro de un vaso de agua al que había rodeado con un listón rojo. Cada mañana revisaba el recipiente y repetía el conjuro que su bruja preferida le enseñó para que nunca se le fuera el hombre con otra mujer: *ELIVARO ENARAS ADEPTO*. Cuando su madre le contó lo que ocurría con su hermano mayor, Fernanda no pudo contener la euforia. Le produjo mucha felicidad saber a su pariente metido en problemas y su pecho se inflamó de júbilo. Ocultó su estado ufano y, con falsa preocupación, prometió a su madre que haría lo posible por ayudar a Augusto. Lo que más disfrutaría con ello sería deshacer la sonrisa alegre del rostro de su hermano, producida por estar al lado de aquella desconocida. De inmediato concertó una cita con Eufemia Casas, su consejera de cajón.

Eufemia abrió los ojos con desmesura. ¡Era Amanda quien aparecía en la foto con Montemayor! Contuvo su sorpresa para no despertar sospechas en Fernanda. La fortuna no había acariciado de ese modo a la curandera desde hacía tiempo y le fue difícil disimular su júbilo. Había pasado los últimos días fumando mariguana por las noches, intentando propiciar visiones claras sobre el paradero de la chica. Esparza la llamaba tres veces por día, presionándola para descifrar el enigma. El hombre la tenía harta con sus berridos de escuincle emberrinchado. No entendía esa terquedad. Seguro era uno más de sus caprichos. A Julio no le faltaban mujeres para fornicar, algún arte debía de dominar esa chiquilla.

—Cuéntame todo sobre ellos —demandó Eufemia a Fernanda en tono cauteloso, no quería que la sopa se le cayera de la cuchara justo antes de metérsela en la boca.

—No sabemos quién es la mujer, ni su nombre, ni su origen. No tenemos idea de dónde la sacó. Sólo sabemos que han pasado juntos casi un mes y que viajaron a Europa. A mi hermano se le fundieron los sesos y hemos sabido que lo han visto con ella haciendo actos indecentes en lugares públicos.

—¿Europa? ¿Indecentes?¿Qué tipo de indecencias? —cuestionó la curandera intrigada, saboreando el momento, empequeñeciendo sus ojillos en señal de estar prestando suma atención a su interlocutora.

—Besándose, abrazándose, tocándose, disfrazados... en fin. Lo importante es que necesito que me ayudes a saber si esa mujer lo tiene embrujado, si le está practicando algún hechizo, y si por eso mi hermano se está volviendo loco.

—Eso no será fácil. Necesito comprar sangre de venado y otras materias. El trabajo no es barato y tomará algo de tiempo.

—No importa lo que cueste. Eso no es problema. Encárgate de todo, y si descubres que esa mujer le está haciendo algo, ¡rompe el hechizo!, ¡sepáralos!

Fernanda Montemayor se puso de pie, colocando la fotografía de Amanda con Augusto sobre la mesa, y al lado, un fajo de billetes. Salió del lugar dejando a la bruja regodeándose en su suerte. De inmediato, Eufemia encendió una varilla de incienso. El aroma a copal se esparció por la habitación. No sería necesario esforzarse para usar su preciado don sobrenatural, por cierto mermado a lo largo de los años con su adicción y su charlatanería. Fernanda le evitaría gastar la escasa energía que le dejaban sus malos hábitos. Observó la imagen de la pareja y contó el dinero sobre la mesa. A Julio Esparza le cobraría veinte veces más.

16

No debí hacerlo. ¿Ahora qué sucederá con todo lo que siento? ¿Por qué el tiempo transcurre tan rápido? Es la primera vez en la vida que no quiero que los segundos avancen. ¡Maldita sea! Pero también deseo que esto se termine. No volver a verlo. ¡Maldita sea la hora en que fui a esa entrevista! ¿Por qué se empeña el destino en empujarme hacia donde no hay nada? ¿O sí hay? Creo que todo sucede en mi cabeza. Afuera de mi mente nada es real. Como si todo esto le estuviera ocurriendo a otra persona y que yo sólo observo desde donde nunca me muevo. Porque nunca me muevo. Siempre regreso a donde soy, a donde existo... donde siempre he estado... Me gusta espiarlo mientras escribe. Cuando escribe es mío. Siento que me pertenece. ¡Estoy realmente jodida! Me gusta que me guste y me duele que me duela. Ni siquiera yo me entiendo. Lo más terrible es que esto caduca. Tiene plazo. ¿Y después? ¿Qué será de mi cuando ya no sea su musa? Tengo que fluir, dejar que se deslicen los días como el agua sobre los pétalos, sobre las flores cuando llueve. Tengo miedo de regresar a donde estaba y temo ir hacia donde voy. ¡En buen lío me he metido! Tengo miedo de lo que Julio pueda hacerle a Hilda. ¡Bah! Perro que ladra no muerde. ¿Y si le digo a Augusto que he decidido quedarme en Europa? Eso sería buena idea. La oportunidad de una vida lejos. ¡No! ¡No puedo hacerle eso a Hilda! Julio es un maniático. Tengo que regresar y decirle que la deje en paz. Eso sólo será posible si regreso con él. ¿Por qué me gustas tanto, Augusto? ¿Será porque no has pedido lo que otros arrebataron? Tal vez son tus ojos. O la forma en que me tomas de la mano. Tu manera de dejarte llevar por mis impulsos, por cederle tu voluntad a mis deseos. Quizá deba escaparme ahora mismo. Buscar la embajada y pedir asilo. ¿Y qué diré? Soy Amanda y necesito que me protejan de mi pasado. ¡Claro! ¡Seguro! Esto que siento en el corazón me hace pensar estupideces. Todo es tu culpa, Augusto. No debí hacerlo. No debí permitirte entrar en mi conciencia. Ahora la habitas. ¿Cómo te saco? Me has arrancado el pudor. Me has despojado de la vergüenza de ser quien soy. Has transformado mis pesadillas en sueños. Me estás arrancando los grilletes de los pies. Contigo camino ligera, pero no sé hacia dónde. No hay destino, no hay camino en el después. Contigo sólo existe el ahora. Cómo quisiera ser escritor como tú, para escribirme un futuro. Uno donde no exista lo que fui. Donde exista la que soy cuando estoy contigo. Me arrebatas mis miedos por instantes. Después me arrojas a ellos de nuevo. Me haces como deseas y obtienes de mí lo que no esperaba darte. Lástima que esto caduque. Tiene plazo. Tiene un fin. ¿Qué será de mí cuando tu libro esté finalizado? Tal vez me convertiré en un fantasma que deambulará por sus páginas por siempre. Una pizca de recuerdo diluido en tu memoria. Por eso quiero estar aquí contigo, cerca. Olerte y tocarte cuando no te das cuenta. ¿O finges no darte cuenta? Porque quiero irme quedándome para siempre, en ti. Hasta el fondo. Aunque nunca me veas nadar en tu superficie. Como esos pececillos que habitan en el fondo del mar y sólo pueden admirarse cuando se bucea. Esos que son especies desconocidas para lo que navegan en barco. Para esos a los que los fondos asustan. A ti no te da miedo, escritor mío. ¡Maldita sea! No quiero hacerte daño. Tengo miedo de hacerlo. Siempre lo hago. Lastimo. Hiero. Huyo. Evado. ¿De qué? No lo sé. A veces siento que me temo a mí misma. Que yo soy mi propia enemiga. Que soy yo la que se ha empeñado en sabotearse. En autodestruirse. No lo sé. Pero siento. Augusto, me estás prestando una vida que no sé si te la regresaré. Quizá me quede con ella. La robaré del mismo modo en que hurtaba los panes de trigo de la tienda de doña Refugio. Nunca se dio cuenta. ¿O sí? Tal vez sí, y fingió no saberlo. Quizá mi hambre la conmovió. ¿He logrado conmoverte, Augusto? ¡Maldito seas, Montemayor! Me estás subiendo a un edificio tan alto como la hermosa torre que vimos ayer. ¿Cómo me lanzarás al vacío? ¿Con dulzura? ¿Con olvido? ¿O yo te arrojaré primero?

17

Este furor que me acontece, ¿proviene de dioses o de demonios? ¿De qué parte de Amanda emana esa energía que me tiene poseído? ¿De sus linderos ennegrecidos por un sufrimiento ineluctable, o de sus luminosidades en desuso? A veces siento que me asfixia con su presencia vigorosa. Otras veces se desvanece ante mis ojos. Incorpórea. Precipitándome en un abismo de soledad inusitada. Como si estando con ella estuviera lleno y vacío a la vez. Me exprime y me empapa. Me sacude y me estabiliza. ¡Demonios! ¿A dónde nos empuja esta marea? ¿Habrá muelles lejanos a dónde ir a encallar? Tengo muchas preguntas y no me interesan las posibles respuestas. Me dan lo mismo. Como si caminar fuera el objetivo y no el destino. ¿Acaso es esto lo que tantos han llamado felicidad*? ¿Amor? ¡El amor no existe! Existe la química, existe la física. Las drogas más poderosas las fabrica el cerebro. Todo tiene una explicación. Oxitocina, feromonas, adrenalina. La eyaculación cerebral en su máxima expresión. Sí. Es sólo eso. Nada existe más allá que la intención perenne de satisfacer necesidades. Satisfechas las hambres todo termina transformándose en mierda. Terminaré mi novela y ella cobrará su cheque. Eso es todo. ¡Ni madres! ¡Quiero cogérmela! ¡Quiero poseerla entera! Morder cada trozo de su cuerpo. Destazarla bajo mi piel... No debo hacerlo. Se acabaría el hechizo... Siempre me ha pasado así. Deseo, obtengo, uso, desecho. Necesito quedarme en el deseo. ¿Será cierto todo lo que me dice? ¿Me estará contando historias* *inventadas como parte de su papel inspirador? Decía Balzac que existen en nosotros varias memorias y que el cuerpo y el espíritu tienen cada uno la suya. ¿Cuál de las dos me está mostrando esta mujer? ¡Maldita sea esta duda que se me adhiere al deseo y hace deliciosa e insoportable esta convivencia. No puedo negar que desempeña bien su trabajo. ¿Será quien dice ser? ¿O es quien yo quiero que sea? A veces la siento una extensión de mi ser. Otras veces la percibo como un globo de helio al que tengo agarrado por un hilo. Ella con su plenitud, en el firmamento, agitándose entre nubes... Yo en el suelo, esperando el momento de soltar el hilo para verla ascender hasta que su estallar será inevitable. Esta mujer me ha despojado de prejuicios y de maneras añejas. Es como una contradicción que camina montada sobre las más hermosas piernas que he visto. Me libera y me aprisiona. Me sana y me enferma. Me mata para renacer. ¿Acaso esto es el amor? ¡Mentira! ¡El amor no existe! Ha sido coincidir en tiempo y forma. Son ganas. Es deseo. Instintos primitivos que se resbalan por la carne y se aspiran. Enardecen. Vivifican. Sentirse vivo con la presencia de otro es enganchar los deseos propios a otra piel. Es momentáneo. Perecedero. Este ridículo pánico que me incita a escribir es el mismo que me hace espiarla mientras duerme. Ese temor estúpido de que se muera mientras está dormida. De que me abandone mientras escribo. Igual que lo hizo la inspiración. ¿Me estaré volviendo loco? ¿O en realidad estoy recuperando la cordura?*

18

Amanda abrió los ojos para constatar que había elegido *Trópico de cáncer*, de Henry Miller. Seleccionó una página al azar, escogió un párrafo y comenzó a leerlo en voz alta. Cerró el libro y levantó la vista. Observó la iglesia de la Madeleine. Dio un sorbo a su *café créme*. Desde el Café Le Colibrí, el escritor y la musa disfrutaban una fresca mañana en la capital parisina. El turismo de medio día comenzaba a congestionar las calles que circundan la majestuosa iglesia de estilo neoclásico, similar al de los templos griegos. El sol contrastaba con el viento frío que acariciaba sus rostros. El escritor contemplaba a su musa esperando sus impredecibles reacciones. Era un ritual delicioso el que se desbordaba después de cada lectura. Como si de los párrafos elegidos emergiera la posibilidad de recorrer millones de callejones estrechos en busca de finales de historias inconclusas.

—Quiero entrar en la iglesia —dijo Amanda.

Atravesaron la calle. Caminaban con las manos dentro de los bolsillos. Uno al lado del otro, como dos viejos amigos disfrutando la mágica práctica de la contemplación. Entraron y pudieron observar las columnas corintias y las tres cúpulas del interior del templo. Esas cúpulas no resultan visibles desde el exterior. El escritor constató el asombro de Amanda cuando las miró. La musa observaba el edificio. Montemayor observaba a la musa. Cada uno extasiado con las imágenes que pululaban ante sus ojos. Los delgados hilos de sus conciencias se entretejían a cada minuto. Se enredaban uno con el otro, provocando nudos que se deshacían al primer contacto visual. Atrayéndose y evadiéndose, como diestros danzantes cada uno en sus respectivos infiernos, intentando no quemarse y ardiendo juntos a la vez.

—Aquella escultura representa la Asunción de la Magdalena —dijo Augusto señalando el altar mayor.

—¡El órgano es maravilloso! —manifestó Amanda, acompañando la frase con expresión de asombro que conmovió a Montemayor.

—Me excito cuando abres los ojos así —le susurró el escritor en el oído.

—Me gusta hablar de tractores contigo —respondió la musa soltando una sonora carcajada que molestó e irritó a los turistas y propició una llamada de atención de los vigilantes del sitio.

Salieron del inmueble con la risa contenida en sus pechos. Se tomaron de la mano y deambularon en silencio por la Rue Royale. Se detuvieron en la famosa pastelería Ladureé. Augusto insistió en entrar para probar los tradicionales macarrones. El lugar estaba atestado y tuvieron que esperar algunos minutos para obtener mesa. Entretanto, la musa miraba con asombro el escaparate interminable de dulces, pastelillos y chocolates a la entrada de la histórica casa de postres.

—La decoración del lugar es obra de un famoso pintor y cartelista de nombre Jules Chéret —dijo el escritor, una vez que les fue concedida una mesa.

—Es un sitio increíble. ¡Esta ciudad es increíble! Podría quedarme a vivir aquí para siempre.

Sin saber por qué, Montemayor sintió un golpe indescriptible en el estómago; un miedo inexplicable. Lo dejo fluir y continuó la charla.

Para hacer este trabajo, cuentan que Chéret se inspiró en las técnicas de pintura de la Ópera Garnier y de la Capilla Sixtina. Aunque Louis Ernest Ladureé abrió la panadería en 1862, no fue hasta 1871 que se transformó en lo que es hoy, y fue precisamente la mujer de Ladureé, de nombre Jeanne Souchard, quien tuvo la genial ideal de mezclar conceptos: el típico café de París con pastelería, y *voilá*, surgió uno de los primeros salones de té de la ciudad.

Amanda escuchaba al escritor con atención. Cada historia, cada cuento, cada idea que compartía representaba para ella un alimento ansiado. Le nutría el espíritu y aplacaba sus hambres de saber. Curiosa y juguetona, a veces sacaba de quicio a Montemayor al burlarse de sus conocimientos. Otras, lo enternecía con su pulcra ingenuidad.

—Hay gente de todo tipo. Como las que describió hoy el párrafo de Henry Miller —dijo la musa, observando a los diferentes personajes apoltronados en las otras mesas.

—Sí, es un sitio tradicional, tanto parisinos como turistas gustan de sus productos. Yo soy fan de otros pasteleros; desde que David Holder, en 1993, compró esta empresa y la transformó en una serie de pastelerías repartidas por todo el mundo, disminuyó mi encanto por la casa Ladureé. Todo lo que huele a franquicia y producción en serie me genera resistencias.

—Como para mí no hay referentes y tal vez sea la única vez en mi vida que pise un lugar así, no me detendré en tus comentarios. Mejor pensaré que es un sitio único en el planeta y que hoy probaré sabores que jamás imaginé.

Dicho eso, Amanda se colocó un macarrón de pistacho entero en la boca y comenzó a deshacerlo. El movimiento de sus apretados labios produjo una sonrisa en Montemayor. Parecía una niña dispuesta a comerse todos los dulces sin intenciones de compartir.

—Temo sabotearte el momento, pero no es un lugar único en el mundo. Laduréé es ya una marca y tiene sucursales en Inglaterra, Turquía, Italia, Arabia Saudita...

—¡Cállate! ¿Ves? Tienes que enseñar tu lado pesado —lo interrumpió la musa frunciendo el ceño—. Haces de todo un lamento, eres patético. Anda, mejor come y calla —le dijo poniendo un chocolate en la boca de Augusto, como si colocara un tapón sobre una botella.

Augusto derritió el chocolate en su boca, observando fijamente a la mujer. Verla comer lo excitaba. Mirarla enojada lo seducía.

—¿Sabías que tus labios se me antojan? Me los quiero comer —dijo concupiscente.

—A mí se me antoja otra cosa —le susurró Amanda al oído, mientras posaba su mano en la pierna del literato.

—¿Qué? —preguntó Montemayor con voz rasposa.

—Desnudarme y recostarme sobre aquella mesa —prosiguió la musa con tono lascivo, señalando una mesa remota ocupada por seis varones de diferentes edades.

—Y que esos caballeros salpiquen tu cuerpo con crema pastelera...

—Y que con sus lenguas la retiren todos a la vez...

—Y yo llegar en ese momento a comerme tu boca...

La musa lo interrumpió, insertando de súbito su lengua en la boca de Montemayor. El órgano muscular de la chica se deslizó sobre los dientes del novelista, sobre su paladar. Le lamió sin descanso el interior absoluto, fusionando sus salivas. Como la serpiente que se desliza por la llanura buscando una presa para saciar su apetito, la lengua insaciable de Amanda profanó la cavidad bucal de Augusto. Se adueñó de sus posibles reacciones, lo dejó inmóvil. Debajo de la mesa tomó la mano del escritor por la muñeca y la guió dentro de su falda para que sintiera la humedad de sus entrañas. La musa finalizó ese beso que pareció durar tres siglos, retiró la mano de Augusto, la llevó sobre la mesa, la observó, y después la condujo hasta los labios del hombre. La metió en su boca para que disfrutara el sabor de su savia. Una inevitable erección quedó atrapada en el pantalón del escritor, quien se estremeció de placer esclavizado a los arrebatos de la dama.

—Tengo un sabor por fuera y uno diferente por dentro —le susurró al oído Amanda.

—Hagas lo que hagas, nunca dejes de mirarme —le pidió a su musa, con voz ronca.

—Haga lo que haga, un día dejaré de verte —respondió ella apesadumbrada.

Recuperaron los respaldos de sus sillas, bebieron agua para deslizar por sus gargantas el sabor de ese momento. El autocontrol originó en Montemayor un ligero dolor en su entrepierna. Era como si esa mujer lo sumergiera en un estanque lleno de agua y le permitiera salir a respirar de vez en cuando. Asfixia y aliento. Calvario y placer.

El escritor pidió la comanda y salieron de la pastelería. Llegaron a los jardines de Las Tullerías, se apropiaron de una banca y observaron a dos pequeñas niñas alimentar a las palomas. París envuelta en su vestido mayestático era testigo bullicioso de las emociones que deambulaban por sus vientres. Contenidas. Perennes.

—Yo tampoco necesito consultar mi horóscopo ni mi árbol genealógico —dijo Amanda, recargando su cabeza sobre el hombro de Montemayor.

—¡Vaya! Hasta que tocas uno de los puntos que leíste hoy. Entonces, ¿no requieres consultar nada de eso, al igual que el personaje de Henry Miller? —cuestionó Augusto.

—Así es. Ya no sé si me interesa conocer mi linaje y mi origen. También a mí me parece pobre ser humano. Y también siento que todos los seres viven en mí. Los bondadosos, los villanos, los miserables, los ricos, los delincuentes y los justos. Me confunden cuando hablan con vocecillas raras dentro de mi cabeza, pero, como dice el libro, también me elevan al gozo. Ser inhumano es más *cool*.

—¿*Cool*? —él sonrió—. Explíqueme eso, bella dama.

—Perdón por mancillar su lenguaje, señor escritor —la musa también sonrió—, sólo quise decir *relajado*. Ya sabes, sin tanto brinco porque se puede ir caminando.

—No recuerdo dónde leí que un saxofonista de jazz, de nombre Lester Young, fue quien le dio el giro a la palabra *cool*. Según el diccionario de inglés, el término significa "frío", pero este personaje le otorgó un nuevo uso, refiriéndose a estar en calma, relajado, con la situación bajo control.

—Interesante. Pues yo creo que es más *cool* ser inhumano. Si ser humano es estar regido por preceptos morales y por los sentidos, prefiero ser inhumana. Me gusta más la idea.

—Eres inhumana, Amanda —afirmó el escritor, pasándole el brazo por la espalda. Comenzó a acariciar la nuca de la chica por debajo de su rubia melena.

—Me haces cosquillas.

—Y tú me haces blandos los sesos. Entonces, ¿qué procede, mujer inhumana?

—Comportarnos como inhumanos.

—Ser todos los seres posibles para no limitarnos a ser un simple y pobre humano.

—Exacto.

—¿Y qué sugieres?

—Sugiero que lo que resta del día seas mi hermano. Que sólo por hoy finjamos que compartimos el linaje y el origen.

—¿Tu hermano? —Augusto levantó las cejas sorprendido del giro que le dio la chica a sus intenciones. Montemayor había pensado en mil fantasías excepto en esa.

—Seré Fernanda, tu hermana "favorita". Hoy me llamaré Fernanda Montemayor.

Amanda se puso de pie y dio pasos extraños, imitando a alguien que no conocía, buscando la forma de meterse a su recién elegido personaje. Augusto no daba crédito. Aceptó más por curiosidad que por complacencia, y una vez más se dejó guiar por los desvaríos de su musa. De algo estaba convencido cada día que transcurría al lado de ella: de la innegable capacidad que poseía para sumergirlo en experiencias inesperadas y audaces. Amanda se atrevía a todo, le había quedado claro desde la estremecedora noche de congal que pasó junto a la mujer convertida en varón. Eran irreversibles los pasos caminados cada día al lado de su dama inspiradora. Con hachazos sobre su moral, sus costumbres y sus creencias de sí mismo, Amanda se abría paso y entraba en su mente; desde ahí, como un líquido efervescente, descendía hasta sus entrañas, apoderándose de su voluntad, de sus deseos; reactivaba su inspiración.

Envueltos en esa posibilidad que ofrecen las ciudades remotas y el idioma ajeno, en ese anonimato suculento que atrapa los espíritus en una sabrosa manera de libertad, tomaron el metro y bajaron en la estación Saint Michel. Contemplaron Notre Dame desde la orilla del Sena, caminaron por el Quai de Saint Michel hasta llegar a la zona de numerosas tiendas en donde se ofrece a los turistas sombreros, llaveros, camisetas con la típica leyenda "I love Paris" y sombrillas con gatitos impresos. Eso le dio una idea a Montemayor.

—Te llevaré a una de las calles más estrechas de París, hermana mía.

Ahí estaba, detrás de un camuflaje de *souvenir* y postales, la Rue du Chat qui pêche. Amanda caminó por el callejoncito de paredes pintarrajeadas con múltiples leyendas enmohecidas por el tiempo. Se paró en el centro y abrió sus piernas. Casi podía tocar con la punta de sus zapatos de extremo a extremo.

—Tiene veintinueve metros de largo y uno ochenta metros de ancho —comenzó a detallar Montemayor—. Cuenta la leyenda que se construyó en 1540 y que aquí vivía un alquimista, dueño de un gato negro al que había adiestrado para pescar en el Sena. En aquella época dicha acción se consideraba un acto diabólico; imagina a un gato pescador y su efecto en los extraños; pues bien, unos jóvenes decidieron atrapar al felino y ahogarlo en el río. Nadie sabía que el gato y el alquimista eran un mismo ser, y que al matar al animal el hombre desaparecería. Desaparecieron ambos y no se supo de ellos hasta mucho tiempo después, cuando se les volvió a ver: al gato pescando en el Sena y al alquimista deambular por el barrio.

—¿Ves? Es limitado ser humano. Ser inhumano te da más vidas, más posibilidades.

—Con Donato, mi amigo, el propietario del departamento donde estamos alojados, recorrí París al derecho y al revés. Existe una calle que es aún más angosta que ésta. Se llama Sentier des Merisiers, pero está ubicada en una zona más lejana y menos conocida.

—Cuando cobre mis honorarios regresaré a París y recorreré la ciudad por completo, hermano mío.

—¿Y no me invitarás, "Fernanda"? —preguntó el escritor, sintiendo por segunda vez que algo se le encajaba en el vientre, ese algo que no era otra cosa que el temor de pensar en el adiós de la musa.

—Lo voy a pensar —le dijo Amanda con una ternura que cimbró al escritor.

—¡Por supuesto! ¡Siempre egoísta y mezquina como eres! —prosiguió Augusto, fingiendo hablar con su hermana.

—¡Piensas que soy una amargada, pero te demostraré lo contrario, hermanito! —exclamó Amanda, instalada en su personaje.

—Eso quiero ver —dijo Montemayor, soltando una carcajada.

Atravesaron el puente y llegaron a Notre Dame. Amanda caminaba al lado del escritor, lanzado miradas en todas direcciones. Como buscando algo o a alguien. De pronto, su vista se enfocó en un punto. La flecha había dado en el blanco. Se trataba de un hombre joven, de cabellos negros y ensortijados, que alimentaba a las palomas con migajas. Delgado, moreno, de torso atlético y con pinta de turista, Amanda lo eligió porque escuchó que les hablaba en español a las aves. "Coman, crías, coman", decía el muchacho, lanzando diminutos trozos de pan al viento mientras recibía a un par de palomas que se posaban sobre su brazo extendido. Montemayor sintió un pellizco en las entrañas. No le agradó mirar a su musa prestando atención a otro individuo. Se sacudió el celoso pensamiento y la siguió. La mujer se dirigía decidida hacia el chico, esbozando una peligrosa sonrisa en su rostro. Esa sonrisa que el escritor sabía letal y avasalladora.

—¿Me compartes un poco de pan? —abordó al muchacho, quien al ver a la chica quedó congelado.

—¿Me hablas a mí? —atinó a externar de manera estúpida el moreno.

—¡Claro! ¿O acaso crees que le hablo a las palomas? —respondió burlona la musa sin contener la risa.

—¡Perdón! Por supuesto, aquí tienes.

Los nervios del joven afloraron y tiró la mitad de las migajas al suelo, depositando la otra parte en la blanca mano de Amanda. La chica se percató del temblor del muchacho y se supo dueña de la situación. Augusto observaba todo, inhalando el peligro.

—Me llamo Fernanda Montemayor —dijo, ofreciendo su mano al muchacho en señal de saludo.

—Octavio Figueroa —respondió el moreno, mientras estrechaba la suave palma de la musa.

—¿Estás de vacaciones?

—Sí. ¿Y tú? —el chico seguía respondiendo en completo estado de estupidez.

Augusto permanecía al margen, a pocos pasos de la escena. Ver en acción a su musa lo arrojaba a un pozo de sentimientos encontrados. De curiosidad y furia. Sus deseos de protección chocaban con sus deseos de saber hasta dónde ella era capaz de llegar.

—Nosotros también —dijo Amanda, mirando de reojo al escritor, quien levantó la mano en señal de saludo—; mi hermano Augusto y yo estamos pasando unos días en la ciudad. Somos de México.

—¡Qué coincidencia! ¡Yo también! —exclamó Octavio, relajándose un poco al sentirse entre compatriotas y extendiendo su mano para saludar al novelista—. Soy de Saltillo, norteño.

—¿Y viajas solo? —preguntó Amanda, estudiando el terreno que había decidido explorar.

—Sí, vengo de mochilero. Era la única forma de viajar para mí. Estuve en Londres la semana pasada y en dos días visitaré Roma. Ya saben, conociendo las grandes urbes europeas en quince días.

—A mí me hubiera gustado recorrer Europa sola, pero tuve que cargar con mi chaperón —explicó Amanda, señalando a Augusto, quien trataba de seguirle el acelerado paso. "¿Qué pretende esta chica?", se preguntaba el literato.

Octavio optó por sonreír al escritor, en señal de comprensión. Como queriendo decirle con dicho gesto que acompañar a tan preciosa mujer había sido buena idea para no exponerla a peligros de lares remotos.

—¿Y ya entraste en la catedral? —siguió inquisitiva ella.

—No, justo ahora pensaba hacerlo.

—¿Te puedo acompañar?

—¡Claro! ¡Vengan conmigo!

—No, mi hermano no quiere entrar, ya la ha recorrido muchas veces. Es mi primera vez en París y está sufriendo por tener que enseñarme una ciudad que conoce como la palma de su mano. Le harás un gran favor si me acompañas mientras él descansa un rato.

Augusto ocultó su sorpresa por tal aseveración y no contradijo a su musa. Sabía que estaba representando un papel y recordó que en ese momento encarnaba a "su hermana Fernanda". Después de dar su aprobación a los jóvenes, encendió un cigarrillo y se sentó en una de las jardineras, a las afueras de Notre Dame, a esperar a que aquellos recorrieran el interior de la majestuosa iglesia. Observó la larga fila de turistas a la puerta de la catedral. Se armó de paciencia y se dispuso a esperarlos un buen rato. ¿Qué estaría pasando por la mente de Amanda?, ¿Qué pretendía hacer con ese iluso joven?, ¿Acaso estaba padeciendo celos?, ¿Augusto Montemayor celoso de un jovencito desconocido? Le resultaba difícil conservar la compostura. Hubiera preferido tomar por el brazo a su musa y llevársela al departamento para hacerle el amor durante toda la tarde, pero recordó que para él era una mujer intocable. Que sólo podía poseerla a través de su creatividad. Que podía penetrarle el alma y no el cuerpo. Inhaló profundo el humo del tabaco mientras observaba a un par de niños rubios correr tras las palomas. Escuchaba sus risas para acallar los ruidos de su mente. Cerró los ojos y evocó la escena debajo de la mesa en la pastelería, la cálida humedad de las entrañas de Amanda. Su sabor. Se cimbró. Encendió un segundo cigarrillo y midió el tiempo en cada bocanada. Le pareció una eternidad estar sin ella.

En el interior de Notre Dame, los jóvenes hacían el recorrido entusiasmados. Todo resultaba nuevo para sus ojos, era entrar en esas fotos que observaron en libros o revistas y hacer un recorrido virtual como personajes animados. Octavio Figueroa resultó ser gran conversador. Se fue relajando a medida que Amanda le mostró su lado simple y divertido. Le pareció que ella era audaz, pero pensante. Cuando por momentos la chica quedaba delante de él, contemplaba sus caderas y su vigoroso trasero. Comparó su larga cabellera con la caída de una cascada. Entre más la observaba, más se extasiaba con su belleza. La ausencia del supuesto hermano le permitió la libertad contemplativa para admirarla sin límites. Consciente del impacto producido en el joven, Amanda arrojaba poco a poco sus encantos sobre éste. Una mirada, un rozón de manos, una sonrisa, un guiño de ojo... Le susurraba al oído preguntas sobre los altares y la arquitectura, con el pretexto de no levantar la voz en el aposento. Notaba cómo la piel del cuello del muchacho se erizaba. Le divertía constatar la deliciosa incomodidad que provocaba en el hombre.

—¿Cuántos años tienes? —preguntó.

—Veintisiete —respondió el chico.

—Yo veinticuatro, casi somos de la edad —le dijo, y lo tomó de la mano.

Así terminaron el recorrido. Octavio estaba sorprendido, pero consideró que era su día de suerte.

Augusto lamió la eternidad en su lugar de espera. Consultaba el reloj de manera recurrente. Los cuarenta minutos más largos de su vida. Al verlos salir tomados de la mano, sintió una punzada pero no en las entrañas, como siempre, sino en el pecho. Cuando caminaron hacia él, disfrazó su desasosiego con una sonrisa. Amanda no le dio más tiempo para otras reacciones. Arrebató el celular de la mano del joven y se lo pasó a Augusto.

—Hermano, tómame unas fotos con mi nuevo amigo —casi le ordenó.

El escritor seguía con la sonrisa congelada, pero atendió el imperativo de la chica sin dar crédito a lo que hacía. Sintiéndose un idiota. A través de la cámara del celular observó a su musa abrazar al desconocido. Varias poses. Múltiples e insoportables *clicks* con los que quedó plasmada la imagen de Amanda haciendo diversos arrumacos a su reciente amigo. Besos en la mejilla. Sonrisas juguetonas. La cara de éxtasis de la víctima. Ese pobre diablo que creía estar entrando en el cielo. Cuando la musa le comentó que había invitado a Octavio a cenar con ellos en el departamento, el escritor no se pudo negar. Tuvo que recordar que estaban siendo otros. Que su musa interpretaba un papel. El de su hermana Fernanda. Se repitió una y otra vez que era Fernanda y no Amanda quien permanecía pegada al cuerpo de aquel joven durante el trayecto en el metro. Hubiera preferido abordar un taxi. Cualquier *hubiera* resultaba más cómodo que lo que tenía que presenciar. "Fernanda" tomada de la mano del extraño, haciéndolo íntimo. Poseyéndolo con esa implacable y hermosa sonrisa. Se detuvieron en un pequeño supermercado en las proximidades del departamento y compraron pescado y verduras. Amanda ofreció que cocinaría para ellos. Para su "hermano" y su nuevo amigo. Montemayor asentía a todo y se limitaba a responder con monosílabos las escasas preguntas del moreno. Octavio intentaba ser amable y congraciarse con el escritor, sin embargo, el ambiente entre los tres estaba embriagado de la presencia de Amanda. Ella movía los hilos que los comenzaban a enredar. Llegaron al departamento y Montemayor les sirvió una copa de vino. Ambos hombres se instalaron en el salón mientras "Fernanda" preparaba la cena. Intentaron acomedirse, pero ella les pidió relajarse. Y ahí estaban, uno frente al otro. Octavio deambulando por un túnel de mentiras. Augusto, por uno de verdades. Los celos del escritor eran auténticos, y por más que procuraba asumir que Octavio estaba con "Fernanda", y no con Amanda, no podía desbaratar ese nudo en sus entrañas. Lo peor estaba por venir, lo presentía.

—¡No lo puedo creer! ¡Eres el autor de *Calle sin esquinas*! —exclamó de súbito el invitado—. ¡Lo sabía! Te me hacías conocido, pero no lograba descifrar por qué. ¡Vaya que es mi día de suerte! Soy tu franco admirador.

"Lo que faltaba", pensó Montemayor. Tener que tragarse la falsa admiración de un crío cuya única pretensión era coger con su "hermana". Porque para Montemayor estaba claro que la intención reflejada en los ojos del muchacho era sexual. ¿O los celos lo inducían a suponer cosas? El escritor aguantó estoico el coqueteo de su musa. La vio sonreír una y otra vez con sensualidad, clavando sus maliciosas intenciones directo en las ganas del chico. Observó al muchacho pasar de la euforia a la contemplación. Lo vio perder y recuperar la cordura varias veces tras mirar las largas piernas de la chica caminando por la cocina. "Pobre cabrón —pensó—, seguro se muere por montarla". Amanda puso la mesa, encendió las velas y dejó el departamento a media luz. Invitó a los dos hombres a sentarse. De vez en cuando, y con cautela, miraba a Augusto. Le excitaban sus celos. Esos celos que ella tuvo la habilidad de percibir en lo más recóndito de su mirada. Eran celos de bestia, de animal, de perro marcando su territorio. Octavio pensó que eran celos de hermano. Y cada uno con sus propios demonios al acecho, se sentó a degustar la exquisita cena preparada por la musa.

—Próximamente mi hermano presentará su nueva novela.

—¿Es verdad eso? ¡Wow! Gracias por la primicia. ¿Y de qué trata? —preguntó el chico.

—Trata de las pasiones que consumen a los seres humanos. De los fuegos que extinguen sus almas —respondió el escritor, lanzando sus pupilas en pos de las de su musa.

—Por eso hemos venido a París —prosiguió ella—, porque tiene que estar relajado para cuando le caiga encima el lanzamiento; tendrá mucho trabajo para entonces.

—Pues he sido afortunado en conocerlos. De verdad, muchas gracias por sus atenciones. Esto es de fábula. No sé cómo agradecerles.

—Yo sí —dijo Amanda decidida, causando sorpresa entre los dos hombres.

—Dime, Fernanda —atinó a responder solícito el moreno—. Lo que me pidan, será un honor corresponderles.

Augusto se echó atrás en su respaldo, se recargó y se dispuso a escuchar a la chica. Sospechó que se avecinaba una avalancha. Así era su musa. Impredecible.

—En la iglesia me dijiste que eres muy buen bailarín. ¿Puedes enseñarme a bailar? —demandó sugerente la muchacha.

—¡Por supuesto! Justo en mi iPod tengo todos los géneros.

Se levantaron de la mesa y se dirigieron al salón. Octavio instaló su dispositivo en las elegantes bocinas Bang & Olufsen del departamento. Montemayor se sirvió un vodka y encendió un cigarrillo. Se apoltronó expectante en el sofá. Mientras Octavio seleccionaba las melodías, Amanda fue a su habitación y se cambió de ropa. Regresó cubierta por un diminuto vestido color azul índigo. Sus largas piernas, en su esplendor, quedaban descubiertas y ambos hombres quedaron impactados con el escote de la prenda que dejaba poco a la imaginación. Montemayor ocultó su arrebato de lujuria sirviéndole una copa al muchacho e intentando concentrarse en el tintinear de los hielos. El chico agradeció la bebida dándole un gran sorbo al vaso. Regresó a lo suyo y puso *play* en su iPod. *Hung Up* de Madonna calentó el ambiente. "Fernanda" y Octavio se movían. Ella imitando los pasos de él. Este último, extasiado con los movimientos de la chica. Montemayor observaba desde su asiento. Asido a su vaso con firmeza, como si de ese recipiente dependiera su equilibrio. Con las piernas cruzadas y balanceando su pie de vez en cuando, pasaba del entretenimiento a la custodia. Vigilando las distancias entre los cuerpos de los jóvenes. Le fue entregando al alcohol sus impertinentes celos, hasta dejarse llevar por la alegría que de súbito invadió el entorno. Un par de veces se levantó y se unió a los otros, imitando los pasos de alguno de los dos. Retornaba a su sitio y encendía otro cigarrillo, se servía otra copa. Sus sentidos se estaban alterando y de pronto experimentó más placer en su posición de espectador. Se convirtió en testigo mudo del desenfreno que invadió los vigorosos cuerpos de la pareja, que pasaron del rock pop a la bachata, del *reggaeton* a la balada. Noche joven, cuerpos jóvenes. Sudor, vodka, humo. Cuando la voz de Sabina emergió del aparato, las pieles ya estaban listas para ser exploradas. Con el placer desmesurado que provoca escuchar una canción conocida en tierras lejanas, observó a "Fernanda" y a Octavio dejarse caer en el sofá. Ella encima de él. Lista para la estocada final. Alcanzó a visualizar un dejo de vergüenza en el chico, quien por encima del hombro de la dama buscaba en los ojos del escritor su aprobación para la acometida. Como "hermano mayor", a Augusto le correspondió concederle el permiso para entrar en el paraíso. Se sirvió el último vodka y se puso de pie. Caminó hacia su habitación y se encerró. Sabía que pasaría la mayor parte de la noche en vela. Se desvistió. En calzoncillos deambuló por el cuarto escuchando los gemidos de los jóvenes. No soportó estar el margen de los deseos de su musa. Sigiloso, descalzo y sin hacer el menor ruido, regresó al salón y se instaló en un rincón. La penumbra se apiadó de su impulso y lo vistió de fantasma. Ahí, sentado y en silencio, contempló a la mujer. La vio desnuda cabalgando sobre el mancebo. Como amazona montando al pelo, sin riendas ni rumbo. Desbocada. La ropa diseminada por los sillones, el olor a pieles transpirando regocijo, gozo. Gemidos. Los dedos del moreno que se encajaban en la cavidad inflamada y húmeda de su musa. La luz de luna parisina que se infiltraba por la ventana e iluminaba la espalda de Amanda. El escritor pudo observar los vellos erizados sobre la blanca piel de la chica. El mancebo gemía. Lo estaba volviendo loco. Montemayor no pudo soportar más. "Puedo ponerme humilde y decir que no soy el mejor, que me falta valor para atarte a mi cama; puedo ponerme digno y decir 'toma mi dirección cuando te hartes de amores baratos, de un rato me llamas, y si quieres también puedo ser tu trapecio y tu red'...", cantaba Sabina *A la orilla de la chimenea*. Montemayor caminaba a la orilla del precipicio. Cayó. Se arrojó. No pudo contenerse. Se puso de pie y, con una erección en pleno, se dirigió hacia el sofá donde estaba la pareja. Se detuvo justo a un lado. "Fernanda" dejó de lamer el miembro de Octavio y levantó la cabeza. Se topó con las pupilas dilatadas del escritor. El moreno se sorprendió al verlo frente a ellos, pero no cesó en la faena. Montemayor acarició la ensortijada melena del joven y con una mirada lo incitó a seguir adelante. "Fernanda" volvió a montar al chico. Encajó sus entrañas en el recién lamido falo de su víctima y arqueó su cuerpo hacia atrás. El placer se escurría por sus pieles. El escritor comenzó a masturbarse.

Con una mano atacó su pene y con la otra acarició la espalda de su musa. El moreno acariciaba con desenfreno los senos de la mujer. Con pellizcos alevosos endurecía sus pezones. Los tres gemían. Sus respiraciones intensas se mezclaban con la música. Sabina le cedió el turno a Chavela Vargas. "Cariño como el nuestro es un castigo, que se lleva en alma hasta la muerte, mi suerte necesita de tu suerte. Y tú me necesitas mucho más". Inesperadamente la mano de "Fernanda" sustituyó a la del escritor. Montemayor sintió su miembro atrapado entre los dedos largos de la musa. Una ráfaga de placer lo sacudió y casi pierde el equilibrio. Sintió cómo el joven lo sostuvo pasando su brazo tras sus muslos. Nunca antes un hombre lo había tocado así. Se encontró atrapado entre las manos de la pareja. La mano de Octavio sobre sus nalgas y la de "Fernanda" aferrada a su miembro. Se cimbró de placer. Buscó la boca de su musa y la arremetió en lo profundo con su lengua. Ella cabalgaba sobre su joven corcel mientras el muchacho no dejaba de acariciar los muslos de Augusto. El placer no cedía, se esparcía por sus conciencias, por sus huesos, por sus entrañas. El escritor diseminó su semen sobre el pecho de Octavio. La musa cayó rendida sobre el mismo lugar. Ahí la dejó Montemayor. Tendida sobre el húmedo torso del novel amante. Se retiró a su habitación pensando en lo agridulce del "incesto" cometido. Extasiado con el sabor de la locura que compartía con su musa, se sintió entre enfermo y bajo los efectos de una droga. Pero ni estaba enfermo ni había consumido narcótico alguno. Sintió como si su cerebro estuviera invadido por el alcohol, como si cada una de sus neuronas se hallara ebria. Pero no, la cantidad etílica que había ingerido no podía haberle provocado semejante efecto. Su embriaguez se debía a una mujer.

Estaba ebrio de Amanda. Sonrío, imaginando al joven Octavio Figueroa regresando a México, contándole a sus amigos que había conocido en París a "Fernanda", la hermana de Augusto Montemayor, y que se la había cogido.

Definitivamente, ser un simple humano era limitado... ser inhumano era más placentero.

19

—El mundo no gira alrededor de tus antojos, Julio, primero te mueres tú de tanto hacer berrinches que conseguir que los demás hagan siempre lo que quieres.

Eufemia Casas encendió un cigarro y le dio una larga fumada. Tenía sentado enfrente a Julio Esparza, desasosegado e impaciente. La bruja estaba cierta de que debía jugar bien sus cartas. Con el as bajo la manga, esperaba paciente a que su amigo se tranquilizara para poner en marcha su estrategia. Por un lado le tranquilizaba la fe ciega que Julio tenía en sus dones adivinatorios, pero por otro no quería que él descubriera su tramposa conducta. Estaba consciente de la furia irracional de su amigo. También conocía a la perfección el lado supersticioso del hombre y pretendía capitalizar tal condición.

—¡No me vengas con sermones baratos, Eufemia! ¡Estoy harto de poner en manos de pendejos los asuntos! Tendré que hacer las cosas a mi modo —dijo Esparza, mientras se servía el segundo tequila del día.

—¡Carajo, Julio! Tu maldita impaciencia es la que te jode. Basta con que veas a tu alrededor para que te des cuenta de que a este país se lo está llevando la chingada, precisamente porque se halla en manos de pendejos. Empezando por el presidente electo. Puro pendejo. Así que no le pidas peras al olmo, que todos tenemos nuestro lado idiota y el tuyo ya lo estás mostrando.

—¡Malditas viejas! ¡Todas son unas putas! ¡No es posible que se la trague la tierra! La bola de idiotas que trabajan para mí, y que supuestamente son unos chacas para todo, no han podido dar con ella.

La desesperación de Esparza complacía a Eufemia Casas. La curandera sabía que entre mayor fuera la desesperación de su amigo, más fácil sería sacarle dinero. Quería trasladarlo poco a poco por el sendero de la impotencia, del desequilibrio, para luego venderle la paz anhelada a un alto precio. Como diestra ajedrecista movía las piezas sobre el tablero.

—¿Y entonces la tal Hilda no ha soltado la sopa? —prosiguió inquisitiva.

—¡Nada! Y no puedo ir a meterle un susto porque me han traído cortito los de la procuraduría por lo del robo de dos camiones cargados de refacciones. Sospechan de mí y no quiero darles más motivos para que me jodan.

—Te gusta vivir embarrado de lodo, Esparza, quién diría que tu trajecito nuevo esconde tanta mugre.

Esparza se carcajeó y se sirvió un tercer tequila.

—¡Por eso me caes bien, Eufemia! Porque sabes jugar en el lodo sin ensuciarte, igual que yo.

Ahora fue la curandera quien soltó una carcajada. Se puso de pie y sacó de un armario una caja de madera pintada de rojo. La puso sobre la mesa de centro y la abrió. Con sus huesudas manos extrajo una esfera de cristal transparente, llena de agua. La había comprado años atrás, en El Paso, Texas, a un gringo chimuelo y de largos cabellos, quien le contó que él la trajo desde Irlanda. La cuidaba con devoción por tratarse de su instrumento adivinatorio por excelencia. Comenzó a frotarla con suavidad, casi con veneración. Esparza se sirvió un tequila más mientras observaba con ansiedad.

—¡Hasta que por fin usas tu chingada bola! —le reclamó a la mujer.

—He tenido importantes revelaciones durante las últimas dos noches, Julio. Me he fatigado mucho, he debido tomar vitaminas porque han sido muy fuertes las visiones. He quedado deshecha y sudorosa. A mi edad ya me canso.

—¿Y por qué no me habías dicho, ingrata?

—Porque quería estar segura. Verlo todo con más claridad. Ahora estoy más convencida de lo que he visto.

—¿Qué has visto? —Esparza se movió inquieto en el sillón, tenía deseos de arrancarle la lengua a la mujer para arrebatarle los secretos.

—¡Calla! ¡Déjame concentrar! —ordenó la curandera—. Quiero confirmar mis videncias de ayer.

Eufemia Casas simuló un trance. Con sus manos sobre la esfera, respiraba profunda y encajaba su mirada en el interior acuoso de la bola. Empequeñecía los ojos y arrugaba la nariz. Esparza permanecía atento a cada gesto de la bruja, transpirando.

—La contemplación de la bola estimula mi percepción psíquica, pero necesito silencio y que no me interrumpas.

Julio asintió con la cabeza. Casas pudo percibir un ligero temblor en las manos del hombre. Lo percibía ansioso por conocer el paradero de la chica. También estaba segura de que su amigo confiaba en sus poderes adivinatorios. A Esparza y a Casas los unían años de complicidad y truculencias, además de que padecían locuras semejantes; sin embargo, en la curandera existía un sentimiento roto que jamás había sido reparado. El rechazo de Esparza, de quien estuvo enamorada en su mocedad, y quien después de un par de encuentro sexuales la arrojó para siempre a la zona de la amistad. Desde aquel entonces, ese amor menospreciado y silencioso había acompañado a la mujer por muchos años, hasta que el tiempo, que siempre transforma todo y a todos, lo convirtió en un resignado afecto fraternal. Pero ahora se le presentaba un tiempo de regocijo, la bruja sentía un clandestino placer al ver sufrir a Esparza por Amanda. La había visto varias veces con Julio y su intuición siempre le dijo que esa mujer estaba con su amigo por necesidad, no por amor. “La bella y la bestia”, pensó al mirarlos juntos. Siguió concentrada en su simulado trance, maquinando la mejor manera de atacar los bolsillos del amante desesperado.

—Julio, desde anoche he estado viendo siluetas en la esfera, ahora vuelven a aparecer. Es ella y está con otro.

—¡Hija de la chingada! ¿Qué más ves, Eufemia?

—Tranquilo, no te exasperes que me desequilibras. Ella está en un lugar remoto. Veo muros viejos y un gran río... no alcanzo a identificar bien el sitio. Es una ciudad antigua a orillas de un río, sólo eso... Él es alto; ni blanco ni moreno; no es delgado pero tampoco obeso...

—No la chingues, Eufemia! ¿Así cómo? Ahora me vas a decir que no es hombre ni mujer, ¿o qué?

—¡Calla! Lo que intento decirte es que es de complexión fuerte, no débil... si me sigues interrumpiendo no podré ayudarte.

Esparza se pasaba los dedos de las manos por la frente y respiraba agitado. Para su temperamento impulsivo la paciencia era un imposible. Eufemia puso de nuevo las manos sobre la bola de cristal y empequeñeció los ojos. Reanudó su interpretación:

—Lo que sí puedo ver es que es un hombre de temperamento firme, tiene carácter y también dinero. No es un rival débil. Ella no está con él por la fuerza, la percibo feliz.

Esparza tragó saliva y se mordió el labio.

—Julio, ese hombre la ha hechizado, se ha apoderado de su alma.

—¡El nombre, Eufemia, necesito el nombre de ese cabrón! —la interrumpió completamente alterado. La furia que contenían sus ojos traspasó la piel de la curandera.

—¡Aplácate, que con esos gritos no me concentro!

Como tigre enjaulado, Julio comenzó a deambular por el salón mientras Eufemia regresaba a la esfera de cristal.

—Es un hombre importante, famoso; aún no logro distinguir el nombre, pero es cuestión de días y de que me empeñe en ello. Pronto te diré todo lo que necesitas saber, pero hoy me he quedado sin fuerzas, me siento cansada, ha sido mucho el esfuerzo.

Dicho eso, Casas se sumergió en el respaldo del sillón, sacó un pañuelo, se limpió con él las gotas de sudor de su frente y miró directo a los ojos de su amigo.

—Necesito plata, Julio. Esto me está desgastando mucho.

—Eso no es problema —dijo Esparza, recuperando su asiento frente a la hechicera—, pídeme lo que necesites, pero encuéntrala y de paso hazle magia negra a ese cabrón.

—Sabes que esos trabajos salen caros. Te haré un descuento, pero las materias primas para la brujería negra son muy difíciles de conseguir y además costosas.

—¡No importa, Eufemia! ¡Lo que sea necesario con tal de darles en la madre! —Esparza sacó varios billetes de su cartera y los puso sobre la mesa.

—Está bien, regresa pasado mañana. Hoy por la noche le pondré empeño a esto y seguro te tengo noticias más claras.

Julio Esparza salió del domicilio de la curandera sintiendo que un demonio se apoderaba de su alma. Necesitaba un exorcismo para eliminar del cuerpo esas ganas de matar. Si no se tranquilizaba, estaba seguro de asesinar al primer individuo que se le pusiera enfrente para ver si así podía aplacar su cólera. Abordó su camioneta Ford Lobo de reciente modelo. Tomó el Periférico y se dirigió hacia el norte de la ciudad, rumbo al departamento que habitara con Amanda hasta hace unas semanas. En el trayecto llamó a su esposa Mónica para avisarle que llegaría tarde. Después se comunicó con Justo Hernández, su hombre de confianza y a quien había delegado la búsqueda de su ex amante. Le ordenó que lo alcanzara en el lugar y que llevara "dulces". Así se refería Esparza a las anfetaminas combinadas con mujeres. La única manera que conocía de extinguir sus incendios internos era desbordando sus pasiones, sus instintos. La única paz que conocía era la que viene después de una eyaculación, después de aspirar una línea de cocaína o después de eliminar a un enemigo.

—¿Cómo es posible que mejor una bruja tenga pistas en vez de ustedes? ¡Son unos inútiles! —dijo enfurecido a Justo Hernández apenas lo vio entrar por la puerta del departamento.

—Lo siento, patrón —se disculpó Hernández—, estamos haciendo lo mejor que podemos, pero hasta el momento no tenemos más información. Sólo lo que usted ya sabe.

—¡Lo que yo sé! ¡Idiotas! Se ha ido con un hombre a una ciudad lejana, tal vez esté en otro país. ¿Dónde hay ciudades viejas con ríos?

—¿Pátzcuaro?

—¡No seas bruto! ¡Pátzcuaro está a la orilla de un lago! Eufemia dijo "ciudad vieja" y "río".

— Villahermosa, en Tabasco, ahí pasa el río Grijalva.

—¿Y tú de dónde sabes eso?

—Lo miré en la televisión, patrón.

Esparza soltó una carcajada mientras abría una botella de tequila Don Julio reposado. Le gustaba tomar de esa marca para sentirse propietario de la tequilera. Después extendió la mano hacia Justo Hernández, quien depositó sobre ella un sobrecito de plástico con pequeñas píldoras en su interior. Esparza sacó cuatro y las deslizó por su garganta con la ayuda de un trago de tequila. Se arrellanó en el sillón y recuperó la furia.

—¡Maldita vieja! ¿Con quién chingados se habrá largado?

—No tenemos idea, patrón, los muchachos y yo hemos recorrido la zona, y también hemos buscado en ministerios públicos y hasta en hospitales —explicó Justo, con tono temeroso.

—¡Son imbéciles y punto! Lo malo de esto es que no podemos poner su fotografía en medios de comunicación porque se corre el riesgo de que se entere mi familia. Ahora sí estoy jodido, Justo, esa mujer se me metió en la cabeza y no me la puedo sacar. Dile a las viejas que suban y espera allá abajo.

A los pocos minutos dos chicas enfundadas en minifaldas brillantes y con sendas melenas teñidas de rubio que contrastaban con sus rostros morenos acudieron sumisas a satisfacer los deseos de su empleador. Así era Julio Esparza, un tipo de recovecos e intrincados pensamientos. De esos que viven bajo dos códigos morales. Uno rígido para los demás, y otro flexible para sí mismo. De esos hombres capaces de asesinar a la dama que les es infiel y que se sienten con el derecho de tomar a la mujer de cualquier otro hombre sin pensarlo dos veces. Sin embargo, eyaculó precozmente y corrió a las mujeres del departamento entre injurias y gritos. Su lujuria había sido aplastada por la desesperación de no tener a la fémina deseada. ¿Qué demonios le estaba sucediendo? ¿Era su ego lastimado? ¿Se había enamorado como un idiota o se trataba de un simple capricho? Para quien nunca ha tenido el menor indicio de lo que es el amor, esas simples preguntas no tenían respuesta. Lo único claro para él era su deseo de encontrarla, de recuperarla y de poseerla mil veces y de mil maneras. De volver a sentirla suya y para siempre. Esparza se dirigió a su casa arropado en una enfurecida mudez. Era media noche y ya todos dormían. Otro día más sin ver despiertos a sus hijos. Otro día más que miraba a su esposa en pijama y dormida. Otro día más pensando en Amanda. Buscó el Rivotril en el armario del cuarto de baño. Puso diez gotas en un vaso con agua, tomó el líquido de un sólo trago. Se acomodó en la cama a lado de Mónica. Los ronquidos de su cónyuge lo arrullaron y en pocos minutos se quedó dormido.

20

La fugacidad insensible del tiempo consumía los días. Para el escritor y su musa cada minuto que transcurría los acercaba a la meta. Amanda había logrado inspirarlo, y Montemayor había conseguido que la mujer explorara los intrincados resquicios de su memoria. Caminaban fuera de ese espacio estructurado en el que los seres humanos se aprecian por sus bondades, glorificando sus propios demonios y prestándole al azar sus vidas. Afuera de ese diminuto y a la vez inmenso mundo en el cual se habían instalado, lejos de ellos, pululaban las acostumbradas reacciones mundanas. Las críticas de la familia de Augusto que se negaba a aceptar que el escritor extraviara de súbito sus pulcras maneras. La mezquindad de Fernanda que hurgaba en la vida de su hermano consultando oráculos y encubriendo de amor fraterno sus envidias. La zozobra de Mercedes Ortiz, que cada noche se cuestionaba si había sido buena idea involucrar a Montemayor con una desconocida en aras de erradicar la esterilidad creativa del autor. La lealtad de Hilda que se había propuesto sostenerse en su silencio a costa de todo y no revelar el paradero de su amiga, incluso a pesar de la furia de Julio. El ego de Esparza que se retorcía en los confines de la soberbia y la lujuria, con el orgullo lacerado por las interpretaciones esotéricas de Eufemia Casas. El mafioso vivía en el otro lado de los confines temporales, allá donde cada minuto es eterno y cada respiración dura un siglo.

La sensación de cada individuo ante la temporalidad es determinada por la cantidad de gozo o sufrimiento, de dolor o placer, de paz o desasosiego que se padezca en el momento. Amanda y Augusto, sumergidos en esa burbuja en la que el tiempo es un fugaz enemigo y en donde la pasión nubla el pensamiento y los anhelos las razones, se abandonaban al éxtasis que provoca conocer lo desconocido. Sintiendo lo que jamás habían sentido. La inspiración se instaló como un cálido huésped entre la musa y el escritor, acariciando los contornos de sus vidas. París, una ciudad tan conocida por Montemayor, se convirtió al lado de su musa en un lugar inexplorado, novedoso. Sentía estar estrenando sentidos al lado de esa mujer, que lo arrojaba contra el muro de sus más dolorosos recuerdos, lo mismo que dentro del abismo de sus más insaciables deseos. Enfundado en sus calzoncillos de algodón copulaba con las letras y engendraba con brillantez ideas que se esparcían por la página en blanco, dejando atrás la purulenta esterilidad creativa que padeció. Amanda deambulaba a su alrededor diseminando su esencia, desparramándola sobre el novelista como un suave perfume, vestida de intemporalidad, prometiéndose eterna, mística y encarnada. Sórdida e impoluta a la vez. Con su mezcla de ingenuidad pícara y de meretriz consumada arrinconó al hombre ahí donde se saborean juntas la ternura y la lujuria. Con sutileza se instaló en el corazón del hombre, ahí donde cohabitan los más nobles sentimientos con las más bajas pasiones. Como diestros danzantes patinando sobre el hielo, realizaban piruetas, saltos y giros, desplazándose sobre sus fuegos interiores, encima de sus infiernos mutuos. Sabían que si uno de los dos perdía el control, la caída de ambos sería inevitable.

Amanda abrió los ojos y vio en sus manos *La insoportable levedad del ser*, de Milan Kundera; el libro que el azar del día le puso en sus manos. En voz baja comenzó a leer el párrafo seleccionado. Sabina, ese personaje elegido por Kundera para describir lo complicado que es vivir en la verdad cuando se forma parte de un todo social, capturó la total atención de la musa. Sobre todo cuando el personaje hace énfasis en la importancia de la intimidad del ser humano. Para Amanda, igual que para el personaje, la intimidad era su mundo propio, inaccesible para ese todo social que la ultrajaba día a día. Para la musa, también, la pérdida de la intimidad representaba quedarse sin nada de valor. Se imaginó a sí misma sin derecho a ese mundo privado, muy suyo, en donde deambulaban de la mano sus ángeles y sus demonios, conviviendo juntos. Esos ángeles y demonios que tenían que separarse cuando Amanda se trasladaba de lo privado, de lo íntimo, a lo público, y manifestarse por separado, como una manera de sobrevivir. Adaptándose a lo que la rodeaba. Usando sus ángeles para pervivir. Utilizando sus demonios para el mismo propósito. Por eso Amanda no sufría en su intimidad, ahí podía esconder lo más valioso que poseía, sus temores y sus osadías, sus luces y sus sombras. Ante los demás mostraba lo que esos otros querían ver de ella. Y así, ahí en el todo social, se sentía vacía, y sumergida en la mentira.

Un escalofrío recorrió su cuerpo, y de súbito se percató de que lo que había leído le hizo pensar inevitablemente en Augusto. En ese sentimiento tan parecido al amor que el escritor le inspiraba. Ese sentimiento oculto pero verdadero y cubierto de imposibilidad. Ese sentimiento inoportuno que comenzaba a habitar ahí, en lo íntimo de su ser, que no podía hacer público. Esquivó la mirada de Montemayor y, disparando sus pupilas al cielo raso, hurgó entre su conciencia para encontrar una manera de ocultar sus pensamientos reales. ¿Cómo disfrazar la intensidad de un sentimiento? ¿Qué nombres se le otorgan al amor para encubrirlo?

Ese día, Augusto Montemayor había decidido mostrarse encantador ante sus ojos. Después de tomar una ducha se enfundó en unos *jeans* ajustados y su acostumbrada camisa blanca de algodón tenía abiertos tres botones que dejaban entrever su pecho sólido y unos cuantos varoniles vellos. El mechón rebelde que caía sobre su frente le daba un aire de adolescente travieso. Amanda sintió deseos de besarlo. Se contuvo y decidió concentrarse en elegir el libro en turno. Pero cuando terminó la lectura del párrafo se volvió a topar con el rostro del escritor. La invadió un rubor inesperado. Busco en el techo las respuestas que tenía en el corazón. Esa chica antes convencida de que el mundo era un lugar peligroso y en el cual había aprendido a sobrevivir ensanchando su astucia y aguzando su rebeldía, al lado del novelista se sentía segura. Le produjo miedo percatarse de eso. Lo que no se conoce atemoriza. Augusto la contempló sentada en el sillón, con sus largas piernas relajadas y sus espigados dedos sosteniendo el gastado ejemplar de Milan Kundera. Sintió deseos de abrazarla, de besarle el cuello y de susurrarle al oído palabras que había negado a otras mujeres. No lo hizo. Cuando escuchó la lectura de Amanda no pudo evitar sentir un calambre en el intestino. Augusto, como Sabina, no sufre por ocultar su amor; igual que ella, sólo así puede vivir en la verdad.

—Quiero visitar un cementerio —dijo la musa, saliendo de su torbellino emocional y sacando al escritor del propio.

—¿Por qué? —preguntó Augusto.

—Porque ahí los testigos son mudos. Quiero un público silencioso que me permita escuchar mi verdad.

—Definitivo... los muertos no hablan, sólo escuchan.

—Y eso me hace pensar que ahí no tenemos que adaptarnos a otros, sólo ser nosotros mismos.

—París es famoso por sus cementerios. Elige: ¿Montmatre, Père-Lachaise, Montparnasse o las catacumbas?

—¿Dónde está sepultado Méliès?

—¿ Georges Méliès? ¿El cineasta? —preguntó sorprendido el escritor—. ¿Y eso?

—Cuando yo era adolescente, la madre de Hilda me regaló un libro sobre la historia del cine, ahí hablaban de él. Me fascinó lo que aportó a esa industria, los efectos especiales y el *stop trick*.

—Vaya, no tenía idea que de que te apasionara un personaje como él, y es correcto: como ilusionista y prestidigitador tuvo la formación y la sensibilidad para ello. Vio las potencialidades de crear mundos posibles, inexistentes por medio del cine. Está enterrado en Père-Lachaise, junto con Wilde y muchos otros hombres ilustres. Amanda, cada día me sorprendes con algo.

Augusto guiñó un ojo a la musa y salieron del departamento. Durante medio segundo Montemayor sintió que algo se encajaba en su pecho. Un presagio desagradable, incomprensible. Se lo sacudió con el entusiasmo que vio en la sonrisa de la mujer y se retiraron. Tomaron un taxi y descendieron en el boulevard de Ménilmontant. A la entrada del cementerio les entregaron un mapa donde se destacaba las tumbas de los personajes famosos enterrados en ese sitio. Marcel Camus, Jim Morrison, Molière, Honoré de Balzac, Oscar Wilde, Edith Piaf,

Richard Wrigth, Gerda Taro, Marcel Proust, Jan de La Fontaine, Modigliani, Frédéric Chopin, Allan Kardec y muchos más, conviviendo con Georges Méliès en armonía silenciosa. Caminando entre muertos se sentían vivos. Amanda experimentó un placer irracional y macabro al deambular por entre las célebres moradas. Llegaron a la tumba de Méliès. Su epitafio: "Georges Méliès createur du spectacle cinematographique, 1861-1938", se le hizo modesto a la chica para describir la prodigiosa carrera del ilusionista.

—¿Por qué sólo eso? —preguntó decepcionada a Montemayor.

—Porque la simpleza disfraza la verdadera grandeza —dijo el escritor mientras abrazaba a la musa por detrás. El aroma de su pelo le recordó a los jazmines. La brevedad de su cintura quedó atrapada entre sus brazos. Sobre el sepulcro del creador del cine de ciencia ficción los innumerables admiradores de su trabajo habían depositado tarjetas de presentación. Directores de cine, fotógrafos, productores, actores y todo tipo de personas relacionadas con el oficio del difunto le dejaban sus datos con la esperanza de que en la otra vida les concediera un empleo.

—Por eso me encantó conocer la historia de Georges Méliès , porque logró engañar a los demás, les construyó realidades inexistentes y las hizo verdaderas a los ojos de los otros —prosiguió la musa.

—Así son muchos seres humanos, fabrican falsas realidades y las hacen creer a los demás, incluso ellos mismos llegan a creer que son reales, Amanda.

—A veces es un recurso para sobrevivir. Pero siempre queda algo en la intimidad, en lo profundo de la conciencia, Augusto; razona y te darás cuenta de que si uno pierde el derecho a su intimidad no le queda nada. Razona y no podrás negar que aunque hemos estado juntos todo este tiempo, a pesar de eso, tú y yo tenemos nuestra intimidad intacta. A ratos en lo físico, a ratos en el pensamiento, en nuestros corazones. No perder eso nos mantiene unidos, aunque en lo público yo actué como tu musa y tú como escritor. Ésas son nuestras actuaciones, nuestras verdades siguen intactas en nuestro ser íntimo.

Preguntándose en silencio qué se escondía en la intimidad de Amanda, Montemayor la tomó por el brazo y juntos recorrieron el cementerio, el cual, también, es considerado un parque y un museo de almas célebres. El escritor se dedicó a saborear la reciente intimidad originada entre ellos, con ese vínculo fecundado con el roce de sus conciencias, con la copulación de sus almas. El hambre les hizo dar por terminado el recorrido y decidieron regresar en metro al centro de la ciudad. Augusto decidió llevar a su musa a un pequeño *bistro* ubicado en el *premier arrondissement*. Ahí, en el corazón de París, se sentaron uno frente al otro. Husmeando en la calidez de sus infiernos, en la frialdad de sus temores.

—¿Qué te gustaría hacer mañana? —preguntó el hombre.

—El mañana aún no llega. Somos presente, Augusto, no lo olvides. Si me preguntas mañana entonces tendré la respuesta —expresó la musa, para después dar un sorbo a su vaso con Perrier.

El silencio de Augusto fue acompañado por una mirada de asentimiento. Por la garganta del escritor se resbaló esa saliva amarga que sabe a nostalgia, a temor de que deje de pasar lo que está sucediendo. Cada mañana se repetía a sí mismo que era una día menos sin Amanda. El incontrolable transcurrir del tiempo lo hacía respirar hondo. Lo entristecía sin poder evitarlo. Para un hombre como él que ha experimentado emociones en control y manojos de dicha, el sabor de la desdicha le supo agridulce. La dicha que provoca el estar juntos en el hoy y la desdicha que provoca el futuro en que un adiós es el destino. Observó el costoso reloj sobre su muñeca y odió las manecillas que avanzaban despiadadas. Nunca antes París había sido tan magnífico. Nunca antes tuvo miedo del tiempo y de su inevitable paso. Volvió a llenar su mirada de Amanda. Y volvió a sentir deseos irremediables de escribir.

—Vamos al departamento, necesito trabajar un par de horas —indicó a la chica.

—Ve tú. Yo caminaré por la ciudad. Llego más tarde —respondió Amanda, dejando pasmado al novelista.

—¿Y si te pierdes?

—Me buscas.

Augusto sonrió y entregó un fajo de euros a la mujer.

—Por si necesitas regresar en taxi, la dirección te la anoto en este papel.

—No te preocupes. Estoy acostumbrada a perderme y siempre regreso a donde estaba —respondió enfática.

Amanda tomó los billetes y el papel. Los introdujo a su bolsa y con su garbo inconsciente se puso de pie y caminó en sentido contrario al escritor. Eran las siete con veinte del atardecer. Augusto se dirigió al departamento y a partir de ese momento se dedicó a observar su reloj cada cinco minutos. Otros *nuncas* se apoderaron de él. Nunca antes había contado los minutos que permaneció separado de alguien. Nunca antes mostró preocupación por la ausencia de otro ser humano. Con su cinismo acompañado de erudición había vivido convencido de que nadie es de nadie y de que ningún ser humano depende de otro para nada. Esa noche en París supo lo que sienten los padres que esperan a los hijos adolescentes cuando salen de farra por las noches. Supo lo que sienten los que se quedan esperando a los que se van. A él siempre le tocaba irse. Él, hasta entonces, no conocía la espera.

Con una mezcla de impotencia y claustrofobia se apoderó de las letras y logró escribir más de diez cuartillas sin detenerse. Un febril desespero carcomía sus entrañas. Se sentía encerrado en una jaula de la que tenía llave pero de la cual su ego no le permitía salir. ¿Cómo iría a buscar a Amanda por las calles de París simplemente porque la extrañaba?, ¿cómo un hombre como él podía darse el lujo de mostrarse preocupado por la seguridad de la chica que deambulaba sola por aquella monumental urbe? Nunca. Nunca antes y no ahora. Augusto Montemayor no extrañaba a nadie ni necesitaba de nadie. Se sorprendió al descubrirse escribiendo con ropa. Ese inconsciente traicionero le había sugerido con sutileza que no se desvistiera por si tenía que salir corriendo a media noche a buscar a su musa extraviada entre las avenidas parisinas. Diez con un cuarto marcaba el reloj y Amanda ni sus luces. Intentó llamarla al celular y su mensaje de voz fue directo al buzón. Se refugió en las letras. Las páginas se llenaban con palabras que emergían de su angustia. Esa pasión que se desborda de la impotencia de no saber, de no tener, de no estar, se derramaba por las cuartillas del escritor. ¿Dónde estaba su musa?, ¿por qué no pudo decirle que no quería dejarla sola? Por comerse su orgullo ahora tragaba preocupación. Recordó ese mal presagio que le apuñaló el pecho por la mañana. Escribía y en cada pausa sus ojos contemplaban la hora. Once menos diez. Se sirvió la tercera copa de vino repitiéndose en voz alta una y otra vez que todo estaría bien. En punto de la medianoche se dio por vencido. La extrañaba, como no recordaba haber extrañado a nadie en toda su afortunada vida. Se sentó en el sofá del salón a contemplar el techo. Marcó el número celular de Amanda cuatro veces más. Intentos fallidos. Su llamada iba directo al buzón de mensajes. Augusto Montemayor reconocía en él todos esos sentimientos que tantas ocasiones había descrito en los corazones de sus personajes. Ésos que le divertían y creía que sólo eran útiles para crear historias. Todo tipo de pensamientos arrebatados como sonámbulos deambularon por su mente adormecida por el cansancio. Pensamientos entusiastas que le hacían imaginar a su musa caminando a la orilla del Sena, contemplando a lo lejos la Torre Eiffel iluminada. Otros pensares suyos eran tan patéticos como su angustia; en ellos la imaginaba en brazos de un desconocido, en algún cuarto de hotel barato cercano a la Gare de Lyon. Augusto Montemayor no sabía lidiar con todo eso. Esas batallas no las había peleado. No sabía cómo salir victorioso de ellas. Todo lo resolvía con el orgullo y la arrogancia. Había caminado por la vida encubriendo sus dolores con semblantes retadores y disfrazando sus miedos de furia. Bendecido por la gloria y minimizando sus infiernos. Recordó el aguijón que se clavó en su pecho durante su caminata por el cementerio. De eso se trataba. De esta sensación desconocida, de sentir miedo por sentir miedo. Miedo a que Amanda no regresara a su lado. Febril y desvalido como un ángel sin alas, se sentó en el sofá a hacer algo que no recordaba haber hecho en años. Se sentó a extrañar.

Amanda era feliz. No recordaba haber sido antes tan feliz. Ella también deambulaba por sus *nuncas*. Nunca antes se había sentido tan libre, tan entera. Nunca había pasado por su mente la posibilidad de conocer París. Nunca pensó caminar por esas calles y contemplar la grandeza de esa urbe como esa noche. Disfrutó. Se le escurrieron las horas entre aparadores y un cielo estrellado que salpicaba las aguas del Sena con sus destellos. Ni el viento frío que de pronto le acarició el rostro le impidió disfrutar la noche parisina. Cenó *foie gras* de Canard en un conocido restaurante del *premier arrondissement* y deambuló después por las avenidas sumergida en un trance de contemplación que diluyó la existencia del tiempo y convirtió los minutos en horas. Cuando llegó al departamento eran casi las dos de la madrugada. París no duerme y ella se percató de lo tarde que era porque sus piernas comenzaron a punzarle de cansancio y sus ojos a humedecerse con bostezos. Decidió irse a dormir. Montemayor, sentando en el sofá y sumergido en la penumbra del salón, se percató de su presencia. Amanda se había despojado de sus zapatos y caminaba descalza hacia su habitación, procurando no hacer ruido, suponiendo que el escritor dormía. Augusto encendió la luz y sintió que ese *nunca* se escribía en mayúsculas sobre una blanca página. Nunca había sentido tanto regocijo al ver regresar a alguien a su lado. Nunca. Usando como camuflaje para su gozo una frase inquisidora, abordó a la mujer:

—¿Por qué hasta ahora regresas?

—No lo sé. Perdí la noción del tiempo contemplando la ciudad —dijo Amanda, sorprendida por la pregunta.

—¿La pasaste bien? —insistió el escritor.

—Sí... ¿Alguien la pasa mal en París? —respondió Amanda con una sonrisa.

—Dicen que sólo los que no están enamorados y los que viajan en *tours* programados y que observan de prisa y sin sentido la ciudad.

—Me imagino, esta ciudad es para recorrerla despacito.

—Que descanses, Amanda —expresó Augusto, terminando el diálogo de manera abrupta, lo que sorprendió un poco a la musa, quien prosiguió su camino hasta su alcoba.

—Buenas noches, Augusto; que descanses.

Una vez que escuchó a la mujer cerrar su puerta, el escritor se puso de pie. Encendió la luz de una pequeña lámpara del salón y abrió una de las ventanas. Fumó un cigarrillo mientras pensaba en el agridulce sabor de las nuevas emociones que comenzaban a echar raíces en su corazón. Extrañar. Echar de menos. Sentir ausencia. Por unos segundos el pánico acarició su piel, erizándola al pensar en ese día en que Amanda se fuera para siempre de su vida. Sacudió la cabeza como si al hacerlo se despojara del miedo. Esas horas de nostalgia, de añoranza momentánea por Amanda le estaban mostrando matices de su propio ser, de los que no se había percatado. Ese sentimiento de pena por una ausencia era una evocación lejana de su primera infancia que al regresar lo hizo sentir indefenso como un niño. La debilidad no era su zona de confort y la pérdida del control, su más grande temor. Se reconoció frágil y no le agradó. Sin embargo, ese gozo que experimentó al ver regresar a la mujer sana y salva le recordó lo que era sentirse feliz ante el bienestar de otro ser humano. Tenía muchos años preocupado por su bienestar personal, empapado de un egoísmo irracional, alimentado por su éxito profesional. Arrojó la colilla del cigarro por la ventana y se retiró a buscar en el sueño las respuestas a sus dudas recién adquiridas. ¿Extrañar es lo mismo que necesitar? ¿Estaba perdiendo el control de la situación? ¿Cuánto hacía que no echaba de menos a alguien? ¿Se estaba transformando en otro o era él mismo regresando de las profundidades de su ser adormecido por la soberbia?

21

Fernanda Montemayor acudió esa mañana a la guarida de Eufemia Casas para entregarle un sobre con la cantidad acordada y con más fotografías de su hermano Augusto Montemayor. Estaba convencida de que la hechicera apartaría al escritor de la extraña mujer con la que se había ido a Europa. De paso, aprovecharía esa visita para solicitar una limpia con hojas de pirul y huevos de gallina joven con el fin de conservar la buena estrella en sus negocios.

—¿Dónde dices que anda tu hermano con la mujer esa? —comenzó su interrogatorio la bruja, cautelosa, muy cautelosa, consciente de que Fernanda se estaba convirtiendo en su minita de oro.

No sólo le cobraba cuantiosos montos a la envidiosa hermana de Augusto, además representaba una fuente de información que le permitía mantener a Julio Esparza entretenido y aventando fajos de billetes sobre su mesa cuando en cada sesión de clarividencia le dosificaba datos sobre el paradero de Amanda. Estaba capitalizando cada palabra de Fernanda. Aquello era un negocio redondo.

—Mi madre dice que siguen en París, pero que ha escuchado hablar a mi padre con mi hermano y que tal parece que regresan pronto a México, el plazo para la entrega de su próxima novela está por terminar; si no mal recuerdo, a mediados de junio debe rendir cuentas a la editorial. Por lo pronto, al menos se han calmado los rumores en redes sociales y ya no ha aparecido en público con ella.

—Es por mis conjuros, muchacha. Todas las noches trabajo en ellos. Ya verás, poco a poco se alejan. Es muy probable que la deje tirada por aquellas tierras y que regrese solo al país. Tú debes tener fe en mí y esperar. Yo estoy poniendo entero esfuerzo en ello. Pero para conseguirlo, hija, tienes que contarme todo lo que sabes, no dejar ningún detalle en el olvido.

—Claro que no, Eufemia, te cuento todo. Mira, he traído más fotos de Augusto para que las uses en tu trabajo; de su acompañante no he podido conseguir, pero hablé con la secretaria de la editora de mi hermano, una tal Martha, quien me comentó que la mujer se llama Amanda, una chica de origen humilde, a lo que yo llamo salida de la calle, porque siempre que se dice "de origen humilde" resulta que provienen de algún callejón de mala muerte o de cualquier barrio bajo de la ciudad. No pudo decirme más porque llegó su jefa, pero en esta semana intento hablar de nuevo con ella y te traigo más informes.

Los ojillos de Eufemia Casas se hacían pequeños, las arrugas de su rostro se contraían. Muchas imágenes pasaban por su mente como emociones distintas por su pecho. Estaba convencida de que la envidia era el peor sentimiento que podía experimentar el ser humano, y esa Fernanda envidiaba mucho a su consanguíneo. A tal grado que no le importaba hundirlo para ella flotar de júbilo con su tragedia.

—Fernanda, es muy importante que me cuentes todo lo que sepas, y que indagues más acerca de esa chica, de sus movimientos; alguna manera debes encontrar de hacerlo —reanudó la conversación Eufemia, insistente.

—Te juro que en eso ando, Eufemia, ya verás que encontraré la manera. Es que Augusto no contesta mis llamadas. Desde niño ha sido raro, nunca se ha podido entablar una charla con él. Siempre se ha creído el centro del universo y se encierra en su mundillo literario, se regodea en sus triunfos. Es arrogante y perverso, porque sólo una mente perversa busca enredarse con una desconocida y convertirla en su amante sin importarle que provenga del fango. Mi madre está alterada y a él no le importa. Sólo vive para satisfacer sus propios deseos.

—Sigue contándome, Fernanda; aunque no lo creas es importante saber más de tu hermano para poder leer mejor su espíritu por las noches.

—Pues él es así, egoísta y vanidoso. Tiene manías raras. Cuentan sus amigos que escribe desnudo. Eso a mí no me consta pero no me extrañaría, tiene un lado indecente que me agobia y me molesta.

—¿Desnudo? Jajajaja —soltó la risa la hechicera—. Ésas son manías de genios, niña, a muchos artistas les da por esas rarezas.

—Pues para mí son indecencias y locuras, Eufemia. Mi madre no nos educó en los mejores colegios para que él justifique su genialidad creativa con tales imprudencias.

—Bueno, no te mortifiques, eso no tiene tanta importancia. Regresa cuando sepas algo más. Mira, te he preparado un jarabe de alas de mariposa blanca. Lo pones en el café de tu marido y lo seguirá manteniendo dócil y bajo tus enaguas. Además da poder sexual.

La hechicera guiñó el ojo y Fernanda sonrió. Abandonó el recinto de la bruja enfundada en su vestido de seda japonesa y caminando sobre sus altos tacones; se fue sonriente y feliz con el brebaje mágico apretado entre sus manos.

Eufemia Casas se sentó sobre su mullido sofá de terciopelo raído y sonrió pensando en lo caras que debieron ser aquellas escuelas a las que acudieron los hermanos Montemayor. Demasiado costosas para no haberles respondido todas las interrogantes del saber humano y que Fernanda terminara buscando respuestas en una hechicera como ella, del mismo modo que Augusto en una mujer como Amanda.

Enseguida marcó el número telefónico de Julio Esparza, quien al responder se mostró impaciente.

—¿Sí? ¿Eres tú, Eufemia? ¿Ya sabes algo?

—Hola, Julio, sí, te tengo información. Te espero a las seis.

—Ahí te veo.

La hechicera encendió una varita de incienso con olor a canela y vio su reloj. Cuarto para las seis de la tarde. Esparza no tardaba en atravesar la puerta y quería poner el escenario en modo clarividencia. Su bola de cristal en el centro de la mesa y dos botellas con brebajes preparados con sus mañosas maneras que había alistado para su amigo. Le diría que uno era un elixir sexual que daba potencia a la erección del varón y el otro un jarabe para mejorar el sueño. Su amigo se quejaba de insomnio y de impotencia sexual, y ella como buena amiga le regalaría dichas pócimas sin costo alguno a cambio del pago por la información clarividente que le tenía preparada acerca del paradero de Amanda. No pudo evitar regocijarse pensando en la fragilidad de Julio Esparza. Le causaba gracia que detrás de esa imagen de hombre macho y prepotente estuviera un niño iluso y supersticioso. Una vez más se convencía de que detrás de un individuo arrogante y presuntuoso siempre habita un infante lastimado y temeroso, y ella, Eufemia Casas, ejercía su oficio gracias a esa circunstancia. El temor a la pérdida, al abandono, a la impotencia, a la soledad, a la muerte, incluso a la vida, motivan a los seres humanos a acudir a su morada y atravesar la puerta buscando que por arte de magia o de hechicería, ella elimine sus miedos más severos.

—Eufemia, aquí estoy. Prende tu chingada bola y dime qué ves —entró Esparza sin saludar siquiera a la hechicera, mientras se posaba en uno de los sillones del salón.

—Buenas tardes, Julio. ¿Ni un saludo me merezco? —replicó la bruja, sonriendo con sorna.

—No hay tiempo para saludos, amiga; además ya hemos dormido juntos, ya no importan esas cosas —respondió Julio con picardía—. Anda, prende tu chingada bola y dime qué ves.

—Mi bola no es de pilas ni es chingada; o te comportas o no te digo nada.

—¡Es broma, chingado, Eufemia! Ya dime, que no tengo tiempo, ando en un negocio importante y debo regresar a la oficina. ¿Has sabido algo de Amanda?

—Está bien. Sí, te tengo más información. Tal vez no la que quieres, pero te será útil. Anoche tuve visiones. Pude ver en mi bola de cristal con mayor claridad. Pude ver la Torre Eiffel. Creo que tu mujer está en París.

—¡París! ¡Me carga la rechingada! ¡Pero si ni pasaporte tiene! —expresó Julio con asombro e inconformidad. El hecho de saberla tan lejos lo alteró.

—Sí, París. ¿Acaso crees que es imposible para ella tener un pasaporte? Julio, ella está con un hombre que no es un cualquiera. En mis visiones me percaté de que es un individuo estudiado y además poderoso, como ya te lo he dicho. No se trata de un cualquiera y tienes que irte con cuidado. No puedes ser silvestre y estúpido. Si quieres que regrese a tu lado no puedes cometer tonterías como las que acostumbras.

—¿Y entonces qué chingados hago? ¿Me siento a ver tu bola y a esperar a que me la traiga el viento de vuelta o qué?

—No, Julio. Te sientas y me escuchas. Porque no terminas de escuchar y ya estás haciendo conjeturas.

—Está bien. Te escucho.

Julio dejó caer su espalda en el respaldo del sillón y encendió un cigarrillo. Sus labios temblaban. La furia y la impotencia hacían que los apretara para parar su temblor.

—Tiene que existir una manera de hacer que regrese sin que te la traigas a la fuerza. Y en eso eres experto.

Una sonrisa pícara y vanidosa se dibujó en el semblante de Esparza. Comenzaba a entender hacia dónde se dirigía el sugerente comentario de su amiga. Tenía razón, el soborno, la amenaza y el chantaje eran su especialidad. Presionar a los demás para complacerlo se le había hecho un deporte que practicaba sin escrúpulos.

—A ver, pinche Eufemia, ¿en qué estás pensando?

—En que cada vez tengo mejores visiones, no dudes que en un par de días pueda ver el lugar exacto donde se encuentran. Entonces podremos investigar algún teléfono o hallar la manera de que te comuniques con ella y que le digas algo que la obligue a retornar.

—Es buena idea. A mí nunca me ha gustado ir a Europa. Odio a los franceses y no soporto comer sin tortillas. Mejor concéntrate y le hacemos como dices. Puedo conseguir que regrese usando a su amiga Hilda.

—¿Ves? Te conozco, Julio, es más grande tu patanería que cualquier otra cosa. Mientras yo trabajo en mis visiones ve pensando qué decirle para hacerla regresar. Y si regresa antes yo te aviso. Con la sangre de toro que compré y las arcillas africanas que mandé traer estoy preparándome unos baños que me tornan más perceptiva. Confía en mí. Nunca te he fallado.

—Está bien. Pero ya conozco ese tono ceremonioso, Eufemia. ¿Necesitas más dinero?

—Sí, Julio, esa materia prima no es barata y no tienes idea de lo complicado que es conseguirla. En esta vida nada es gratis, sólo el aire no cuesta.

Esparza sacó un fajo de billetes de su cartera y los puso sobre la mesa. Se levantó y se dirigió hacia la salida.

Eufemia Casas se quedó contando el dinero, convencida cada vez más de que detrás de la arrogancia de un hombre macho se oculta una estupidez descomunal.

22

Mercedes Ortiz dejó caer su cuerpo en el sillón de cuero. Desde el ventanal de su oficina, en el Centro Histórico de la capital mexicana, podía observar el cielo gris y contaminado de la urbe. Todo parecía fluir de manera correcta. Augusto se hallaba escribiendo y no tenía queja de Amanda. Uno de sus principales temores era que la hermosa chica no congeniara con el excéntrico escritor y que antes de cuatro lunas la regresara por donde llegó. El objetivo se estaba cumpliendo. Augusto poco a poco recuperaba inspiración y ritmo. A pesar del escaso tiempo que faltaba para entregar la obra completa a la editorial, y de que los tres meses representaban todo un reto para el autor, Mercedes se sentía confiada. Estaba convencida del talento del novelista, de su agilidad para crear dramas y resolver conflictos, para enredar vidas y desenredarlas con destreza a través de la prosa. Había días en que sus temores respecto al pasado de la musa disminuían. Días silenciosos en los que nada ni nadie importunaba las actividades rutinarias en su despacho. Pero esa mañana no había sido igual. La visita inesperada de la hermana de Augusto la dejó un poco incómoda. Su inoportuna e injustificada presencia le dio mala espina. Le provocó un malestar estomacal que trató de calmar con un poco de agua con bicarbonato de sodio y unas gotas de limón. Su asistente Martha le comentó que, en la antesala, Fernanda estuvo haciendo muchas preguntas fuera de lugar. Mercedes tenía muchos años de convivir con la familia del escritor y ese interés súbito de parte de Fernanda por el paradero y la seguridad de su hermano se le hizo sospechoso. Como dos lobas se mostraron los colmillos durante la charla. Mercedes siendo cautelosa con la información que compartía con Fernanda Montemayor. Fernanda, inquisitiva, sagaz, deductiva, intentando interpretar el código escondido detrás del mensaje verbal de su interlocutora.

—Sólo puedo decirte, Fernanda, que está mejor que nunca y recuperándose de su racha de vacío creativo —dijo Ortiz.

—No tengo duda alguna de eso, Mercedes, si algo define a Augusto es su habilidad en lo que hace; sin embargo, no está demás mantenerse pendiente de su situación —insistió la hermana del prosista—. Además, mi madre tiene todo el derecho de saber dónde y con quién se encuentra.

—Puede llamarle a su móvil las veces que quiera, Fernanda; si no responde, seguro se reporta a la brevedad. Dile a tu madre que puede intentarlo y seguro Augusto atiende su llamado.

—Eso ha intentado pero sin éxito —mintió Fernanda.

—Pues qué extraño, porque conmigo así es. Marco, buzón, dejo mensaje y horas después se reporta, aunque he de decir que sólo le llamo cuando es necesario porque no quiero interrumpir su proceso de creación literaria —reviró Mercedes con la mirada fija en las pupilas de la otra mujer.

Fernanda bajaba la vista y movía las manos nerviosa, como buscando algo en su bolso, como limpiando sus uñas de algo invisible. Mercedes había visto ráfagas de intriga en sus miradas, de maldad en los destellos de sus ojos. Nada bueno se traía Fernanda entre manos. Había hecho muchas preguntas sobre la mujer con la que estaba trabajando su hermano en la producción de su novela. Mercedes le explicó que se trataba de una mujer ajena al ambiente literario y editorial, contratada exclusivamente para acompañar a su hermano en la experiencia creativa como personaje inspirador y enriquecedor, al provenir de contextos distintos a los acostumbrados por Augusto. Fernanda preguntó: "¿Una prostituta de lujo?" Mercedes sólo rió. La hermana del escritor desistió y salió de la oficina, no sin antes recordarle que si algo le sucedía a su hermano, la familia Montemayor tomaría represalias en su contra.

Fernanda dejó exhausta a Mercedes. Sin embargo, todo eso estaba en el "había", en el pasado. Ahora, sentada en su sofá, intentó darle sentido a ese comportamiento extraño. Llamó a Martha, su secretaria, que de alguna manera era la que había extendido el cordón que comenzó a enredar las vidas de todos ellos en torno de la musa.

—Martha, siéntate —ordenó al ver entrar a la pálida asistente enfundada en un traje sastre color verde olivo—. Necesito saber con detalle lo que te ha dicho Fernanda Montemayor.

—Sí, Mercedes, con gusto —Martha tomó asiento en el sillón disponible al costado derecho de su jefa—. Llegó y preguntó por usted, le dije que estaba en una llamada y respondió que esperaría. Mientras esperaba a que usted la atendiera me estuvo preguntando que si yo conocía a la mujer que habían contratado para trabajar con su hermano.

—¿Y qué le has dicho?

—Como usted me sugirió ser muy discreta con el tema, no le comenté mucho, Mercedes; mire, sólo atiné a decirle que la chica era amiga de una conocida de mi barrio, y que poseía una hermosura especial. Cuando quiso saber dónde vivo yo, justo en ese instante usted la llamó para recibirla.

—¿Quieres decir que no le dijiste más?

—Así es.

—¿Tu amiga Hilda te ha comentado algo sobre Amanda últimamente?

—No, Mercedes, le juro que no he sabido nada fuera de lo que aquí hemos comentado. Hilda no habla con ella desde hace tiempo, sólo la llamó para despedirse cuando se fue de viaje, pero no me ha dicho nada más allá de eso.

—Está bien. Discreción, Martha, discreción, por favor.

—Así será, Mercedes. Con su permiso, regreso a mi lugar.

Martha se puso de pie y salió de la oficina de Mercedes desarrugándose la falda con las palmas de sus manos. Una vez a solas, Mercedes sirvió más agua en su vaso y de nuevo se dejó caer en el sillón. Tenía que meditar. Reflexionar sobre todo lo que estaba aconteciendo. Al principio dudó de que su disparatada idea funcionara, sin embargo, todo indicaba que había sido un éxito. Recordó cuando Augusto, con tono arrogante, le dijo: “Mercedes, yo puedo tener a la mujer que se me dé la gana con sólo tronar mis dedos”. Sonrió. Ironías del *puedo* y *quiero*. En su caprichosa vida el novelista había olvidado lo importante que es abrirle la puerta a lo desconocido para no morirse de letargo. Acostumbrado a caminar por el sendero del confort y del control, se había quedado acartonado, tieso del espíritu. Mercedes sabía que para ablandar un espíritu endurecido, sólo un espíritu flexible y aventurero podía surtir efecto. Un espíritu como el de Amanda. Por eso no le asombró que el escritor escogiera a esa chica envuelta en un velo claroscuro. Con cara de ángel y piel de demonio. Con cuerpo de deseo y mente traviesa. Tampoco le extrañaba que Augusto y Amanda estuvieran acoplándose, adaptándose entre sí. Para lo cóncavo, lo convexo. Se le había hecho un tanto abrupto el comienzo de la relación entre la musa y el escritor. Arriesgado hasta cierto punto. Sin embargo, cuando hablaba con Montemayor le sorprendía su tono de voz, modificado por la convivencia con la chica. No encontraba otra explicación. Sólo Amanda podía estarlo transformando. Su arrogancia estaba ausente; sus prisas, dormidas, incluso ostentaba un buen humor que hasta entonces el autor había sido usado con reserva. Mercedes siempre le decía a Augusto que dejaba lo mejor de su interior para sus libros y no conservaba nada para emplearlo en su vida diaria. Lo había llegado a conocer a plenitud. La chica era otra historia. Sabía lo básico, conocía la superficie. Entonces tomó una decisión y pidió a Martha que le hiciera una cita con Hilda. Necesitaba caminar dos pasos delante de Fernanda Montemayor y obstaculizar todo intento de acoso o impertinencias de la hermana. Si alguien tenía la habilidad y la costumbre de meterse en la vida de los demás era Fernanda, y nada ni nadie debía obstruir el camino creativo del escritor. Esa novela tenía que estar finalizada en tiempo y forma. Muchas personas dependían del trabajo de ese autor, empezando por ella, quien estaba arriesgando su puesto en esa aventura.

A las siete de la noche en punto, Hilda entró en la cafetería. Mercedes había elegido un lugar pequeño y discreto cerca del parque España, en el corazón de la colonia Condesa. Necesitaba un escenario apacible y tranquilo para charlar a sus anchas con la mujer, cuya ayuda requería para descender a los infiernos de la musa, conocerla más, y de ese modo prepararse para lo que las semanas restantes pudieran ofrecer como sorpresa. Mercedes aún mantenía la duda encajada en su mente. ¿Terminaría la novela el escritor? ¿Amanda llegaría a la meta a su lado? ¿Qué tramaba Fernanda? Hilda, en su modesta apariencia, envolvía una personalidad noble y franca que simpatizó de inmediato con la manera abierta y directa de Mercedes de llevar la conversación.

—Hilda, platícame todo de Amanda, no sientas desconfianza; si a alguien le interesa que tenga éxito en su tarea es a mí —dijo Mercedes en tono persuasivo y sincero.

—Yo lo sé, señora Mercedes. Martha me ha dicho que usted es una mujer de palabra y de decisiones; no siento desconfianza, no se preocupe —externó Hilda, revelando en una discreta sonrisa la veracidad en su frase.

Una vez puestas las cartas sobre la mesa, ambas pidieron café expreso y relajaron sus espaldas en los respaldos de sus sillas. Amanda emergió de la oscuridad de su pasado, invadiendo el ambiente de complicidad que cobijó a las dos mujeres esa tarde de mayo.

—Pues Amanda ha atravesado muchas situaciones complicadas: el rechazo de su madre, los abusos de su abuela, el rencor de su familia; pero, sobre todo, el abandono, un completo abandono de la gente que debía haberla amado, apoyado —explicó Hilda al comenzar su relato—. Si usted me pregunta ahora mismo quién ha cuidado y amado a Amanda, pues le puedo afirmar que me sobran ocho dedos de las manos para contar a esas personas, y puedo también decirle que una he sido yo y la otra mi madre. No veo a nadie más que haya depositado un poco de cariño honesto en ella. Por eso es como es, pues.

—¿Y cómo es? —preguntó Mercedes, recargando los codos sobre la mesa y sorprendida de la cantidad de "pues" que escuchaba de su interlocutora.

—Es como esos círculos que dicen que se llaman Ying y Yang, ¿los ha visto?

—Claro que sí, te entiendo, el bien y el mal unidos; según los chinos, principios complementarios de la esencia humana —Mercedes sonrió por el ingenuo comentario de Hilda y la incitó a continuar con una mirada.

—Pues eso, así la veo, con un lado blanco como las nubes y otro lado oscuro como la noche sin luna. Del lado blanco está la amiga, la que es leal y en la que puedes confiar, la que se ríe cuando alguien cuenta un chiste de Pepito, ¿sí conoce a Pepito el de los chistes?

—¡Claro. Pero quién no lo conoce! —la carcajada de Mercedes fue inevitable ante la ocurrencia de la amiga de Amanda.

—Pues eso, así es Amanda, se ríe de cualquier tontería, es alegre cuando está cómoda y se siente a sus anchas, y eso no pasa mucho, es complicado porque entonces aparece su lado oscuro. Mire, Mercedes, yo siempre le he dado consejos pero no sé por qué razón, aunque me escuche, algo pasa y termina metiéndose en problemas.

—¿Qué tipo de problemas, Hilda? —aquí el corazón de Mercedes dio un brinco.

—Pues eso, lo que le decía, su lado oscuro donde guarda todo el rencor que tiene hacia su madre, hacia su abuela, hacia el padre que nunca conoció, ahí como que a veces se encierra y entonces se deja jalar por gente... ¿cómo le dice mi madre?... ¡Ah, sí! Gente de baja vibración, que en palabras mías es gente hija de la chingada.

La carcajada de Mercedes se mezcló con la música de jazz que emergía del equipo de sonido del lugar. No lo pudo evitar. La manera transparente y coloquial en que Hilda hablaba sobre Amanda le provocaba una mezcla de diversión y preocupación que sólo se resbalaba de su garganta con el sorbo de café caliente. Pidieron la segunda taza. La charla apenas estaba comenzando y Mercedes se dio cuenta de que había muchas cosas que tenía que conocer de la musa de Montemayor.

—Pues sí, aunque se ría, Mercedes, no es de risa y le voy a explicar por qué. Amanda es inteligente, mucho más de lo que aparenta ser; aunque no ha podido estudiar en la universidad, ni nada de eso, le gusta leer, se come artículos completos en internet, libros que mi madre le presta; pregunta, escucha, le gusta mucho escuchar. Es como le digo: una mujer que sueña con salir adelante y dejar atrás, o de lado, lo oscuro; pero así como le digo esto, tengo que aceptar que, por alguna razón, siempre termina enredándose con las personas equivocadas, pues.

—¿A quién te refieres en específico, Hilda?

—Pues a Julio Esparza, y a otros hombres que han abusado de ella. No digo que ella sea una niña y no sepa lo que hace, pero se me hace tan raro que siendo inteligente y con deseos de una mejor vida, siempre termine aceptando a hombres como el que le digo.

—¿Y cómo son esos hombres, Hilda? ¿Conoces al tal Julio? —en este punto de la conversación las antenas de Mercedes se desplegaron con toda su potencia, al igual que su atención hacia Hilda. Sabía que iba a escuchar cosas desagradables.

—Pues es un hombre al que conoció hace algunos años, creo que ella era edecán en un evento y él se le acercó y ya no se le despegó para nada. Mire, cuando ella está con un mal hombre se me aleja, como que le da vergüenza conmigo o con mi familia y se retira, y desde que comenzó a vivir con Julio eso pasó. Sabíamos de ella por otra gente, por lo que contaban amigos del barrio: que le puso un departamento, que la escondía de la esposa, porque el tal Julio se jacta de ser de la clase alta y de tener una familia ejemplar, y mientras allá por el sur vive esa vida ejemplar, por el norte mantenía a mi amiga escondida y casi presa en un departamento; claro, como su amante o concubina o como le quiera decir. Cuando Martha me dijo del trabajo que usted ofrecía, se lo comenté a Amanda porque hacía pocos días que el Julio la corrió del departamento por un ataque de celos que tuvo. Celoso, macho y mafioso. Así es Julio. Por eso le digo que mi amiga me recuerda ese círculo blanco con negro de los chinos, pues, porque no entiendo cómo una mujer tan hermosa y buena como ella puede vivir embarrándose de la mierda de gente como el Esparza.

Hilda dio un sorbo a su café tibio. Con la mano llamó a la mesera y con una seña le indicó que se lo cambiara por uno caliente. Mercedes se quedó silenciosa. Lo que acababa de escuchar no le agradaba y se sintió culpable por no haber indagado más sobre la chica antes de meterla en la vida de su escritor estrella. Cuando Hilda se percató de la expresión del rostro de Mercedes, preguntó:

—¿La va a correr por lo que le dije?

Mercedes soltó su segunda carcajada durante el encuentro.

—No, Hilda. Quédate tranquila. No la vamos a correr ni mucho menos. Estoy sorprendida. Es sólo eso. Pero dime una cosa: ¿ese tal Julio debe preocuparnos o se trata de un ex amante despechado con oscuro comportamiento?

—Pues sí y no. ¿Cómo le explico? A mí, por ejemplo, me manda sus guarritos de quinta a que me vigilen a ver si Amanda se aparece por mi casa y a veces me llama por teléfono y me amenaza, pero no debe preocuparnos, pues, porque no hace nada. Todo queda en ladridos pero ninguna mordida hasta ahora.

—¿Y por qué crees que hace eso? ¿No se supone que él mismo la corrió? ¿Para qué la busca? ¿No tienes miedo?

—De una en una las preguntas porque me confundo. Pues yo creo que la busca porque se arrepintió, seguro se le pasó la borrachera y en la cruda reaccionó y dijo: "¿Dónde me voy a encontrar otra así de bonita?", porque mi amiga, a pesar de siempre tener carencias, tiene clase, y esa no se compra, Mercedes. Mi amiga se ve finita, pues. Ahora que seguro la busca para volver a encerrarla y seguir teniéndola como amante, ¿para qué otra cosa la quiere?, para presumir con sus amigos la mujer que trae. Y sí, a veces sí me da miedo ese Julio, pero como le he prometido a Amanda no decir nada, pues no lo he hecho. Le he dicho que está en Cancún trabajando. Le echo mentiras y ya. Me cuido cuando entro en el barrio y checo que no estén sus muchachos por mi casa; a veces le pido a mi hermano que me espere en la entrada del metro para que me acompañe. Mercedes, nosotros, pues somos gente que hemos aprendido a sobrevivir de muchas cosas y a crecer a pesar de los pesares. No hay peor miedo que el que se le tiene al hambre.

—Te voy a pedir que resistas, no debemos dar información a nadie sobre el trabajo de Amanda, ni de su paradero. Ella está bien, siguen en París, regresan en dos semanas según los planes de Augusto. El trabajo literario va bien. Ella está desempeñando bien su trabajo por los reportes que tengo. Pero debemos mantener discreción y evitar que alguien o algo los interrumpa. Faltan pocas semanas. El tiempo vuela, Hilda, ella estará de regreso y con el pago por la prestación de sus servicios podrá irse lejos e inventarse una vida.

—Pues por eso estoy callada. Y primero me matan a decir algo. Amanda se merece una oportunidad distinta, ya la vida le dio de palazos. Ahora le toca un poco de fortuna. Aunque a veces siento miedo.

—¿De qué, Hilda?

—De que su lado negro la jale y que ese dinero sólo le sirva para seguirse cayendo más profundo.

La mirada de Hilda se clavó en el interior de su taza casi vacía. Sus manos abrazaron el traste como si se aferraran a la oportunidad que tenía su amiga. Mercedes comprendió que entre las dos chicas había una amistad sincera. De ésas que trasciende las penas y que se fortalece en el dolor.

—También tengo otro miedo —dijo Hilda interrumpiendo el cálido silencio que las había cobijado.

—¿Cuál? —preguntó Mercedes, levantando la ceja ante la inesperada intervención de la chica.

—Tengo miedo de que se enamoren.

—¿Quiénes?

—Amanda y Augusto.

La tercera carcajada emergió de las profundidades del pecho de Mercedes, sonora, estridente.

—¡Cómo crees, muchacha! No me parece posible.

—¿Porque son de diferentes mundos? ¿Porque él es rico y famoso y ella una nadie?

—No, Hilda, porque Augusto no sabe amar a nadie que no sea él mismo. No te niego que he pensado que es posible que, ya sabes, duerman juntos, que existe la posibilidad que la convivencia haya desencadenado encuentros sexuales entre ellos, pero hablar de romance no lo veo probable. Augusto no se fijaría en una mujer como ella. Es muy complicada y a Montemayor no le gustan los conflictos más que para usarlos en sus narraciones. Quédate tranquila.

—Usted también, Mercedes. Julio no puede hacer nada. Si me busca seguiré fingiendo que no sé dónde está Amanda, no va a pasar de amenazas o algún susto con sus guarritos de quinta, pero yo a eso no le tengo miedo. Además, el tiempo no se detiene, ya sé que pasa lento para el que espera y rápido para el que se pasea, pero en un dos por tres ya tenemos de vuelta a mi amiga y usted a su escritor con su obra bajo el brazo, pues.

—Eso espero, Hilda, créeme que todo lo que he provocado ha sido por esa maldita novela no escrita. Muchos dependemos del trabajo de Montemayor, y a mi edad no estoy para quedarme sin chamba.

—Amanda es como las monitas esas que hacen los rusos, esas que hay una adentro de otra, ¿sí las ha visto?

—Matrioskas, se llaman así.

—Pues así, de esas. Adentro de mi amiga hay muchas mujeres, si su escritor sabe irlas descubriendo seguro que escribe la obra de su vida, de lo que le acabo de decir se va a acordar algún día.

—Que tus palabras sean proféticas y que todo siga un curso apacible. Que el tiempo transcurra lento para Augusto y le rinda para que termine su novela; y que transcurra rápido para nosotros, Hilda, para que ya estén de regreso y se termine todo este embrollo que he provocado.

—No se sienta culpable, Mercedes. Todos estamos haciendo esto por algo bueno, si lo piensa de este modo se le va a deshacer esa cara de angustia que no puede esconder. Mire, pues yo lo que hice lo hice por ayudar a mi amiga, usted lo que hizo fue por ayudar a Montemayor y a toda la gente que trabaja para usted. Amanda aceptó porque es la oportunidad que ha esperado siempre para poder inventarse otra vida, y Augusto aceptó porque no tenía otra opción mejor para realizar su trabajo. El fondo de todas estas decisiones es bueno, yo no veo mal en ninguna parte, y lo que se hace con buena intención no puede salir mal; bueno, eso dicen mi madre y mi abuela y así debe de ser, ¿qué no?, también eso pienso yo.

—A veces no es tan sencillo, Hilda, hay ocasiones en que tomamos decisiones equivocadas y debemos atenernos a las consecuencias. Pero espero que esta decisión no haya sido errónea y que Amanda resurja de las llamas que la estaban incinerando en vida... y que Augusto aprenda algo de todo esto.

Mercedes se ofreció a llevar a Hilda hasta su casa. Ninguna de las dos se percató de la presencia de una camioneta Lobo con cristales polarizados estacionada en la esquina. Los hombres de Julio Esparza tomaron los números de las placas del auto de Ortiz. Hilda descendió de éste y, con la mano levantada, dijo adiós a la mujer. Los hombres de Esparza vieron alejarse el vehículo de Mercedes; de inmediato se comunicaron con su jefe y le informaron de lo acontecido. Julio estaba en un bar con dos supuestos clientes. Borracho hacía los mejores negocios. Alcoholizado le funcionaba mejor el cerebro, decía. Esparza dio la orden de que a primera hora del día siguiente investigaran a quién pertenecía el automóvil y dieran con la identidad y domicilio de la dueña. Encendió un cigarro y pensó en Eufemia. No descuidaría ninguna trinchera, que la bruja se sumergiera en la bola de cristal buscando visiones reveladoras mientras sus muchachos hacían lo suyo. El deseo de encontrar a Amanda se había convertido en su capricho más impertinente que le cercenaba la frente como taladro agujerando una pared.

Mercedes llegó a su espacioso departamento ubicado en la colonia Roma. Amueblado con nostalgia, muebles heredados de sus padres y objetos recolectados durante sus viajes, se recostó en su cama *king size* con cabecera de caoba labrada a mano traída desde Madrid. Puso su *laptop* en su regazo y la encendió. Hizo uso de Google y escribió: "Julio Esparza". Ante sus ojos aparecieron artículos de prestación de servicios de grúas. Grúas Esparza. Artículos sobre la vida social de la capital mexicana, procedentes de diferentes semanarios y periódicos. Aparecía ese hombre de aspecto hosco y aguerrido, nada apuesto, incluso grotesco ante sus ojos, vestido de Armani con su mujer al lado. Fiestas de quince años de la hija de algún procurador, primera comunión del hijo de un prominente empresario de la industria de la construcción. Eventos selectos de la *socialité* mexicana. ¿Por qué estaba ahí como invitado semejante ejemplar de machismo y antecedentes impropios? Toda una ficha. Observó una fotografía de Julio. Se encontraba sentado junto a su mujer, a quien rodeaba por la espalda con su brazo. Era una fiesta a beneficio de una asociación altruista que ayudaba a niños con cáncer. En la mirada de la esposa, Mercedes encontró las secuelas de todo lo que le había contado Hilda. Era una mirada de tristeza, de resignación. Esa mirada que poseen las mujeres que han idealizado a un hombre y que han despertado de golpe. Que han visto la trampa que se pusieron ellas mismas. Que han caído al precipicio que por propia mano han cavado con sus elecciones. Su último pensamiento de la noche, sin embargo, estuvo dedicado a Amanda y Augusto. ¿Cómo estarían? ¿Se estarían enamorando como dijo Hilda? Sonrió. Si eso pasaba, tendría que pedirle a Montemayor que escribiera una novela acerca de ello. Sería un *best seller*. Estaba segura.

23

París en mayo se caracteriza por el color de su cielo. Ese azul mayestático se apoderó del firmamento y se metió en las pupilas de la musa, quien, enfundada en un minúsculo camisón color púrpura, lo contempla desde el balcón del departamento de la Rue Monceau. Augusto la contempla a ella. Ha hecho la contemplación de esa mujer un ejercicio cotidiano. Después de leer un párrafo del libro de Antonio Gala, la chica deambuló por el salón y luego se asomó por la ventana para mirar el cielo. Ese cielo que cobijaba la luna por las noches, ese cielo que parecía absorberle el pensamiento y enajenarla. El escritor capitalizaba todo lo que acontecía en la convivencia diaria con la mujer. Los silencios, las miradas, los ruidos al masticar la comida, la respiración, la manera como se calzaba los zapatos, sus largos dedos, las sonrisas, las carcajadas. La había sorprendido más de una vez observándolo en silencio. Ella a él. Fingía no percatarse para seguir sintiendo encima la caricia de sus ojos.

Con voz cálida, Amanda comenzó a dar lectura a un extracto de *La pasión turca*, de Antonio Gala. Sus ojos se hacían más pequeño al acariciar los renglones de esa obra y contemplar descrita la avasalladora pasión que despertó el turco Yamam en la ingenua Desideria (así le parecía a la musa). La imaginaba tomando con sus manos la cara del turco y comiéndosela a besos, con una ilusa intensidad de quien cree que ha encontrado (y que existe) la media naranja. Encasilla tales imágenes entre lo cursi y lo utópico. ¿Cómo podía una mujer estar agradecida de semejante estado mental? Sin embargo, al mismo tiempo sentía envidia. Algo en sus profundidades emocionales anhelaba que su ser fuera agobiado por una pasión similar. Sacudió la cabeza y suspiró.

El referido párrafo sumergió a la musa en el silencio y en la contemplación del cielo. Augusto la miraba y esperaba la reacción de su doncella. Amanda pasó silenciosa a un lado del escritor y se dirigió a la ducha.

—Sígueme —le dijo.

Montemayor la acompañó hasta la sala de baño y, recargado en el marco de la puerta, observó cómo abría las llaves del agua y templaba la temperatura. Mientras la bañera se llenaba, la mujer se desnudó. Libre. Sin recato. Costumbre adquirida con el empleo. Mostrar sus pieles. El hombre en calzoncillos y ella en plena desnudez. Una vez que el agua tuvo nivel aceptable, la musa se introdujo en el agua. Montemayor no sabía qué estaba más caliente, si esta última o la mujer. La vio acariciarse la piel bajo el elemento acuático.

—¿Me voy a quedar aquí de pie mientras te duchas? —preguntó divertido. Le causaban gracia esos arrebatos pueriles e imperativos de la chica.

—¡Me olvidé de ti! —exclamó divertida Amanda. Sonrió.

—¿Acaso ya soy invisible para ti?

—Estamos tanto tiempo juntos que ya te siento como una extensión de mí.

El novelista acercó un taburete cercano al espejo de la sala de baño. Se sentó a un lado de la bañera y comenzó a enjabonar la espalda de su musa.

—Augusto —comenzó a decir Amanda—, en este libro, *La pasión turca*, aunque me lo estoy comiendo en pequeños bocados, encuentro una intensidad arrolladora. Hoy, al leer ese párrafo, sentí que el alma de Desideria deambulaba por el cielo, esparciendo desde arriba trocitos de ese poderoso sentimiento que emana de su interior. De alguna manera me identifico con ella en cuanto a caer en las garras de un traicionero y abusivo galán de quinta.

Mientras la escuchaba, el escritor convertía en caricia el desliz del jabón sobre la piel de la mujer. Deseó transformarse en fino vello y habitar en esa superficie cutánea tan suave y al mismo tiempo impenetrable que cubría los enigmas de su inspiradora. Amanda percibió la calidez de los movimientos de la mano del prosista. La humedad que emergió de sus entrañas pasó inadvertida al mezclarse con el agua.

—Me identifico —continuó la musa desnuda—, he sido una Desideria cualquiera. Me he inventado pasiones unilaterales. De esas donde emana de uno todo y del otro nada. Donde uno da y el otro usa. Abusa. Traiciona. Lo mejor de aceptar este "trabajo" es que voy a tener la oportunidad de inventarme otra vida. No volver a sentir alegría por recibir migajas. No volver a sentirme agradecida porque alguien me da lo que le sobra como si me estuviera ofreciendo un cajón lleno de oro.

—No es así de simple, Amanda —intervino Montemayor—. Desideria siente gratitud no por lo que Yamam siente por ella. Está agradecida porque él le ha permitido experimentar ese sentimiento tan poderoso del que hablas. Llámese pasión, llámese amor, llámese lo que sea. Para Desideria ha valido la pena a pesar de todo porque se irá de este mundo después de haber sentido tanto, después de haber deseado y poseído a un hombre así. El sentimiento es de quien lo siente. Le pertenece al que lo vive.

—La media naranja, las alma gemelas. Historias de mierda.

—"Amor se llama el juego en que un par de ciegos juegan a hacerse daño", canta Joaquín Sabina, niña escéptica.

—"El agua apaga el fuego y al ardor los años", me encanta esa canción —dijo Amanda al tiempo que se ponía de pie dentro de la bañera y permitía al escritor contemplar su desnudez mojada. El agua escurriendo por sus largas piernas.

Montemayor sospechó que la entrepierna de la chica estaba húmeda pero no por agua. Sus pupilas dilatadas y sus pezones erectos eran signos inequívocos de los deleites intempestivos de su musa. Augusto se puso de pie y le acercó una toalla; después le dio la espalda y abandonó la sala de baño, ocultando de ese modo la erección que se avecinaba.

Abandonaron el departamento a media mañana y se dirigieron hacia Pigalle. Uno de los más divertidos descubrimientos del escritor fue percatarse de que Amanda gustaba mucho de viajar en metro. Para ella significaba entrar en un mundo cómodo.

—Como en la Ciudad de México viajo mucho en metro, me siento en casa —le había dicho.

El escritor se conmovía alegre ante la predilección de su acompañante. Le agradaba verla esparcir sonrisas por Montmartre comiendo crepas envueltas en un pedazo de cartón. Ese día la enfermiza pasión de Desideria por Yamam y la gratitud del personaje femenino de Gala por encontrar su media naranja, empujó a la pareja hacia los rincones rojos de la capital francesa. Descendieron en la estación Pigalle, situada entre los límites de los distritos IX y XVIII, inaugurada en 1902 y que debe su nombre al escultor francés Jean Baptiste-Pigalle. Caminaron por el boulevard de Clichy y se tomaron la tradicional fotografía frente al famoso Moulin Rouge. Los ojos de Amanda crecían en tamaño al ver las tiendas de juguetes sexuales que cohabitan una junto a la otra a lo largo de la amplia avenida. Entraron a una. A otra. A la siguiente. Los aburridos dildos de pilas de antaño habían cedido los aparadores a los innovadores Vesper, collar y vibrador a la vez; dispositivos con la función adicional de despertador y a las sugestivas balas vibradoras. El atractivo Sqweel 2, estimulador oral con sus "lenguas" que atacan el clítoris con vigor para llevar a la propietaria al éxtasis. Y como salido de una película de ciencia ficción, el Hello Touch, o dedos vibratorios. Augusto no pudo evitar imaginar las espigadas falanges de Amanda portando semejante accesorio. Sus respiraciones se enervaban. Sonreían. Se tocaban de manera inocente, como si estuvieran acostumbrados a permanecer uno con el otro desde una vida pasada. El olvido se apoderó de la forma en que se conocieron, del despiadado avanzar del tiempo, del haber sido un par de extraños hasta hacía tan poco. La musa arrastraba al escritor a la simpleza de la vida, hacia lo de mucho valor y poco precio. Sin cenas costosas en La Tour d'Argent ni compras presuntuosas en las joyerías de Place Vendôme. Un simple boleto del metro podía transportarlo junto a su musa a rincones de un París que no conocía. Ése que le había impedido conocer el lujo obligado de su pulcra y erudita existencia. Su presumible madurez de hombre cuerdo e ilustrado se derretía con los movimientos lúdicos del espíritu de Amanda. "El que madura mucho termina podrido como la fruta", pensó. La conservación del niño que habita en la penumbra de un adulto estructurado y rígido se logra y el chiquillo se asoma. Augusto lo observa. Lo reconoce. Es él, deambulando de la mano de esa preciosa mujer, iluminada y oscura a la vez. Amanda lo ha arrastrado, sin saberlo, por los senderos del ser interior, esos que conducen de una víscera a otra y que nunca se cruzan con las rutas que transportan a la razón. Tenía que reconocer que a pesar de su miedo y de su incomodidad iniciales, la mujer lo sorprendió a medida que transcurría cada minuto al lado de ella. Lo sorprendió con su inteligencia, con su belleza, con su descaro, con su meticulosa manera de ordenar sus escasas pertenencias en el clóset, su modo discreto de masticar cada bocado, con sus largos dedos y sus piernas ágiles. Con su porte adquirido en la genética y no en las academias de buenas maneras. Con su amargura ocasional y sus risas imprevistas. Agradeció mentalmente a Mercedes Ortiz la osadía de su idea al conseguirle una musa. Agradeció incluso a la tragedia de su inspiración extraviada. Agradeció al azar. Agradeció al destino. A Gala. A Kundera. A Miller.

—Sigo sin estar de acuerdo. Desideria no tiene que agradecer nada. Quisiera darle una bofetada y hacerle ver su error —dijo Amanda mientras dejaba caer un terrón de azúcar dentro de su *café crème*.

Estaban sentados en el famoso Le Chat Noir. La mesa redonda que ostenta el insigne y simbólico gato parisino había sido cubierta por un mantel con cuadros blancos y rojos. Augusto bebía una Orangina. Las papas fritas y la mostaza fuerte al centro de la mesa y a un lado el diminuto cenicero redondo de cristal color verde agua acumulaba colillas del escritor.

Ese barrio cuajado de bares y antaño guarida de pintores y famosos escritores era testigo de una de las tantas charlas entre Montemayor y su musa. Esas largas conversaciones transformadoras que resucitan las almas y regeneran los sentidos.

—El sentimiento es de quien lo siente, el otro no tiene la responsabilidad de corresponderlo. Cada uno ama como sabe, Amanda. Desideria ama a Yamam como es. Traicionero, abusivo. Pero está agradecida con él porque le permitió conocer el amor en esa intensidad —replicó el prosista.

—Digamos que no tenía muchos referentes. El marido impotente y gris no puede ser un buen referente. Cualquier mujer que viva con un hombre como ése, por supuesto que caerá rendida con el primero que se la coja de otra manera distinta de la que conoce.

Augusto soltó una carcajada.

—No da risa —dijo la musa—, imagina cuántas mujeres viven lo que ella vive. Un sexo nulo o escaso. Erecciones blandas con eyaculaciones precoces. No es divertido. Y si han sido víctimas del síndrome de la virginidad valiosa, seguro que sólo han sentido dentro un pene en toda su existencia. No tienen referentes. Como Desideria. Entonces le llama amor a esa cosa que hace que le hierva la sangre cuando siente el cuerpo de Yamam cerca de ella. Siente pasión por ese pene. No puede ser amor.

—¿Y qué es el amor, Amanda? ¿Según quién? Existen tantas definiciones de amor como estrellas en el firmamento. Cada individuo le llama así a eso que siente cuando no siente otra cosa. Es decir, cuando un sentimiento es tan grande que invade su cuerpo y su alma. Unos lo atribuyen a la química cerebral, otros lo definen como una vehemente atracción emocional y sexual, y no abordemos el tema del amor hacia el prójimo, a la vida o a los hijos, porque necesitamos un año completo para debatir sobre esto.

—El amor no existe. Al menos no en *La pasión turca.* Lo que existe es la carencia de una mujer y un oportuno satisfactor. No he leído todo el libro y menos en orden, pero me basta con un par de párrafos específicos para sentir que el turco es un abusivo. Eso no va a terminar bien.

—Los finales no siempre son felices. De hecho a veces el lector prefiere un final más realista que uno de cuento de hadas.

—Sí, en eso te concedo la razón, Augusto. Los finales felices no abundan —la chica dio un sorbo a su infusión y continuó—. También los cuentos de hadas son una mierda.

El escritor soltó la segunda carcajada durante la charla.

—¡Hoy es el día en que todo es mierda! —expuso mostrando su alineada y blanca dentadura en una sonrisa plena que logró ablandar a la muchacha.

—Pues me asombra que digas eso. ¿Acaso no eras tú el que no creía en el amor? ¿No era sólo un proceso químico y hormonal? —preguntó ella, al tiempo que le aventaba en la mirada una hermosa sonrisa.

Augusto se quedó en silencio unos minutos. Su vista buscó respuestas en el transitar de la gente por el boulevard Clichy. Tal vez alguno de esos desconocidos se apiadaría de él y se acercaría a su mesa para explicarle a su musa que sus rígidos paradigmas e ideas absolutas se habían resquebrajado en la convivencia cotidiana con ella. Alguno de esos seres extraños se encargaría de evitarle la pena de aceptar su rendición en voz propia y le haría el favor de comunicarle a Amanda que la estaba amando. Un escalofrío recorrió su columna vertebral. Desde la nuca hasta la espalda baja. Augusto Montemayor, el de emociones controladas y analítico de pensamiento, estaba sintiendo por vez primera en su vida que flotaba, sin rumbo, perdido en los profundos ojos de esa mujer, sumergido en la duda, en la inconsistencia. Sin saber qué responder. Él, que lo sabía todo, se estaba quedando mudo y sin respuestas.

—¿Qué piensa, señor escritor? —preguntó Amanda, sacándolo de su remolino de sensaciones internas.

—Pienso que es de humanos cambiar de opinión. Pienso que Desideria, a pesar de todo, fue afortunada de sentir lo que sintió. Pienso distinto ahora. No sé si después recupere mis ideas de antaño. Pero hoy, en este momento, Amanda, te puedo decir que aunque en ocasiones el amor, a pesar de ser letal, te hace sentir vivo.

24

De sobra estoy convencido de que lo que siento no es normal. La mente me recita cada día las mil y una razones para no sentir. Las vísceras se me llenan de sensaciones que desconocía. La razón se enfrenta a mi ligereza, mi falta de voluntad para luchar contra esto que siento. Y como hace tanto que no lucho contra nada no me importa no luchar. Como hace tanto que todo se me da, esto que se da por darse lo deslizo bajo mi piel y lo mantengo impoluto. Sin hacer nada por revelarlo. No lo vaya yo a ensuciar con mis deseos. ¿Cuándo ha sucedido? En la distracción de la confianza que dan los años de no sentir. En el descuido del diario mirarla a los ojos. En el sin sentido de este tiempo que ha tomado sentido de golpe. Y si no es normal, entonces es anormal. Y lo anormal, anómalo, inverosímil, es extraño. Tan extraño como era yo para ella hasta hace poco tiempo. Un extraño que escribía y que dejó de escribir. Un hombre ajeno a su mundo. Un necesitado de algo que buscaba sin saber qué. Amanda. Tu nombre significa "la que será amada por los demás". Debí sospecharlo. Debí protegerme. ¡Pero qué digo! Yo pensaba estar protegido, ser inmune. Enclaustrado en el yo, alejado del tú, ignorando el nosotros. *¿En qué momento ha ocurrido? ¿En el deslizar del deseo inevitable aquella noche en que tus dedos invadían otra vagina? ¿En tus dedos acariciando mi cabello aquella tarde en el parque de Polanco? ¿Aquella noche en que sentí tu ausencia de tres horas como tres años? ¿Cuando me acaricias el cuerpo con la mirada? Porque,* *niña, tus ojos me acarician, me copulas al respirar, al sentir tu aliento. Antes me incomodaba no saber quién eras. Ahora que te conozco me incomoda saber lo que siento. Lo que siento cuando estoy contigo. Eres la primera de tantas que me hace sentir único. Después de poseer a tantas, tú me has poseído. Y sin tocarme. Sin entrar en tu guarida he experimentado placer. Sin tomar de tu savia me he empalagado. ¿Qué se hace con esto? Mi voz lejana de ideas arraigadas en el formato del control me indica que se calla, que se ignora, que se oculta. Mi voz cercana, la del aquí y ahora, me indica que te lo diga, que no calle, que lo susurre a tu oído, mientras cabalgo sobre ti más de cien instantes durante una noche interminable. Mi voz añeja me dice que eres una más; mi voz nueva, que eres única.*

25

¿En qué momento me deslicé del tenerte miedo al tenerte ganas? Me fascina tu pelo ensortijado y la forma en que fumas. Un mal hábito que se vuelve sexy en ti. Me dan ganas. Ganas de arrebatar el cigarrillo de tus labios y mordértelos. Lamerlos con mi lengua. Ganas de sentir tus ganas. Deseo tu deseo. Ese deseo que veo en tus ojos cuando crees que no te miro. Cuando piensas que estoy en mi mundo, no es así. Estoy en tu mundo, Augusto. Patinando en el hielo de tus infiernos interiores. Me he metido y he sentido tus llamas. No me queman. Me encienden.

¿Y qué se hace con este deseo? ¿Acaso tengo que dejarlo suspendido en mis entrañas llenas de dudas y de ganas? Pero sólo siento eso. Ganas. Deseo tu deseo. ¿En qué momento ha sucedido esto? ¿Cuándo pasé del miedo al deseo? ¿Acaso desde que vi el rubor en tus mejillas cuando nos disfrazamos de religiosos y caminamos de la mano por la Alameda Central? ¿Sería cuando en la cafetería de la Rue Royal sumergí tus dedos en mi savia y te la di a probar? ¿Sería aquella noche confusa en que de reojo pude ver cómo te masturbabas mientras Octavio me poseía? Esa noche imaginé que eras tú y no él quien entraba en mí. Imaginé que adentro dejabas la huella de tu deseo. Adentro de mí. ¿O acaso sería esa tarde en que tomaste mi mano y caminaste a mi lado a la orilla del Sena? O cuando observé tu semblante preocupado por mi tardanza, cuando percibí que mis tres horas de retraso te habían parecido tres vidas. Creí sentir que me extrañabas. Estoy

convencida de que en nuestro encuentro existe sólo el aquí y el ahora. No hay antes. No hay mañana. Porque alguien como yo no debe hacer planes. Sólo torear las embestidas del destino. Brincar los charcos. Evadir los autos en la carretera. Evitar el choque. Así he sobrevivido. No sé vivir. Sobrevivir sí, Augusto. Leí en internet que tu nombre significa "el venerado". Eso esperas de mí. Que te haga reverencia. Que me arrodille ante ti y ante tu obra. Que te admire. Eso lo has logrado. Admiro cómo has domado los bravos corceles de tu ego, cómo me has trasladado con inconciencia de la incomodidad al deseo, de la desconfianza a la ternura. Nadie antes que tú me hizo creer que la vida tiene sentido. Ahora amo mi ayer. Sin ese ayer no existiría este hoy a tu lado. Lástima que no hay un mañana. Porque a este encuentro se le están acabando las horas. Tiene fecha de caducidad. Tú te quedarás con tu obra. Yo me quedaré con las ganas.

26

Julio encendió el cuarto cigarro. Su pie izquierdo temblaba sin cesar y delataba su constante nerviosismo. Tras saber que Amanda estaba en París con otro hombre, se acentuaron sus ataques de celos y su agresividad. A punta de gritos se dirigía a sus hijos, a Mónica, su resignada mujer. A todos. Sólo Eufemia contenía sus arranques de ira, su furia, pues poseía la fórmula para calmarlo. En cada visita, la impostora bruja le entregaba a cuentagotas información de primera mano que obtenía de Fernanda Montemayor, y que fingía haberla visualizado en su bola de cristal. Le contaba entre otras patrañas que había visto a la pareja caminando por los Campos Elíseos, que el escritor había comprado ropa nueva para Amanda y que circulaba una foto de ambos en la que el novelista se comía a besos a la chica... Le echaba un poco de limón a la herida de modo que su patán amigo arrojara más billetes sobre la mesa, suplicando conjuros malditos hacia Montemayor para producirle esterilidad, o que cayera fulminado mientras deambulaba por la Rue de Rivoli. Su terquedad y su pereza egocéntrica divertían a la hechicera. Julio era una mezcla de niño perverso y adulto arrogante, con su dosis de ingenuidad que disfrazaba de machismo amenazador.

—Entonces, ¿qué has decidido, Julio? —preguntó al hombre, al tiempo que con sus largas uñas pintadas de carmín y decoradas con diamantina, acariciaba la bola de cristal.

—Mira, Eufemia, yo a esa mujer la hago regresar en un dos por tres. No iré a París a buscarla, ya te dije que no me gusta Francia ni los putos franceses; además, le tengo fobia a los aviones, y como no se puede ir en coche, se me ha ocurrido algo mejor.

—¿Qué tramas, Esparza?

—Usaré a Hilda, su amiga de la infancia. Ya la tengo vigilada. Mis hombres me informan todos sus movimientos y se me está ocurriendo algo. Ya sabrás cuando suceda.

La sonrisa de Julio provocó en Eufemia náuseas. A pesar de que las almas de ambos habían sido tejidas con hilo enredado por la traición y la maldad, la mujer no dejaba de sorprenderse con el cinismo y las perversiones de su amigo. La diferencia entre los dos era que Eufemia cometía sus bajezas por negocio y Julio por placer.

Esa misma noche, Esparza echó a andar su plan. Envió a dos de sus empleados a esperar a Hilda a la salida del metro. Uno de ellos la tomó del antebrazo pero a la chica no le sorprendió. Desde que Amanda había aceptado irse con el escritor, su amiga vivía en la zozobra. Sabía que Julio era necio y abusivo. Obsesivo. No le extrañó que adoptara esa medida, y tal como se lo contó a Mercedes, enfrentó el toro por los cuernos, como quien ha lidiado en grandes plazas.

—Me traen saludos de Julio, ¿verdad? —dijo en tono socarrón cuando uno de los hombres caminó a su lado y presionó su brazo de manera firme para evitar que se alejara. El otro se ubicó detrás, previniendo una posible huida por la retaguardia.

—Así es, y traemos órdenes de no dejarte ir si no colaboras. Ya el patrón sabe dónde está Amanda, sabe que está en Francia con un escritor y quiere que la hagas regresar.

—¿A poco? Pues yo ni sabía —señaló Hilda en tono plano, fingiendo demencia.

—No mientas. El patrón ya está enterado de todos sus movimientos. O la llamas y le dices que vuelva, o tu cuerpo aparecerá con un tiro en la frente en un canal de aguas negras de Ecatepec —interrumpió en tono amenazador el empleado de Esparza.

—Pues lo intentaré, pero, pues, no sé si lo logre. Ella no es una niña que hace lo que yo le diga. Allá ustedes si creen que yo puedo conseguir eso.

—Lo harás, porque comenzaremos por tu madre, después por tu hermano, y luego sigues tú si no obedeces.

Una vez expresado eso, ambos hombres se separaron de la mujer y caminaron en direcciones opuestas. Hilda se quedó de pie y sin moverse por unos instantes. El sudor recorría su frente, saturaba sus axilas y mojaba sus manos. Su corazón latía acelerado, y por primera vez sintió miedo. Tal vez Julio Esparza no estaba amenazando en vano. La idea de que pudieran convertirse en realidad sus amenazas se instaló densa en su cerebro. Llegó a su casa temblorosa y jadeante. Se encerró en su habitación a meditar lo acontecido. Por un lado la lealtad a su amiga le susurraba al oído que ignorara las advertencias de los enviados del mafioso. Por otro, el terror se apoderó de ella. Si su madre o su hermano salían lastimados no se lo perdonaría nunca. Esa noche no durmió. Se despertó cada dos horas con el corazón agitado. Con el pecho invadido por el pánico. Al día siguiente buscaría a Mercedes. Esa mujer le había inspirado confianza y simpatía. Mercedes era la única que le daría un consejo sabio.

—Patrón, ya hemos amenazado a la muchacha —informó por el auricular a Julio Esparza uno de sus enviados.

—¿Y? ¿La convencieron?

—Miedo sí le dio, patrón, lo vimos en sus ojos, pero dijo que no sabía si Amanda le haría caso.

—Está bien, lo importante es que le metieron miedo, eso es lo que busco. Ahora vayan a vigilar a la mujer del otro día.

—Ya obtuvimos información, tiene su oficina en el Centro y se dedica a los libros, es editora, o como se diga. Ya la tenemos ubicada, patrón.

—Pues sobre de ella. Quiero conocer sus movimientos y las razones por las que se ve con Hilda. Esa vieja debe ser la conexión con el escritorcillo de mierda con el que se fue mi mujer.

—Sí, patrón, le estaremos informando.

Una vez que Esparza colgó el teléfono, se dejó caer en el mullido sillón de su oficina. Se había servido el tercer tequila del día y sus ojos comenzaban a ponerse vidriosos, enrojecidos. Sacó un cigarro de mariguana del bolsillo de su chaqueta y lo encendió. Fumando y tomando pensaba en Amanda. En sus senos, en sus largas piernas, en penetrarla una y otra vez hasta desmayarla en la posesión. No había otro cuerpo en el que Julio sintiera tanto placer. No existía otra mujer que lo hubiera cabalgado con esa energía cándida y al mismo tiempo salvaje. La imaginó montada sobre él, con el cabello cayendo sobre sus blancos hombros, gimiendo. No pudo con esa imagen mental y se abrió la bragueta. Comenzó a masturbarse. Lo interrumpió una llamada de Mónica, su esposa.

—¿Julio?

—¿Y quién más si no yo?¿Qué chingados quieres?

—Preparé el caldo de res con verduras que tanto te gusta, ¿vienes a comer?

—Guárdame algo, no iré. Tengo asuntos más importantes que tu pinche caldo. Nos vemos en la noche.

Colgó. Del otro lado, Mónica, adolorida del alma, quedó impávida estrujando el celular sobre su pecho. ¿Cómo puede ser tan áspero e insensible? Por enésima vez sintió más odio que coraje hacia su marido. Se dirigió hacia la cocina y ordenó a la servidumbre que se deshiciera del caldo. Después se encerró en su habitación a ver un capítulo más de la serie *Esposas desesperadas*, y a comer compulsivamente tabletas de chocolate amargo.

27

Amanda cerró el ejemplar de *La insoportable levedad del ser* de Kundera. El escritor y la musa estaban en el *Jardin des plantes*, sentados sobre una banca. Ese lugar majestuoso, creado en 1635 como espacio medicinal para Luis XIII, ha llegado hasta nuestros días como un jardín botánico que posee diferentes ambientes y en el que se pueden admirar diferentes especies vegetales. La pareja había entrado en la Galería de la Evolución porque la chica quiso ver los cientos de animales disecados que en el interior de esa sala se exhiben al público. Esa galería forma parte del Museo de Historia Natural, compuesto por varios edificios a lo largo de los maravillosos jardines. El cansancio los condujo a hacer una pausa que Augusto aprovechó para que la mujer leyera el párrafo del día. Cuando Amanda introdujo su mano para extraer del bolso donde cargaba los libros la obra de Milan Kundera, sin razón manifiesta Montemayor sintió un piquete en sus intestinos. Uno de esos movimientos abruptos y premonitorios que ocurren en las cavidades viscerales como señal de que algo está por acontecer. Una vez que la musa concluyó la lectura del párrafo elegido al azar, sus ojos y su expresión le advirtieron sobre la peligrosa introspección que ocurría dentro de su cuerpo. Tal vez, incluso, en su alma.

—Si tú y yo estuviéramos casados, nos seríamos infieles todos los días —aseveró Amanda de golpe y sin aviso.

—¿Perdón? —reaccionó asombrado Montemayor.

—Digo que si tú y yo hubiéramos decidido casarnos y ser una pareja comprometida y formal, como las que hay millones, seríamos un par de infieles viviendo juntos.

—¿Y esa declaración a qué se debe? ¿Podrías explicarte mejor?

—Lo que acabo de leer. ¿No me entiendes? Teresa, el personaje de Kundera que huele el sexo de otra mujer cuando se acerca a la cara de Tomás mientras duerme a su lado. Eso le provoca despertarse sin ganas, como si la vida le pesara mucho. Esa imagen me hizo pensar en que nunca sentimos que estamos completos. Y aunque puedo hablar de los seres humanos en general, ahora me estoy refiriendo a nosotros. A ti y a mí. Somos un par de inconformes. Almas insatisfechas. Y las almas insatisfechas siempre se buscan. Así como el hombre infiel, que tiene una mujer y busca otra. O como una mujer infiel que tiene su hombre y busca otro. Esa búsqueda de lo que no se tiene porque lo que se tiene no basta. La insatisfacción que atiza el fuego de la curiosidad. De lo que no se ha encontrado aún. El buscar y encontrar es el máximo placer de las almas insatisfechas. ¿Comprendes? Así como nosotros.

—¿Y por qué has llegado a esas conclusiones? ¿Tanto me conoces?

—Tal vez no conozco mucho del manto con el que te cubres, de tus superficies, Augusto, pero sí de tus profundidades. De eso estoy segura. Lo siento. Lo sé. A veces me sorprenden los disfraces que usas para mostrarte ante el público, pero cada día que paso a tu lado me asombran menos tus profundidades. Es más, creo que es con lo que más me identifico contigo, con tus profundidades y no con tus superficies.

Las aseveraciones de la mujer ameritaron mayor atención. Augusto cruzó las piernas, sacó un cigarro de su cajetilla de Gauloises y lo encendió. La profunda bocanada que aspiró apenas pudo aminorar un poco su angustia. En momentos como ése, el volcán interior del escritor se ponía en ebullición. Los pensamientos inesperados de la musa lo excitaban, lo hacían sentarse al filo del banquillo.

—¿Por qué piensas que no podríamos sernos fieles si fuéramos pareja?

—Ya te lo dije, somos un par de insatisfechos, nos hemos trazado deseos inalcanzables, en lo que no se puede encontramos un imán que nos atrae.

—"Todos queremos lo que no se puede. Somos fanáticos de lo prohibido", escribió Mario Benedetti —dijo el prosista con voz rasposa.

—No sé si todos, pero tú y yo sí, Augusto. Al leer el párrafo de Kundera pensé en mil escenarios posibles. El marido y la mujer que de tanto estar ya no están juntos. Los amantes que viven divididos. Durmiendo con otros deseando estar juntos. Pensé en los que están juntos en un compromiso y separados en el sentimiento. En los que con el cuerpo permanecen cerca y con el sentimiento, lejos. En los que habitan juntos y no comparten la vida. En los que comparten espacios pero no búsquedas ni propósitos. Y también pensé en mi relación pasada. Sí, en Julio, el hombre con el que viví antes de convertirme en tu empleada. En cómo transportaba mis aromas a la cama de su esposa. En cómo se llevaba mis sabores en su boca y con esa misma besaba a sus hijos. Por eso insisto en que todo es una mierda y tú ahora te empeñas en hacerme creer que lo que importa es el sentimiento. No sé si existe un ser humano conforme con quien es y con lo que tiene en este puto mundo. Pero tú y yo no, Augusto. Tú y yo no.

Aquel rincón arbolado del *5ème arrondissement* atestiguaba la ebullición de esas dos almas. Las reflexiones de Amanda empujaban a ambos hacia sus propios abismos. Ahí donde lo mudo es permitido. Donde hablar es lo prohibido. Ahí en los abismos en que se acalla la conciencia y lo que habita en las profundidades del ser se disfraza de un falso pudor, de una falsa moral y de falsas maneras.

—Amanda, no niego que he sido infiel. No una vez, no dos. Siempre que he podido. Tienes razón. Agarro y suelto. Tengo y busco. Mercedes se burla de mí y me dice que he de terminar solo por mis acciones en las relaciones de pareja que son indeseables e indecorosas. Yo me defiendo y le respondo que terminaré solitario, pero no solo —expresó el escritor, retomando el diálogo.

—Para mí es lo mismo. Sola, solitaria. El fondo es igual. Vacío. Sin embargo, te he de confesar una cosa, Augusto: antes de ti, yo no quería despertar por las mañanas. Así como la Teresa de Milan Kundera, yo también tenía el deseo de que la noche continuara, que se hiciera larga o, de ser posible, eterna para no abrir los ojos y contemplar el sol otra vez. Ahora, sin embargo, me he sorprendido tontamente feliz por las mañanas. Sí, feliz por continuar aquí entre los que respiran, por contar con la oportunidad de comenzar un día más y esperar a que suceda algo nuevo a tu lado. Esta vida temporal contigo, que en ocasiones me parece irreal, ha podido mostrarme mi lado vivo.

—Bueno, hasta que nos olvidamos de hablar de mierda por un momento —dijo Montemayor, escondiendo en su entusiasta tono un nudo que le arañó la garganta.

—No estoy alejándome de la mierda. Tú me alejas de ella. Pero cuando ya no estés, la mierda volverá. Todo lo que toco, piso, huelo, anhelo, deseo o amo termina convertido en eso. Mierda. Y yo también.

—Las flores y los árboles a nuestro alrededor son hermosos. ¿Ya los viste? —comentó Augusto intentando darle un giro a la charla—. Este lugar posee especies provenientes de muchos rincones del planeta. El invernadero es art déco y es obra de René Berger.

—No le des la vuelta al asunto, Montemayor. Estamos hablando de engaños, de infidelidades, de traiciones —reprochó en tono severo Amanda, como maestra que reprende a un niño parlanchín en el salón de clase.

El escritor sonrió. Mostró sus alineados dientes. Un vientecillo rebelde y sutil colocó un mechón de cabello sobre el rostro de la musa. Ella observó al prosista y deseó, como nunca antes, besarlo. Colocó sus largos dedos entre la cabellera de aquel. Sintió la sedosidad del ensortijado cabello oscuro del hombre. Lo besó. Con la lengua recorrió cada uno de sus dientes. Exploró el fondo de la cavidad. Sintió el sabor de su saliva. Escuchó cerca su respiración. Muy cerca. Y lo sintió temblar.

Montemayor, como adolescente tomado por asalto, quedó inmóvil. Dejó que Amanda hiciera todo. Respiraba. Sólo eso. Dejó que la chica le acariciara la cabeza, que con su lengua arremetiera una y otra vez sobre su dentadura. Abrió la boca. Respiró. Dejó que sus labios danzaran al compás de la música. El nudo en la garganta del escritor se tornó abultado. Sus piernas temblaron. El beso, que tal vez duró un par de minutos, a Montemayor le pareció intemporal. Se sintió sumergido en una eternidad fugaz, efímera.

Cuando el arrebato se esfumó, la mujer liberó los labios del escritor regresándole el habla.

—Quizá seríamos infieles, aunque existe la posibilidad de que juntos aplaquemos nuestros demonios. Nuestras insatisfacciones —externó Augusto con una voz que no reconocía como propia, como si un extraño habitante de los precipicios de su corazón enunciara por él cada palabra.

—Quizá —respondió Amanda, al tiempo que se incorporó. Comenzó a caminar y a Montemayor no le quedó otra opción más que seguirla. Fue detrás de ella como niño que persigue su balón favorito. Observó su cadera sostenida sobre sus largas piernas. Su cadencia al andar. El ritmo de sus pasos. Sintió placer. Un hedonismo irracional e incomprensible lo incitaba a seguir a esa mujer a donde quiera que lo quisiese guiar, así fuese a un despeñadero.

Al atardecer, decidieron trasladarse al departamento de la Rue Monceau. La máxima obra de Eiffel los saludó durante el trayecto. Compraron crepas de azúcar y probaron un sorbete de limón mientras transitaban por las Tullerías. Luego dispusieron recogerse en su guarida. El escritor a escribir. La musa a descansar. Como en noches anteriores, Montemayor se sentó en calzoncillos frente a la computadora y Amanda dejó caer su humanidad desnuda en el sofá, para contemplar al novelista en pleno ejercicio de su actividad. Sólo que esta vez en la rutina se percibía algo especial. Después de aquel beso en el *Jardin des plantes*, Augusto no era el mismo. La ausencia de pudor en la mujer le provocó de súbito una extraña incomodidad. Sintió deseos de cubrirla. Lo asaltó un ataque irracional. Quiso protegerla de él mismo. Inconscientemente, y en un impulso surgido de lo más inaudito de su instinto, se dirigió a ella y preguntó:

—¿Tienes frío?

—No, al contrario —respondió Amanda, sugestiva.

—¿Calor?

— Sí. Calor. ¿Y tú? —replicó la mujer, manteniendo el tono sugerente.

—Yo estoy bien.

—Sigue trabajando. Yo iré a la cocina a buscar algo que me refresque.

La vio alejarse, observó sus nalgas, su espalda. Ladeó la cabeza y encendió un cigarro. Regresó a su escritorio y dio la espalda al sofá, al balcón y a la mujer. De reojo la observó regresar y dejarse caer otra vez en el sofá. Intentó concentrarse en su trabajo.

—Augusto —lo interrumpió la musa.

—Dime —respondió él sin voltear, con la mirada fija en el escrito en proceso.

—Dejamos inconclusa la charla de esta mañana.

Al escuchar eso, él giró su silla hacia ella y pudo contemplarla recostada sobre el sofá, desnuda, libre, con una mirada traviesa en los ojos. Y con un recipiente en la mano, con cubos de hielo que había traído desde la cocina. Extrajo uno para refrescarse. Lo comenzó a deslizar sobre su piel. Lo pasó por encima de su ombligo, por debajo de sus senos. Por su cuello.

—¿Y qué quieres decirme? —preguntó Augusto, controlando el temblor que se apoderó de su voz.

—Algo sobre el tipo de pareja que seríamos tú y yo.

En rictus de rendición, el escritor relajó el cuerpo, cruzó los brazos y extendió sus piernas. Haría lo que esa mujer desnuda deslizando un hielo sobre su piel quisiera. Definitivo.

—Tú piensas que seríamos un par de infieles. Yo dije que existe la posibilidad de que juntos apaguemos nuestros infiernos interiores. Tal vez encontremos la satisfacción que hemos buscado en tantos cuerpos, enredados entre sábanas frías.

—Sí, pero eso sería un espejismo momentáneo. Eso nos haríamos creer uno al otro. Nos amaríamos con pasión y nuestros ardores cesarían. Haríamos el amor de día y de noche, y conoceríamos lo que aún no conocemos de cada uno de nosotros. Entonces, el tiempo, que también es una mierda que devora todo, se encargaría de empujarnos de nuevo hacia la insatisfacción.

—Y seríamos otros, porque nadie es el mismo a través del tiempo. Y resolveríamos diferente a lo que haríamos ahora. Es probable que la infidelidad no constituya una solución. Nada es absoluto. Los *todos* y las *nadas* son una ilusión óptica de la conciencia.

—¿En qué momento el Montemayor egocéntrico y que se amaba más a sí mismo que a nadie en el planeta se convirtió en este hombre cursi que me dice que nuestras almas pueden conocer la paz? Ahora sólo falta que me digas que crees en el amor —expresó con sarcasmo la musa mientras el hielo entre sus dedos acariciaba sus pezones. Derecho. Izquierdo. Los endurecía, para beneplácito de Montemayor.

—Durante el momento en que hemos fabricado, por azar y sin planearlo, un mundo alterno a nuestros mundos, Amanda. ¿Acaso eres así en la vida cotidiana? ¿Eres impúdica, arrebatada, ligera, lúdica, impetuosa, atrevida y, al mismo tiempo, ingeniosa en el otro mundo que habitas?

Amanda sintió humedad en sus ojos al escuchar las preguntas del novelista. Introdujo un cubo de hielo en su boca, intentando enfriar sus avernos. Augusto percibió el crujir del agua sólida al chocar contra los dientes de su musa. Adivinó el paso del elemento gélido por su garganta. La miró temblar. Se puso de pie, encendió un cigarro y deambuló por el salón, esperando respuesta de la mujer.

—No, Augusto. No soy así. Te concedo razón. Soy una mujer sombría. Sumisa ante mis verdugos. Permisiva con el dolor. Arraigada en el vacío. No uso mis sonrisas a menos de que me aseguren un techo que me cobije o comida que calme mis hambres. Juego el juego que conozco. El de la supervivencia. Evado la vida porque si me atrapara no sabría qué hacer con ella. Como ahora. No sé qué hacer con esto que vivo a tu lado. Saber que es temporal me tranquiliza. Saber que es temporal también me carcome.

La chica se había sentado sobre el sofá. Dejó de lado el recipiente con los de hielo. Miraba sus manos buscando entre los dedos las respuestas de su pasado que Montemayor le exigía.

—Amanda, estamos más cerca de la meta que del arranque. Algo que nos abrigó de temor en un momento ahora nos provoca abrigo de emociones desconocidas. Yo jamás pensé en vivir bajo el mismo techo con una hermosa mujer sin...

—¿Sin cogértela? —lo interrumpió la musa, atravesando en directo las pupilas del escritor.

—No, Amanda, no quiero utilizar ese término. Sin poseerla. Sin que la sintiera mía. De mi propiedad. A ti no te siento mía. Tú eres tú. Y yo contigo soy yo. Y sin poseernos hemos podido estar juntos. Algo que no sucede en los mundos que habitamos. Aquí, en nuestro mundo alterno, ha sido posible.

—Por eso insisto en que todo es una mierda. Digestión. Mierda. Cuando crees que te estás comiendo la vida, viene la digestión y se va todo a las aguas negras. A la oscuridad.

—¿Lo mencionas porque nos queda poco tiempo juntos? —preguntó Augusto con una alegría encubierta debajo de sus palabras.

—Lo digo por todo lo que hemos platicado hoy —la chica se recostó de nuevo sobre el sofá y comenzó a deslizar otro cubo de hielo sobre su piel—, lo digo porque dejamos inconclusas muchas ideas. Porque no sólo lo nuestro está por terminar. Todo termina. Todo se diluye. Como este hielo sobre mi vientre. Y más en el universo de la pareja. El tiempo es el enemigo principal del hombre. Si caminas sobre rosas, se vuelve fugaz. Si caminas sobre espinas, se torna lento. Si vives enamorado, se burla de ti y convierte el amor en rutina. A veces en odio. Convierte la erección más poderosa y apasionada en flácida y sin empuje. Las caricias y los besos del previo amoroso, en embestidas apresuradas con la luz apagada. Un hombre y una mujer que se aman no son eternos. El tiempo se encarga de poner fin a todo. Y entonces viene el engaño, la traición. La puñalada inesperada en la columna vertebral. Y el engaño llega con olor a otro perfume, a otra carne, a otro sexo. Y ella lo huele como Teresa huele a Tomás. Y entonces deciden odiarse juntos y permanecen unidos o deciden odiarse lejos y se separan. Así seríamos tú y yo. Infieles. Insatisfechos.

—Pero seríamos nosotros mismos, Amanda. Después de estar juntos jamás volveremos a ser los mismos. Porque cuando termine tu contrato y mi novela esté escrita, ni tú ni yo seremos los mismos. Y si tú y yo en otro mundo paralelo hubiésemos sido pareja, habría sido posible al menos ser auténticos, porque yo soy yo cuando estoy contigo y tú eres tú cuando estás a mi lado.

Al decir esto, el escritor se acercó a la mujer. Se arrodilló ante ella. Ella, extendida en el sofá. Desnuda. Con los ojos abiertos como ventanales recibiendo el sol. Con dos lágrimas escondidas detrás de sus tupidas pestañas. Él, con su respiración acelerada, con las manos temblorosas. Ahí, inclinado, besó la rodilla de su musa. Ella abrió las piernas. Insertó un hielo en su vagina y gimió. Él besó su ombligo. Ella introdujo uno de sus largos dedos para empujar el agua sólida a hacia sus entrañas. Él, al observarla, se puso de pie y, desde las alturas, la contempló masturbarse. La vio estremecerse de placer. Y ahí, sin tocarla, la poseyó con la mirada. La inevitable erección se hizo presente. Decidió tomar una ducha fría antes que profanar a su musa sagrada. Dio media vuelta y desapareció del salón. Amanda cerró los ojos. La humedad se apoderó de sus dedos sumergidos en su vagina. Se escurrió por su entrepierna. También se escurrió por sus mejillas.

28

—Las cosas se están complicando, lo admito. Ha sido incómodo para la familia Montemayor lo que está ocurriendo con Augusto, sobre todo porque no falta el fanático de sus libros que lo capta en compañía de Amanda y sube las fotos a las redes sociales —dijo Mercedes Ortiz a Hilda.

La amiga de Amanda acudió a la oficina de la editora a buscar consejo. La recibió de inmediato, sin hacerla esperar. Ambas mujeres habían tejido una relación de complicidad y simpatía porque las unía el mismo objetivo: lograr que Julio Esparza no interfiriera en la labor creativa de la pareja y, además, Mercedes debía evitar que la familia Montemayor, en particular Fernanda, insistiera en que el autor regresara a México y abandonara semejante locura. Para todos, incluso para Mercedes, autora intelectual del embrollo, la situación era una locura. Sin embargo, una locura que podía parir una de las más grandes obras literarias de la que dependía el trabajo y el sustento de muchos.

—Pues así le digo, me amenazaron con hacerle daño a mi familia y a mí si no hago que Amanda regrese, y pues le he de decir que ahora sí sentí miedo —contó Hilda tras darle un sorbo a la copita de anís que aceptó de Mercedes.

—Aunque digas que es perro ladrador y que no muerde, debemos ser cautelosas, Hilda. He investigado el perfil de ese tipo y me queda claro que no es de fiar.

—¡Qué va a ser de fiar! Pues no le digo que es drogadicto, patán, embustero y, además, a punta de golpes arreglaba todos los problemas que tenía con mi amiga. Varias veces la acompañé a la Cruz Verde a que le curaran los moretones.

—Y no podemos dar aviso a la policía porque tendría que revelar el proyecto en el que Amanda trabaja, y no debo hacerlo. ¡Imagínate si decimos que ella ha sido contratada por las razones que tú y yo sabemos! Además de ignorarnos, nos juzgarán locas.

—Y Julio tiene muchas amistades en la policía, se ensucian las manos con su dinero y, pues no, no es buena idea. ¿Falta mucho para que regresen? —preguntó Hilda, con ojos angustiados.

—Tres semanas. El plazo está por terminar. Augusto me ha dado reportes de su trabajo y créeme que con lo poco que he leído te puedo asegurar que todo está valiendo la pena. Amanda lo está logrando —Mercedes sonrió satisfecha al señalar esa circunstancia.

—Pues ya no es mucho. ¿Y si le cuento a Julio que ya me confirmó que se regresa, que no tarda, y así lo entretengo en lo que transcurre este tiempo?

—No es mala idea; sin embargo, me preocupan dos cosas: una posible represalia de parte de Julio en contra de mi escritor, y que Amanda regrese al lado de ese energúmeno.

—¡Pues claro que no! Con lo que le van a pagar no tiene necesidad de regresar con ese mafioso, le diré que se largue lejos y así ya no le podrá hacer nada.

—Pero entonces caemos en lo mismo: Julio se enfurecerá al verla desaparecer de nuevo, será un círculo engañoso y peligroso en el que daremos vueltas. Tú, amenazada; Amanda, evadida; y Augusto, en peligro. Debemos pensar en medidas extremas y distintas.

—Pues a mí no se me ocurre nada. ¿Me invita otro anís? ¡Ándele!, no sea tacaña.

Mercedes sonrió y se dirigió hacia donde guardaba sus licores para complacer la petición de Hilda. Su pensamiento bailaba entre el miedo y la astucia. Buscaba alguna idea útil para protegerlos a todos de la furia de Esparza.

—Una posibilidad es el padre de Julio, un hombre influyente y reconocido, de mucho peso en la sociedad capitalina. Una vez terminada la obra y aclaradas las cosas, todo tendrá sentido para la familia Montemayor y seguro nos apoyará para poner en paz a ese tipo —analizó la editora.

—Sí, esa idea es buena. Uno es humilde y sólo sabe defenderse de mano propia; si alguien más pesado que Julio lo pone en su lugar sí se calma, aunque es muy cuidadoso con su imagen social; no le digo que a su esposa la mantiene como reina y siempre sale en las fotos con ella muy peinado y bien vestido, como si fuera gente decente —Hilda dio otro sorbo a su anís.

—Entonces eso haremos, Hilda; trata de mantener tranquilo a Julio. Dile que ya hablaste con Amanda y que te dijo que regresa en dos semanas, que ya tiene ganas de verlo, y esperemos a que eso nos dé espacio para pensar mejor en lo que sigue. No quiero exponer más a mi escritor.

—Bueno, gracias por el anís y por los consejos. Pues así le haremos, sólo le quiero decir algo más, Mercedes.

—Claro, Hilda, dime; siempre estaré aquí para escucharte.

—Mi amiga no es mala, no crea que es como Esparza. Lo único que necesita Amanda es amor, encontrar su rumbo. Nunca piense mal de ella ni se arrepienta de haberla contratado.

—Pierde cuidado, Hilda, de eso estoy convencida. Si no fuera buena mujer, Augusto ya la hubiera despedido, y parece muy contento con tu amiga. Demasiado.

Hilda se puso de pie y, tras darle un honesto abrazo a Mercedes, salió de la oficina. Partió a su hogar más tranquila. Mercedes quedó más preocupada.

Fernanda Montemayor puso un fajo de billetes en la mano huesuda de Eufemia Casas. La hermana del escritor estaba muy complacida por los resultados obtenidos por la bruja. El brebaje que le había preparado para dominar a su marido funcionaba a la perfección. El pobre gringo se la pasaba durmiendo o bostezando, pero obediente. La sutil dosis de toloache que Casas ponía en el brebaje estaba surtiendo efecto. La voluntad del estadounidense se encogía cada vez que su esposa ponía unas gotas en su café. Por otro lado, Fernanda también se sentía feliz porque Eufemia le informó que ya estaba logrando que la pareja regresara a México. Era cuestión de días.

Beneficiándose de la impaciencia de la mujer y de la desesperación de Julio Esparza, la hechicera llenaba sus arcas con billetes grandes. Llevaba agua de un molino a otro. A Fernanda le decía los avances que Julio le confiaba, y a Esparza le compartía los detalles que la hermana del escritor le proveía. A ambos engañaba. A ambos les cobraba. Era su mina de oro temporal. La curandera estaba consciente de que el regreso de la pareja de París cerraría esa fuente, así que aprovechaba los últimos momentos de su estafa.

—Esa Mercedes sabe mucho, todo. Pero no quiere decir nada —le dijo Fernanda Montemayor a Eufemia.

—¿Y tienes alguna idea de por qué oculta información? —preguntó Casas, empequeñeciendo sus ojos y mirando fijamente a su interlocutora.

—¡Claro! No le conviene. Ellos ocultan algo. Tal vez un negocio turbio, y calla para mantener la imagen intachable de mi hermano. Nada es bueno cuando se esconde, Eufemia, y ellos traen algo entre manos.

—¿Y cuál crees que pueda ser el papel de esa Mercedes en la historia?

—Debe ser la tapadera. La que los protege para que hagan sus cochinadas. De seguro le consiguió a esa mujer que parece puta de Europa oriental sin educación ni clase.

—Te prometo que hoy por la noche intentaré visiones sobre ella, me esforzaré para descubrir cuál es su papel en el asunto de tu hermano, aunque me canse y requiera vitaminas.

—Sí, Eufemia, te lo voy a agradecer, y por dinero despreocúpate. Lo que sea necesario hacer, adelante. Separa a esa cualquiera de Augusto, y de paso hazle a él algún trabajito para que encuentre una mujer decente, que lo ponga en orden.

—Eso será pan comido. Lo difícil es lograr que regrese y que se olvide de la chica. Conseguir amores es más sencillo. Separar es más trabajoso.

—En ti confío. Me retiro. Hoy como en casa de mis padres y ya voy tarde.

Fernanda Montemayor se retiró satisfecha de la casa de la hechicera. En su envidiosa alma, todo lo que produjera daño a los demás le provocaba placer, y con mayor razón si se trataba de su hermano. Su odio filial era irreversible.

Julio Esparza se topó con Fernanda Montemayor. Ella concluyendo la visita a Eufemia Casas y él, llegando a consultar a la bruja. Ambos percibieron una corriente eléctrica en sus vértebras. Se olieron el espíritu. Aroma azufroso. Ella subió a su lujoso vehículo pensando: "Qué naco tan varonil". Él entró en la guarida de la curandera cavilando: "Qué flaca tan más sabrosa". Dos almas de la misma especie. De la misma calaña.

—¿Y esa copetona tan coqueta quién es, Eufemia? —preguntó al entrar y ver a la adivina sentada en la sala, encendiendo un incienso de copal.

—Una clienta —respondió Casas, sorprendida—. ¿Qué? ¡No me digas que te gustó!

—No está mal, unas prótesis 38B y listo, la llevo a Cancún.

—Tú no dejas escoba con palo ni boca con diente, Julio. Nunca vas a cambiar.

—¿Qué pues?, ¿ya hiciste el hechizo ese para que el cabrón que anda con mi vieja se quede estéril?

—¿Qué te preocupa más, qué regrese tu muchacha o que a ese hombre ya no se le pare? No puedo conseguir todo a la vez. Primero el uno y después el dos, ya te he dicho que no seas caprichoso.

—Está bien. De todos modos ya aplícale el hechizo, ya amenacé a la tal Hilda para que haga regresar a Amanda pronto. Es cuestión de días, ya verás —consideró Esparza mientras se posaba en el sillón y encendía un cigarro de mariguana.

—¡Carajo, Julio! ¡Puras tentaciones traes a mi casa! —exclamó la bruja al sentir el tufo de la yerba—. ¡De todo te metes!

—Sabes que le entro a todo y no me hace daño nada. Concéntrate en mi asunto, ¿qué más has podido ver en tu bola?

—A una mujer, en mi visión he visto varias veces a una mujer mayor, sesenta, tal vez sesenta y cinco. Tiene el cabello rubio y corto. Está vestida siempre formal, ya sabes, de traje sastre, con sacos finos de lino. Aparece de manera reiterada en mis visiones. La veo tomar de la mano a Amanda y guiarla por un camino empedrado. Al final del sendero está el hombre aquel, el famoso escritor. Él recibe a Amanda y la rubia de cabello corto sonríe. Ésa ha sido mi visión durante las últimas noches, Julio.

—¡Yo sé quién es esa mujer! —intervino Esparza—. Es una vieja metiche para la cual trabaja el escritorcillo de quinta que se llevó a mi vieja. Ya la tengo en la mira. Vigilo su casa.

—Eres canijo, amigo. A veces me sorprende que con esa cara seas inteligente —expresó la bruja para después soltar una carcajada.

—¿A poco crees que confiaría sólo en tu chingada bola? —reviró Esparza en tono burlón—. ¡Nooooo! ¡No, señora! Tu bola, mis ojos, mis muchachos vigilando a Hilda, a esta señora mayor... por todos lados jalo hilos para que no se me escape el mayate.

—¿Y la amiga de Amanda qué dice?

—Ya está advertida. Hoy temprano hablé por teléfono con ella y dijo que ya la convenció de que regrese. Es cosa de días. Y si me está mintiendo así le irá. No me tocaré el corazón con nadie. Quiero a Amanda de regreso y ya me estoy cansando de esperar.

—¡Pues ve por ella! Yo ya te informé en dónde está.

Julio le dio la tercera fumada al carrujo de mota y contuvo la respiración unos segundos. Después dejó salir el aire. Casas no contuvo el antojo y le pidió una calada a su amigo. Ella repitió la acción. Aspiró. Contuvo. Exhaló.

—No iré a ninguna parte. Amanda fue la que se fue y es quien tiene que regresar. ¡Y pronto!

—Pues entonces no te desesperes y aguántate.

—Sí te digo una cosa, Eufemia: a ese escritorcillo de cuentos se lo va a cargar la chingada.

—¿Qué piensas hacer?

—Meterle plomo en los huevos. Mínimo. Y luego desaparecerlo.

—En este país eso es sencillo. Si desaparecieron cuarenta y tres, ¿que no desaparezca uno?

La carcajada de Esparza brotó de lo más profundo de su pecho. Imaginar atrocidades le generaba placer. Lo enardecía.

Las escenas acontecían bajo dos cielos distintos. Bajo el cielo parisino, el amor disfrazado de turbación se derretía sobre los corazones de la musa y del escritor. Bajo el cielo contaminado de la Ciudad de México, la venganza se vestía con ropajes de perfidia, traición y hechicería. Otra vez, el pasado del que pretendía escapar Amanda preparaba, desde sus añejas entrañas, truculentas maneras para regresarla al abismo.

29

—No puedo creer lo que escucho. ¿Eres tú, Augusto Montemayor, el que habla? —expresó estupefacta Mercedes.

—Sí, Mercedes, éste que desconoces soy yo. Sólo contigo tengo la confianza de externar lo que escuchas —al otro lado del teléfono, la voz del hombre se apreciaba honesta.

Separados por un océano y miles de kilómetros, Mercedes y Augusto hablaban gracias a la tecnología de los sentimientos que atropellaban el corazón del escritor.

—No puedo decirte si es un espejismo del alma o un huracán que arrasa las arenas de mis playas, pero es más fuerte que cualquier otro sentimiento que jamás haya experimentado en el pasado. Me avergüenzo de sentirlo, como si al palparlo fuese un delito; pero al mismo tiempo me siento eufórico, como si una alegría inexplicable me invadiera. Cada mañana, al abrir los ojos mis pupilas se saturan con su imagen. Por las noches, al cerrarlos, mi última visión es ella, danzando entre mis piensos como musa descalza.

—¡Tanto que has criticado a los poetas! —la voz de Mercedes denotaba sorpresa a la par que un velado entusiasmo—. ¿Y ella lo sabe?

—No —la palabra salió contundente de la voz de Augusto.

—¿Y por qué no se lo has dicho?

—Porque no creo que sea algo importante para ella. Lo que menos deseo es que nuestro trabajo creativo se perturbe por este primitivo sentimiento que me acongoja. La novela es lo que nos debe unir. Ninguna otra cosa.

—Falta muy poco para que concluya tu tarea, Augusto —el tono de Ortiz se volvió grave y embriagado de seriedad—. Estás escribiendo con las entrañas, concibes la que puede ser tu obra maestra. Escúchame: sea lo que sea lo que sientes, abraza ese sentimiento, te está inspirando, está salvando no sólo tu carrera, sino tu vida misma.

—¿Qué te ha parecido el avance? —preguntó el escritor tras suspirar.

—Glorioso. Magnífico. Honesto. Despierta emociones y eso es invaluable para un lector. Es una gran historia.

—Gracias, Mercedes.

—¿Gracias?, ¿desde cuándo usas esa palabra? Me sorprendes.

—Lo sé, hace dos meses con dos semanas hubiera esperado las "gracias" de tu voz, Mercedes, por salvarte de la catástrofe. Sin embargo, soy honesto cuando te digo "gracias". Tengo mucho que agradecerte.

—Definitivo. Estás enamorado, Augusto.

—Esto está por terminar, la próxima semana regresamos a México; prepara todo para nuestra llegada.

—Todo se encuentra bajo control: tu departamento de Polanco, limpio y ordenado; tus pasajes de regreso y el cheque para Amanda, listos. Tengo todo previsto para cuando esta aventura finalice.

—¿Algo más que quieras platicarme?

—Nada, todo bien acá, en México no ha pasado nada que amerite desconcentrarte, Augusto.

Al concluir la llamada, Montemayor notó que un gris presentimiento matizaba su respiración. Una angustia momentánea se apoderó de su pulso. Lo atribuyó a la impiedad del tiempo que no detenía su marcha y a la inminente partida de su musa.

Abrió los ventanales del departamento de la Rue Monceau y salió al balcón. Fumó un par de Gauloises. Uno después del otro. Encendiendo el segundo con el fuego del primero. Ansioso. Observó a lo lejos la Torre Eiffel. Aspiró el olor a pan recién horneado de la panadería ubicada en la acera de enfrente. Suplicó a alguien en las alturas que lo que habitaba en su interior fuese un capricho. Nada serio. Sin embargo, recordó una frase de Oscar Wilde: “La diferencia entre un capricho y una pasión eterna es que el capricho dura más”. Un irracional temblor sacudió su mano izquierda. Una sutil migraña le cercenó las sienes. Sintió deseos de quedarse a vivir en ese diminuto balcón parisino. No regresar al interior del departamento. Permanecer suspendido en ese instante inmediato. Ahí, en ese segundo donde su musa estaba esperándolo y no se había ido. Le dio miedo realizar el siguiente movimiento. En cada acción futura se diluía el tiempo. Ese enemigo poco generoso con los que son felices. Ese verdugo que le pone fin a lo vivo y que alarga los recuerdos a su antojo. Maldito tiempo.

Del otro lado del mundo, siete horas antes de Augusto, Mercedes anhelaba que el tiempo acelerara su curso, contrario a los deseos del escritor, que suplicaba una pausa. Su paciencia, su resistencia física y emocional estaban tocando fondo debido a las amenazas de Julio hacia Hilda, las insistentes llamadas de Fernanda Montemayor exigiendo informes sobre la vida de su hermano y la constante presión de los socios del corporativo editorial.

Un par de días atrás había notado, desde la ventana de su oficina, la presencia de un par de hombres con movimientos sospechosos. Una noche, de reojo notó que uno de ellos la seguía hasta el estacionamiento. Una vez que ella abordó su auto, el individuo pasó de largo y se dirigió a otro vehículo. Sin embargo, el sexto sentido de la mujer se había encendido. Un extraño escalofrío la puso en alerta. Se dijo a sí misma que lo hablaría con Hilda en la primera oportunidad, pero llegaba tan cansada a casa que, después de cenar y tomar una copa de tinto, caía exhausta en la cama y lo olvidaba.

Fue Hilda quien se comunicó con ella.

—Mercedes, me urge hablar con usted.

—¡Hilda! Qué bueno que llamas, te he traído en la mente durante la última semana.

—Yo todas las noches, Mercedes; todas las noches pienso en usted y en Amanda. ¿Cuándo regresa ese par, pues?

—La próxima semana, Hilda, ya falta poco.

—Pues bueno, eso es excelente noticia, porque Julio me ha llamado esta semana tres veces con mucha agresividad, y pues muy grosero conmigo. Tengo miedo.

—Lo sé, ese tipo es de mala calaña, yo también estoy preocupada por sus posibles acciones. ¿Qué le has dicho?

—Lo mismo, que diario hablo con Amanda y que me dice que ya va a regresar, pero que no me da fecha, y pues así me la he llevado. Pero anoche ya lo escuché muy enojado. Tengo miedo.

Mercedes guardó silencio. Se contuvo y no mencionó a Hilda el asunto de los tipos extraños que vigilaban su oficina. No quiso poner más piedras encima de su lomo y generar más inquietud. Ya faltaban pocos días y Amanda regresaría a poner en paz a ese patán y todo se aclararía.

—Sigue haciendo lo mismo, Hilda —continuó en tono tranquilizador el diálogo con la chica—; cada vez que Julio llame, responde lo mismo. Falta poco. Muy poco.

—Pues está bien. Yo le llamo si pasa algo, pero dígale a Amanda que ya vuelva. Ahora sí tengo miedo.

Tras colgar el auricular, Mercedes Ortiz respiró hondo y se pasó la mano por la nuca. Le dolía el cuello, la migraña no cedía. Parecía empeorar. “Que ya todo esto termine”, suplicó hacia sus adentros. No pudo evitar sonreír cuando pensó en Augusto Montemayor enamorado de su musa.

30

Amanda no pudo elegir mejor libro ni párrafo para ese día. Lo que leyó de *Trópico de Cáncer* de Henry Miller se le metió entre las vísceras. En él se hablaba de París. De cómo esa ciudad se apodera de quien la visita. Se mencionaba al Sena, a sus estatuas y sus edificios. Esas construcciones que con su avasallador esplendor subyugan a quien las contempla. De los puentes y sus barcazas, que como monjes en meditación levitan sobre las aguas del río que atraviesa la urbe de los artistas, de los poetas, de los grandes pensadores. Esa imposibilidad de irse de ahí que describe el personaje la siente en plenitud la musa. Así, tal cual lo lee, puede sentir cómo París tiene la cualidad de apoderarse de tus ganas de no irte de su territorio. De permanecer como mujer encaprichada, que arrodillada abraza las piernas del hombre que ama y que no quiere ser abandonada. Amanda se recordó a sí misma cuando contempló la metrópoli el primer día que la pisó. Abriendo los ojos al máximo y con una sonrisa en la cual podía verse su dentadura completa. Como niña entrando en una juguetería después de haber escuchado la frase: "Toma lo que quieras". ¿Cómo no sentir el deseo (o tal vez la necesidad) de no irse? Quedarse para siempre ahí e inventarse una vida.

Amanda cerró el libro y fijó su mirada sobre una gárgola de Notre Dame. El prosista y ella habían desayunado temprano en un pequeño lugar de la Rue Rivoli. La mañana era fresca y soleada. Permanecieron sentados a la orilla del Sena, justo en la base del Batobus que porta el nombre de la famosa catedral. La chica sentía curiosidad por usar ese medio de transporte ribereño tan común, atestado de turistas, cuyo fin de abordarlo es tomar fotos de París sin descanso durante el recorrido. El escritor decidió complacer a su musa, para lo cual debían esperar el arribo de la embarcación.

—¿En qué piensas, Amanda? De repente te has quedado silenciosa.

—Pienso en que el azar es buen guía. Deberíamos dejarnos conducir más por el azar. A veces todo es tan predecible y planificado.

—¿Lo dices por el párrafo que acabas de leer?

— Así es. Justo el día en que me despido de esta ciudad.

—¿Qué te hizo sentir la lectura? ¿A dónde se ha ido tu mente?

—A esa gárgola. Lo que acabo de leer ha despertado en mí el deseo de ser esa gárgola. Estar ahí, intemporal y ridícula, contemplando París. Para siempre.

—Las gárgolas permiten evacuar el agua de lluvia de los tejados. El correr del agua por su interior se asemeja al de las gárgaras... de ahí viene su nombre.

—Con mayor razón me parece perfecta la posibilidad de ser esa gárgola. Fluir por mi interior.

—¡Pero son feas! —interrumpió Augusto sonriendo, al tiempo que acariciaba con ternura la cabeza de la chica.

—Como la sociedad. Como la suciedad. Como la humanidad —sentenció la musa.

En un impulso Augusto tomó la mano de Amanda y la besó con dulzura. La chica permaneció inmóvil. En Montemayor se movió todo su interior. Se cimbró. Intentó recuperarse de ese arranque de cariño inexplicable y prosiguió el diálogo:

—¿Fea la sociedad? ¿Fea la humanidad? La suciedad lo admito. Necesitas explicarme mejor tus dos primeras sentencias.

—Es simple, pero primero respóndeme algo, Augusto. ¿Yo te parezco bella? ¿Bonita?

—Hermosa —respondió el escritor sin pensarlo dos veces, con tono veraz y emotivo, desconocido para sus propios oídos.

—¿Hermosa? ¿Y qué es ser hermosa? Para la sociedad soy una mujer fea, con pasado, con malas amistades, con mala entraña, con maldad. Para la humanidad soy un arañazo en su manto funcional, un tornillo suelto en el engranaje que permite su tediosa marcha. Para la suciedad soy parte de su paisaje. Por lo tanto yo no soy hermosa. Soy fea.

—¿Y qué es la fealdad? ¿Y qué es una gárgola? Todo puede ser relativo y mal nombrado, Amanda. Por ejemplo, estas famosas gárgolas de Notre Dame en realidad son quimeras. Y para muchos son hermosas.

—¿Cuál es la diferencia entre gárgola y quimera, Augusto?

—Es común la errónea costumbre de denominar *gárgola* a cualquier figura de piedra que represente monstruos o figuras grotescas en edificios antiguos, sobre todo si se trata de iglesias medievales; son en realidad *quimeras*. Una gárgola, en su definición estricta, es en realidad la figura de la parte sobresaliente del caño, destinado a evacuar el agua de la lluvia, pertenecen sobre todo al periodo gótico.

Amanda recargó su cabeza sobre el hombro del novelista y colocó su mano entre las suyas. Augusto escondió el latigazo de emoción que por el contacto de la chica recorrió su columna vertebral, y prosiguió su explicación.

—El propósito de estas horrendas y enigmáticas figuras que decoran los edificios consistía en ahuyentar a seres malignos y pecadores para conservar la santidad de los recintos.

—Entonces yo no soy fea, Augusto. Si fuera horrorosa ahuyentaría el mal y el pecado. Pero no... los atraigo hacia mí.

Augusto apretó la mano de la musa entre las suyas y besó su rubia y femenina cabellera que continuaba posada sobre su hombro. Suspiraron.

—Eres hermosa. Demasiado —le dijo al oído el escritor.

—Y como mujer enamorada y encaprichada que se aferra a su hombre abrazándolo con vehemencia prefiero morir que soltarlo. Así, con la misma devoción, deseo ser una quimera de Notre Dame y quedarme para siempre en París.

—Cuando cobres tu dinero por ser mi musa podrás regresar las veces que quieras.

Al decir eso, en la garganta del novelista se formó un nudo. Amanda sintió el viento sobre su frente y un escalofrío invadió su pecho. Ambos se levantaron para abordar el Batobus que recién llegaba. Augusto pensó en lo que había comentado Amanda y, sentado junto a ella, imaginó ir apretando sus senos mientras observaba las aguas del río. Los más perversos pensamientos se apoderaron de él por su musa. Irreconocibles emociones deambulaban por sus venas al sentir la respiración de la chica cerca de su nuca. Descendieron en la parada Champs-Élysées y caminaron hasta el departamento. El trayecto les permitió una intimidad apacible que representaba el estado de sus almas antes de abandonar esa noche la capital francesa.

Mientras empacaban sus pertenencias, el escritor y la musa se deslizaban de un lado a otro por el departamento envueltos en un acogedor silencio. Un silencio que se edifica con segundos diarios de complicidad. Fabricado con miradas y respiraciones. De esos que unen y separan. Una comodidad silenciosa que sólo se comparte entre dos seres que piensan distinto y que sienten lo mismo.

Como siempre, de donde suelen emerger los más asombrosos sucesos, de la nada, apareció Amanda desnuda. De pie en el centro del salón. Augusto la observó, sorprendido y arrobado a la vez. El silencio, su mejor aliado en esos casos, lo acompañó hasta el sofá más cercano y se dejó caer.

—¿A qué debemos tan magnífico espectáculo? —preguntó el literato con voz enronquecida, perturbando el cálido silencio que los había cobijado hasta entonces.

—A los deseos de apoderarme de París —la musa caminó por el salón dirigiéndose hacia la ventana. La abrió de par en par y, sin pudor alguno, salió al balcón y observó la ciudad. Así, desnuda. Desnudo París y desnuda ella.

Desde el sofá, Montemayor observaba sus nalgas, su espalda, sus espigadas piernas. Con la mirada como único recurso posible para tocar a esa mujer, recorrió cada pedacito posible de esa visión espectacular. Encendió un cigarro. Amanda recargó sus codos sobre el barandal. Sus pezones observaron a los peatones por la calle. Su cadera inclinada ensanchó su trasero ante la mirada de Montemayor. Enseguida, la mujer buscó su pubis con la mano derecha y comenzó a masturbarse. Augusto le dio la bienvenida a la inevitable erección. Bajó el cierre de su pantalón y la dejó salir. Amanda, de espaldas, no se percató de ello. Es imposible detener la pasión cuando, segundo a segundo, empuja a dos seres hacia el mismo abismo. Los hace caer en el acantilado del deseo, del placer irreverente.

Sin importarle a la mujer si algún vecino de balcón o si algún transeúnte que mirase hacia arriba la pudiera contemplar, se dio la vuelta. Ahora sus glúteos quedaron recargados en el barandal, y ante los ojos de Montemayor, los senos erguidos de la chica cuyos pezones endurecidos ella acariciaba con su mano izquierda, en tanto que la derecha arremetía, impetuosa, contra su clítoris. Una gota de sudor deslizándose por la mejilla de la chica reveló al escritor el placer que la poseía.

—París se ha apoderado de mí, me ha tomado por la espalda. Al estar aquí he sentido un éxtasis que no conocía. Me ha hecho sentir viva, Augusto —dijo Amanda con voz entrecortada por el gozo.

—Y tú te has apoderado de París, Amanda, la llevas en tu piel, en tu savia, en tu olor... Y se quedará contigo para siempre —prosiguió el escritor con tono susurrante, con un ronroneo.

Los dos se masturbaron uno enfrente del otro. Ella recargada sobre el balcón. Desnuda. Él, sentado en el sofá con los pantaloncillos a media pierna y la mano derecha aferrada a su miembro, como si al acariciarlo la acariciara a ella. Su musa, intocable, se tocaba a sí misma. El autoplacer parecía una tarea elemental y franca para la chica. Se autoestimulaba sin pudor, llevando sus dedos de su boca a su clítoris, intercambiado saliva por el fluido placentero de sus entrañas. Saboreándose a sí misma. Humedecía sus pezones erguidos lo mismo con su saliva que con savia. Exhalaba. Inhalaba. Como lluvia en gárgola medieval dejaba fluir su satisfacción evidente. El torrente de placer se deslizaba por la musa como tormenta precipitándose hacia el vacío. Hacia la nada. Porque ahí donde la nada habita se gesta todo. Montemayor acariciaba sus testículos, manipulaba su pene con desespero y angustia apetitosa. Los largos dedos de Amanda invadían sus propias entrañas. Uno, dos, tres dedos. Los necesarios para autoexplorar sus rincones de gozo. Se apoderaba de su propio cuerpo como París se apoderó de ella.

Y si de algo estaba seguro Montemayor era de que no cambiaría por nada del mundo ese momento. Ni por el cielo ni por el infierno ni por nada. Esa hermosa mujer masturbándose y esa ciudad majestuosa poseyéndola creaban la imagen perfecta para ser capturada en su memoria hasta el último día de su vida. El preámbulo de su eyaculación lo gestó la figura de la musa desnuda, arqueada de placer, sostenida del barandal del balcón. Húmeda. Sudorosa. Sin pudor. Manifestando todo su gozo sin recato. Revelando ante sus ojos su orgasmo en plenitud. Majestuosa. Irreverente. Augusto dejó caer la cabeza sobre el respaldo del sofá. "Debo cambiar de pantalón", pensó. Cuando usó de nuevo la mirada, Amanda deambulaba por el salón buscando una horquilla para el cabello que había rodado por la duela. Así era su inspiradora. Inesperada. Inusitada. Invasora. Inmaculada. Infantil. Infernal. Ya sin consternación alguna por estar acostumbrado a lo inaudito, la observó dirigirse hacia la ducha. Tenía dos horas de gracia antes de salir rumbo al aeropuerto Charles de Gaulle. Frases a punto de ser paridas lo empujaron hacia su escritorio. Como agua que se desliza por una gárgola, las palabras fluyeron sobre la página en blanco. Musa y escritor se despedían de París haciendo lo que mejor sabían hacer. Amanda inspirar. Augusto escribir.

31

Amanda había decidido quedarse a su lado. Él la contemplaba dormir enredada entre las blancas sábanas de algodón egipcio que acentuaban su belleza sobre la cama. La luz del sol entraba por la ventana e iluminaba la punta de su afilada nariz. Hicieron el amor tres veces durante la noche, aún el sabor de sus pezones recalaba en su lengua. Augusto se sentía inmensamente feliz. Una algarabía aprisionaba sus emociones. Eso que sentía le alteraba los sentidos y aguzaba su conciencia. Se percibía lúcido. Radiante. Inhumanamente alegre. Su musa abría los ojos y sonreía. Si eso era amor o una simple carga hormonal que latigueaba su ser, no le importaba. No necesitaba argumentos, razones o deducciones claras. Sólo necesitaba regresar a esos brazos. Enredarse entre esas largas piernas y volver a tocar con la lengua el blanco manto de su piel. La carne y su deseo eran el envoltorio de un sentimiento más profundo. La amaba. Y ella había decidido quedarse para no irse. No moverse para no alejarse. Ser suya para jamás ser de otro. Augusto se había despojado de sus resistencias, de sus paradigmas; había destrozado sus esquemas. Había muerto y resucitado en ella. Dentro, muy dentro de los misterios de esa mujer, el escritor se había reinventado y la musa lo parió como hombre nuevo. Augusto regresó al lecho. Se acostó a su lado. Y justo cuando experimentaba un inmenso arrebato de ternura y se disponía a besarla, despertó y se dio cuenta de que todo se trababa de un sueño. En el cruel presente se diluyó el pasado perfecto del verbo.

—¿Van a cenar? —preguntó la azafata, transportando al escritor del sueño al hecho.

Amanda pidió pasta y Augusto, carne. La mujer sentía frío y se cubría con la manta azul que le facilitó la sobrecargo. El hombre ardía, tenía el pulso acelerado y el corazón aniquilado por la desilusión. Sintió una irracional furia. Amanda se percató de ello.

—¿Estás bien? —preguntó al novelista.

—No, tuve una pesadilla, pero nada de qué preocuparse, con un poco de vino me duermo otra vez —dijo Montemayor restando importancia a su estado.

Después de la cena, ambos extendieron a lo largo sus asientos de primera clase, que tras apretar un botón quedaron convertidos en confortables camas. Los dos se entregaron al sueño. Atravesaron el océano, cruzaron la línea que divide la noche del día. Iban de regreso a donde eran otros, un par de extraños que el azar enredó. Allá donde recuperarían siete horas pero perderían ese espacio alterno que otorgan la distancia, una lengua extraña y un país distinto. Se quedaron dormidos, respirando propias sus inquietudes. El escritor acallando su sentir. La musa ocultando su zozobra.

32

Eufemia Casas había pasado mala noche. Los cuatro tequilas que tomó antes de acostarse saturaron su cerebro. La edad cobraba factura y su resistencia no era la misma. A pesar de la jaqueca que la agobiaba estaba segura de no haberlo soñado. Había sido una visión y no un simple sueño. Esas ráfagas fugaces de verdadera clarividencia a veces apuñalaban su mente. Intentó convencerse a sí misma de que el mal uso de sus dones fue la causa de que éstos se desvanecieran. Sin embargo, de manera esporádica dichos dones acudían sin avisar y conseguía visiones honestas. Iguales a aquellas que tuvo de niña, cuando predecía la muerte de vecinos o vaticinaba enfermedades en sus familiares. Esa noche vio a la muerte de pie a un lado de su cama. No iba por ella, sino en plan de mensajera. Vio un arma, escuchó gritos. Alguien moriría y no sería ella. Encendió varitas de incienso de copal y sándalo para limpiar la energía de su guarida, para armonizar su ambiente. ¿Y si se trata de un aviso para ya no continuar manipulando los destinos de Amanda y el escritor? Ese mismo día decidió dar por terminado el encargo de Julio. "Le diré que tenga paciencia y que espere a que regresen, que ya no tardan", pensó. También la cara de Fernanda Montemayor se manifestó en su mente. "A ella le prepararé un brebaje para que siga controlando al marido y le recomendaré que ya no ande de metiche, que en tres lunas todo retomará su curso acostumbrado, para que no moleste más; de todos modos ya le saqué todo lo que pude", dijo en voz baja. Sentía una negra premonición encajada en el pecho, y como pocas veces en su vida, sintió miedo.

Mónica vio por la puerta entreabierta del estudio cómo su marido limpiaba su pistola. Estuvo a punto de entrar pero se detuvo. Desde ahí contempló a ese hombre al que odiaba y amaba. Se imaginó a sí misma irrumpir en la habitación y, en un arrebato de valor, despojarlo del arma y vaciar cada bala en el corazón de esa hiena. Sintió placer. Una ligereza provocada por pensarse sin ese peso en su rasguñada alma. Suspiró. Y el suspiro llegó al fino oído de Esparza, que reaccionó receloso, acostumbrado a cuidarse la retaguardia.

—¡¿Quién chingados anda ahí?! —preguntó.

—Soy yo, Julio, vine a preguntarte si vas a regresar a comer a casa o si comerás fuera —dijo entre sumisa y asustada.

—¿Y a ti qué te importa? ¿Desde cuándo te tengo que informar de lo que haré? Si vengo o no tú debes preparar la comida. Si no vengo te la tragas con tus hijos, y si vengo pues ya veremos.

—¿Y esa pistola? —se atrevió a preguntar Mónica.

—¿Qué no entiendes? ¿Desde cuándo tengo que darte cuenta de mis cosas? ¡Mientras tengas dónde vivir y qué tragar no me molestes! ¡Fuera de aquí! ¡Ahuecando el ala!

Mónica abandonó el despacho. Cerró la puerta y suspiró de nuevo. ¿Cuántas balas se necesitaban para matar a esa bestia? ¡Cuánta vida desperdiciada en cada intento por ser amada por ese hombre! Dos lágrimas resbalaron por su rostro. Tan sólo dos, porque ya no salían más. Había derramado tantas que sus ojos habían decidido dosificarlas. Por milésima vez invocó en silencio al karma.

Fernanda Montemayor había decidido desayunar con toda su familia. En la cabecera del comedor, Arnulfo Montemayor degustaba en silencio un plato de cereal con fresas. Sentada a su derecha, Ofelia, su acicalada esposa, sólo tomaba jugo de naranja. En los últimos días había pasado por una aguda inapetencia que atribuía al extraño comportamiento de su hijo varón.

—Ese muchacho me va a enfermar —se quejó.

—Es un irracional, mamá —intervino Fernanda, respaldando la queja.

—Es artista y tiene algo de loco —afirmó Victoria, la menor.

—He hablado con Mercedes y me dice que no hay de qué preocuparse —insistió Arnulfo, en un intento por calmar los insidiosos comentarios de sus mujeres.

—Esa Mercedes es buena de alcahueta —recalcó Fernanda—, la he buscado varias veces y se comporta como si se tratara de algo sagrado. Se muestra muy sospechosa y no suelta nada. Sólo comenta que Augusto y su vulgar acompañante están por regresar a México, pero no menciona fecha exacta.

—¿Y en qué les afecta? —preguntó Victoria—. Nosotros nunca hemos sido importantes para Augusto, nuestras opiniones se las pasa por debajo del zapato.

—¡No hables así de tu hermano que tanto te ha ayudado! —expresó el padre.

—Somos su familia, Arnulfo; yo soy su madre y tengo derecho de saber qué es lo que anda haciendo con esa mujer que apareció de la nada.

—Seguro es una más de tantas —señaló Victoria.

—Es una puta contratada para sus perversiones —expresó Fernanda, con vehemencia.

—¡No voy a tolerar que uses esos términos en esta casa, Fernanda! —reprendió Arnulfo Montemayor con una mirada reprobatoria a la mayor de sus hijas.

—Sólo digo la verdad. Si fuera una mujer decente no la ocultaría ni se iría con ella tan lejos sin avisar —insistió Fernanda.

—¿Y tu esposo? —preguntó Victoria a su hermana, intentando desviar la conversación hacia otro tema.

—Se quedó dormido. No se ha sentido bien desde hace días. Yo creo que está resfriado.

Al decir lo anterior, Fernanda recordó que quizá se le había pasado la mano con su cónyuge al suministrarle una dosis mayor del brebaje que le preparó Eufemia. Sonrió. Prefería un marido dormido y controlable a uno despierto y con carácter.

—Cuando Augusto regrese deberá explicarnos todo. Hasta entonces dejen de hacer conjeturas y juicios. Su hermano está demasiado grande para saber lo que hace y por qué lo hace —la frase del padre cerró la conversación y otros temas ocuparon la sobremesa.

El clan Montemayor tenía muchas preguntas y ninguna respuesta, pero todos conocían a Augusto y sabían que su ego era más grande que cualquier riesgo amoroso. Internamente, y a su manera, cada uno de los miembros estaba seguro de que ninguna mujer podía atrapar al escritor. Aún no había nacido la mujer que resultara más atractiva para el prosista que sus deseos de sobresalir a través de la escritura.

Fernanda abandonó la casa de sus padres convencida de que los conjuros de Eufemia en breve harían regresar a su hermano. Le deleitó imaginarlo adormilado, confundido, despojado de su talento, víctima de aquellos hechizos. Pensarlo de ese modo le producía placer. Además, había pagado mucho dinero a la bruja para que cumpliera sus deseos. Su hermano sin voluntad y la misteriosa mujer arrojada a la basura, justo ahí, en el mismo lugar donde Augusto la había encontrado.

Hilda despertó contenta esa mañana. Encendió la radio y canturreó un *cover* de Alejandro Fernández que emanaba del aparato. Planchó un vestido azul con flores amarillas y se peinó de coleta. Estaba feliz porque Mercedes le había confirmado que Amanda y Montemayor regresaban temprano al siguiente día. No soportaba más la presión de Julio Esparza. Tenía la esperanza de que, al pisar su amiga territorio mexicano, todo retornara al orden. "Amanda sabe controlar a ese orangután", pensó. Se asomó por la ventana. Los enviados de Esparza no estaban. Durante las dos últimas semanas los veía desde que abría los ojos. Ahí permanecían, recargados en la pared frente a su casa. Resignada a la vigilancia se había acostumbrado a lidiar con su presencia. Cada dos días la abordaban para amenazarla y preguntarle por Amanda. Su respuesta siempre era la misma: "Regresa pronto, ya sabe que Julio la espera y ha dicho que no tarda". Suspiró aliviada. Al menos un día sin tener que ir a trabajar con esos dos pisándole los talones. Pensó que seguramente Julio se había enterado de que su amiga se disponía a regresar y había quedado tranquilo. Estaba equivocada.

Julio Esparza se mostraba decidido. Harto de las visiones borrosas de su amiga clarividente, y de los estúpidos reportes de sus subordinados, tomó cartas en el asunto. En la soledad de su despacho evocó el cuerpo de Amanda sometido y laxo, dejándose hacer lo que la lujuria demandase. Con ansia morbosa recordó a esa muchacha silenciosa y sumisa quien en más de una ocasión lo sorprendió con un ataque de rebeldía que él, con un par de bofetadas y un puñado de besos salivosos, controlaba. Sometía. Nunca antes se había sentido tan afortunado. "De esas pulgas no habían brincado en mi petate", pensó. Mientras crecía la furia en su pecho, recordó las caricias de la chica. Caricias obedientes pero atrevidas. Caricias aprendidas para saciar su miseria. Obediencia conveniente para sobrevivir. Si él no la hubiera sacado de la mierda, ella no habría conocido lo que era comprar ropa en los almacenes Liverpool ni en Fábricas de Francia. No hubiera cenado en Angus ni en El Cardenal. Habría seguido merendando en fondas de barrio y vistiéndose en la Lagunilla. ¡Malagradecida! Él le proveyó un techo decente y una vida digna. Ser la amante de Julio Esparza no significaba cualquier cosa. Él era un hombre respetado y con recursos para hacerse de una, dos o tres amantes. Pero como Amanda ninguna. Las otras eran minúsculas comparadas con esa mujer de largas piernas y facciones finas. La recordó con él y la imaginó con Augusto. La rabia se apoderó de sus neuronas, de sus vísceras; hizo que su sangre se calentara. Esparció cocaína sobre el escritorio y aspiró tres líneas. Después se sirvió un tequila. Tomó no uno, sino tres vasos; uno tras otro. No supo si le ardía la garganta por la bebida de agave sin limón y a pelo, o si le ardió por acallar el grito de celos que contuvo. Su paciencia se había consumido. Esfumado. La desesperación se transformó en ansiedad irrevocable, sin control. Quería respuestas inmediatas y las buscaría por él mismo. Miró su arma por enésima vez. Imaginó a Augusto Montemayor arrodillado a sus pies, suplicando misericordia. Arrepentido por haber profanado su territorio, por atreverse a incursionar en sus dominios. Su mente, atiborrada de imágenes posibles, se paralizó con la visión que tuvo: Augusto montando a su amante. Encima de su mujer, enredado entre sus cabellos. Haciéndola gemir de placer. Sacudió la cabeza. Aspiró otra línea más del polvo blanco. Llenó de nuevo el vaso con tequila. De un sorbo lo tragó completo. Metió la pistola en el bolsillo interior de su chaqueta y agarró las llaves de su Ford Lobo.

33

Mónica recibió la llamada a las seis con treinta y dos minutos de esa tarde. Justo cuando Amanda y Augusto tenían dos horas de haber despegado del aeropuerto Charles de Gaulle, a bordo de un avión de Aeroméxico. La esposa de Julio Esparza quedó petrificada. Con la mitad de su cerebro funcionando y la mano temblorosa anotó los datos que la voz a través del auricular le indicaba. La matrícula de la camioneta Ford Lobo de color gris oscuro coincidía con la del vehículo en el que su marido había salido de la casa al medio día. Envió un mensaje de texto a sus hijos para informarles que su padre había sufrido un percance y les ordenó que regresaran temprano al hogar. Cuando llegó al hospital del sur de la ciudad, las palabras del médico informante brotaban como el humo de una hoguera. Le inundaron de lágrimas los ojos y el piso se movió bajo sus pies.

—El impacto que sufrió su esposo fue letal. El golpe fue tan fuerte que tuvo una flexo extensión súbita de la columna cervical, ocasionándole una listesis o deslizamiento de la quinta vértebra cervical sobre la sexta, provocando una sección parcial de la médula a ese nivel —le explicó el apuesto doctor enfundado en uniforme de cirujano mientras se despojaba de unos guantes de látex.

Mónica lo escuchaba atónita. Intentaba balbucear algo pero su lengua quedaba atrapada entre sus dientes.

—Temo decirle que, después de hacer todo lo que ha estado en nuestras manos, hemos constatado que sólo hay un poco de movimiento en los hombros y en los codos. Estamos hablando de un cuadro poco alentador —continuó el galeno.

—¿Cómo sucedió esto? —atinó a preguntar desconsolada, intentando digerir las palabras del cirujano.

—El choque fue violento. Su esposo tiene suerte de estar con vida. La mujer con la que iba no tuvo la misma fortuna.

—¿Mujer? ¿Cuál mujer? —las interrogantes brotaron de Mónica, acompañadas de una mirada desorbitada.

—La dama que viajaba con su esposo no llevaba puesto el cinturón de seguridad y la colisión fue de frente, su cabeza se proyectó hacia el parabrisas, ocasionando una fractura luxación de la base del cráneo que le provocó muerte instantánea.

Mónica se llevó las manos a la boca, acallando un grito. ¿Quién era esa mujer? ¿Por qué viajaba con su marido?, ¿A dónde se dirigían? El médico adivinó sus confusos pensamientos y agregó:

—El documento de identidad que portaba la occisa asienta que respondía al nombre de Mercedes Ortiz.

34

Eufemia Casas tenía más de veinte años sin experimentar una visión honesta. Conocía los avisos previos. Cuando era joven y ejercía su don sin ventajas personales, esos síntomas predecían una visión. Picazón, comezón en el cuero cabelludo que recorrían su cabeza y bajaban por su nuca hasta incrustarse como pinchazos en la columna vertebral. Deseos extraños y antojos de comidas insólitas, como tomar un vaso con vinagre o morder una manzana amarilla en específico. Ansiedad, sensación de que algo está por suceder, inquietud y visión borrosa. Esa tarde todos los síntomas de súbito la cobijaron. Se sentó en el sillón central de su salón y comenzó a observar sus huesudas manos, sus largas uñas decoradas con piedrecillas. Poco a poco su visión borrosa fue sustituida por una nítida y precisa. Pudo ver a Julio Esparza reflejado en el cristal de bola adivinatoria. Lo miró entrar en un elegante departamento. Objetos decorativos caros, que parecían antigüedades, pululaban difusos por la esfera vítrea. Después el rostro de una mujer madura, con cabello corto, enfundada en un traje sastre color marfil. La vio discutir con Julio. Ella tomó su bolso y le indicó la salida a Julio. Después una carretera. Luces de otros vehículos que se reflejaban en el parabrisas del que conducía Esparza. Lo supo por las manos del hombre en el volante que emergían en su visión. Casas sintió escalofrío. Sudó. Cerró los ojos. Se secó la frente y regresó la mirada al cristal. Sangre. Una luz cegadora. Más líquido hemático. Los rostros de Julio y de la mujer cubiertos de sangre. Un temblor sorpresivo e incontrolable se apoderó de su cuerpo. Vomitó. Un líquido verdoso escurrió por su boca. La visión terminó.

Con la poca energía que sentía en ese momento, Eufemia se digirió al baño y se mojó con agua fría el rostro. Inhaló y exhaló varias veces. Sus huesudas manos temblorosas sacaron un cigarrillo de la cajetilla que guardaba sobre el espejo. Con andar lento caminó de nuevo al salón. Se posó en el sillón y fumó. La bola de cristal recuperó su presencia inofensiva.

Esa noche, Eufemia Casas decidió comprar un boleto de avión a Chihuahua. Un tiempo con sus parientes, lejos de tal embrollo, le caería bien. El conflicto ajeno era su fuente de ingreso económico, pero no un terreno personal que le resultara cómodo pisar. Tenía suficiente dinero para tomarse un descanso, visitar a familiares olvidados y comer machaca, caldo de oso y torrejas almendradas. Su videncia confirmó la presencia de la muerte; sin embargo, no había tocado a Julio, sino a alguien más, y eso le enredó los nervios. Su instinto le aconsejó alejarse y eso haría. Desde lejos, allá en el norte del país, seguro llegarían a sus oídos los detalles del hecho. Las malas noticias poseen alas y vuelan. Como ave carroñera observaría desde las alturas los cadáveres y, cuando todos se hubiesen ido, bajaría a picotear los restos.

35

El regreso del escritor y la musa a México se vio empañado por el vapor de la venganza que humedece sin empapar pero que envenena las almas. La mujer que entrelazó sus destinos para avivarlos estaba muerta. El mundo editorial de lengua hispana, consternado. Las deducciones policiales apuntaban a un secuestro, tan frecuente en la sociedad mexicana que pasaba a ser un hecho más registrado y acumulado entre los archivos de las agencias de investigación. Otras versiones más perversas e inverosímiles referían un encuentro amoroso que terminó en discusión y tragedia. Mónica empleó las infames estrategias observadas a su marido para usar el dinero como soborno a las autoridades y como medio tranquilizador. Mercedes Ortiz, una mujer viuda y con escasos familiares lejanos y ajenos a su vida, le concedió al morir de manera fatal e injusta la posibilidad de inventarse una historia benevolente para proteger el nombre de su clan y que los Esparza salieran bien librados del infortunio. A parientes y amigos cercanos les confirmó que entre Mercedes y su marido existió una amistad de años y negocios, y que un derrame de aceite en la carretera por la cual transitaban cuando salían de una cena había sido la causa del accidente. La presencia de una pistola en la camioneta de su cónyuge no asombró a nadie. Julio tenía permiso de portar armas y por todos era sabido que cargaba con una en la guantera de su vehículo.

Ese destino que le debía tantos momentos de dicha se los estaba ofreciendo en bandeja de plata: Julio, cuadrapléjico y bajo sus cuidados de por vida. Como niño atrapado en la peor travesura de su infancia, asintiendo con la mirada a todo lo que su esposa declaraba. Escuchando cómo esa mujer a quien había humillado y consideraba insulsa y sin imaginación, le fabricaba no sólo una coartada, sino un guion completo de su futura existencia. Bastaba mirar las pupilas dilatadas de Mónica, en las que se reflejaba un oscuro placer y una escasa compasión cuando narraba a amigos y extraños los detalles de su lesión corporal y las predicciones médicas. Julio Esparza no iría a ninguna parte. Ya no movía sus piernas ni sus brazos; no tenía fuerza ni voluntad. Del cuello hacia abajo su cuerpo se hallaba suspendido en la inobediencia, ahí donde no se siente ni hay movimiento, donde no hay afán ni empuje, donde se recuerda con aprecio el dolor físico para no olvidar que se está vivo. Observó inerte cómo se extinguía su vitalidad mientras que la de su esposa emergía desde las profundidades de ese odio que él mismo había sembrado. Mónica lucía poderosa, exultante, como quien se abre paso entre la multitud para recibir una anhelada presea. Postrado desde esa cama de hospital la vio acariciar la silla de ruedas que dos enfermeros llevaron a la habitación. La miró sonreír y sintió miedo. Mucho miedo.

El funeral de Mercedes Ortiz fue una ceremonia cálida y sobria, como ella era en vida. Personalidades del mundo editorial, algunos reconocidos autores y un par de familiares se reunieron en el Panteón Francés para decir adiós a la mujer que descubrió tantos talentos y que impulsó múltiples obras de la literatura contemporánea. Martha, su fiel secretaria, e Hilda, desde un discreto sitio, oraban desconsoladas. Arnulfo Montemayor y sus mujeres también acudieron al sepelio. Con penetrantes miradas, Ofelia, la esposa de éste, aplacaba los cuchicheos de sus hijas Fernanda y Victoria quienes, portando un luto cubierto de costosas alhajas, prestaban mayor interés a la vestimenta de los dolientes que a los salmos que el cura leía en voz alta. Sin embargo, el arribo de Augusto Montemayor y su musa, tomados de la mano, enmudeció a todos.

El escritor se presentó con un traje Armani oscuro, un mechón rebelde sobre su frente; una camisa blanca, sin corbata y desabotonada de los primeros ojales, mostraba un poco del abundante vello de su pecho. Su apariencia se percibía lánguida, al igual que la de su acompañante. Las ojeras en su rostro reflejaban el estrago producido en ambos no sólo por el *jet lag*, sino por el impacto de semejante noticia, por el cansancio de tantas noches de escritura incontrolada; ojeras que oscurecían su ojos y que habían sido labradas por pensar en una misma mujer tantas madrugadas.

La causante de sus desvelos, delgada, con porte de garza y andar cauteloso, capturó las miradas. El traje sastre negro de su atuendo equilibraba la blancura de su piel, acentuaba su cintura diminuta y exhibía sus apretados muslos. Sus labios, pintados de coral, engrandecían sus ojos, y la espesura de sus pestañas sostenía las culpables lágrimas que arrasaban su expresión.

Amanda sabía que por culpa suya Julio se había vinculado con Mercedes. Hilda, entre sollozos, le narró los pormenores de lo acontecido durante su ausencia. Los antiguos temores de la musa arañaron su alma sin piedad. Le recordaron que ella y la maldad tenían un contrato firmado. Nunca la abandonaría. Todo lo que tocaba era arrastrado hacia la tragedia. Escondiendo entre su arrebatadora belleza sus pesares y sus culpas, se dispuso silenciosa a escuchar la ceremonia fúnebre. Augusto pareció leer la mente de Amanda y le apretó con dulzura firme la mano.

La última semana estipulada en el contrato no escrito de la musa la pasaron recluidos en el departamento de Polanco, propiedad del escritor. Entre el luto, la impotencia, y con el manto de la inminente separación cayendo sobre ellos minuto a minuto, deambulaban por las habitaciones. Amanda había decidido irse sin demandar ningún cobro al enterarse del trágico fallecimiento de Mercedes Ortiz. Sin embargo, Montemayor fue tajante y firme al pedirle que se quedara y cumpliera con lo prometido. Eso habría hecho feliz a la editora. Su muerte no sería en vano. La gran obra del prosista, que había perdido la inspiración, estaba por consumarse.

—Siéntate, Amanda —dijo Augusto de forma imperativa.

—Dime —obedeció la chica, encajando sus pupilas directo en las del escritor.

—Faltan tres días para que nuestro encuentro finalice, pero te entregaré varias cosas desde este momento.

El novelista colocó un sobre color arena encima de la mesa del comedor, ante la presencia sorprendida de la mujer. El sol de mediodía, luminoso y cálido, atravesaba las persianas y tocaba sus pieles. Montemayor, sin camisa, descalzo y con unos *jeans* ajustados, recargó su espalda en el respaldo de la silla. Descansó sus pulgares en las entradas de los bolsillos de su pantalón. En esa postura resignada y de contemplación observó cómo los largos dedos de la chica hurgaban en el interior del sobre. No podía ser más bella. Despeinada, sin maquillaje ni poses. Con un simple camisón de seda gris que caía sobre sus pezones erguidos, seda que escurría por ese cuerpo de piel blanca que él había contemplado mil veces y de mil maneras posibles desnudo, transitando en sus pupilas durante sueños cargados de imposibilidad.

En el interior del sobre estaba el cheque por un millón de pesos prometido por Mercedes Ortiz, los ejemplares leídos por la musa y el escritor, a tientas y por párrafos sueltos: *La insoportable levedad del ser* de Milan Kundera, *La pasión turca* de Antonio Gala y *Trópico de Cáncer* de Henry Miller. Pero había algo más. Un sobre dentro del sobre. Y dentro del pequeño sobre blanco y sellado, una hoja blanca. Amanda abrió el sobre adicional, extendió la hoja por la mesa y leyó su contenido:

> He llegado a la conclusión de que el amor es una atracción selectiva que te acerca a una persona en específico. Que te hace elegir a esa persona y no a otra. Porque no existe otro ser capaz de provocar esa poderosa necesidad de estar cerca de la persona elegida. El amor es eso que se siente por otra alma, por otro cuerpo, y que sólo se experimenta a plenitud si se besa el cuerpo amado y se logra acariciar el alma que habita en ese cuerpo al mismo tiempo. Es reconocer entre la multitud el brillo de los ojos de una persona, y que al mirarlos fijamente le den luminosidad a los ojos propios. El amor es aceptar lo inaceptable del otro y reconocer lo inaceptable de uno mismo. Porque el amor es transformador. Lo estéril lo vuelve fértil. Transforma la oscuridad en luz. El amor es ese soplo que convierte la ceniza en fuego. Porque el amor inspira, y te hace sentir vivo.
>
> *Augusto Montemayor*

El prosista refugió su mirada en la de Amanda. Las niñas de sus ojos se acariciaron a distancia y jugaron inocentes a esconder sus pensamientos. La musa sonrió y sus labios temblaron al arquearse para formar la sonrisa. Augusto parpadeó y se levantó. Sus pies descalzos acariciaron la duela y, sigiloso, se colocó detrás de la mujer. Sus manos sobre sus hombros fueron testigos sensibles de cómo esa blanca piel se erizó, de cómo un ligero terremoto sacudió la respiración de quien ahora le parecía la mujer más hermosa del planeta. En ese instante no existieron mujeres pasadas y no creía que existieran mujeres futuras. El tiempo aparentó ser compasivo y detuvo su marcha. En esa eternidad simulada y diminuta vio desfilar cuerpos femeninos, muchas veces profanados por su varonil lujuria; pudo observar, en la lejanía del mañana, cuerpos femeninos con la posibilidad futura de profanación, incitado por su masculina urgencia, inevitable e instintiva, de la que sería inútil e imposible deshacerse. Porque era varón y carne, deseo y necesidad. Y ella, Amanda, su mujer inspiración, sus llamas y sus cenizas, sus cielos y sus infiernos, se le estaba escurriendo entre los dedos, convirtiéndose, segundo a segundo, en ausencia. Amanda, mujer amada. Erotismo convertido en amor y amor transmutado en erotismo. Su musa. La mujer no profanada.

Amanda se puso de pie y volteó. Asesinó la eternidad del momento. Quedó frente al escritor y lo miró fijamente. Casi de su estatura, aspirando su aliento, casi podía escuchar los latidos acelerados del corazón del hombre. Casi lo besa. Casi se enamora. Casi. Por poco. Del *casi* se deslizó hacia el *pero*, y dejó caer su cabeza sobre el pecho desnudo de Augusto. Lo abrazó con fuerza y, con sus labios recargados en el corazón del escritor, le susurró una palabra de siete letras: *gracias*.

36

Desde los abismos de su espíritu brotaban las aguas estancadas por su ahora diluida soberbia. Julio Esparza lloraba. En su adolorido pensamiento se repetía a sí mismo lo estúpido y arrogante que fue al intentar sacarle información a Mercedes Ortiz sobre el paradero de Amanda, lo idiota que resultó la idea de secuestrarla y llevársela con amenazas en su camioneta. Las espantosas imágenes del accidente se repetían una y otra vez en su adolorida conciencia. El forcejeó de Mercedes, él amagándola con la pistola, el estruendoso impacto y después la muerte rondando. Hubiera preferido que esta última se lo llevara a él. ¿Por qué Eufemia no lo previno? ¿Acaso no era adivina? ¿Por qué no lo vio en su esfera vítrea? Ninguna de esas preguntas tenía ahora sentido, pero entre lágrimas se las formulaba mentalmente como una forma de asimilar su destino. Julio Esparza, que nunca dependió de nadie para nada, ahora dependía de su esposa, de los enfermeros, de otros seres humanos, para todo. Mónica lo observaba desde su confortable silla. No hizo el menor intento de limpiarle el llanto de las mejillas. Eso lo haría sólo en caso de que un enfermero entrase en la habitación, o alguno de sus hijos se hiciera presente. Sacó la computadora portátil de su bolso y se dedicó a hacer compras por internet. Las tarjetas de crédito que Julio siempre le había negado estaban ahí, ordenadas sobre la mesa de servicio. Era muy sencillo el proceso: ingresar los dieciséis dígitos del plástico y después el código de seguridad que venía al reverso. Un click y listo. Hasta su domicilio llegarían las últimas novedades de Louis Vuitton y de Hermès. Navegando en esas largas horas de ocio hospitalario, acompañando a su incapacitado marido, estaba descubriendo lo entretenido que era el mundo digital. No podía comprender cómo había pasado tantas horas de su vida comiendo chocolates del Sanborns y viendo series televisivas que le encogían las neuronas y condicionaban sus conductas y sus hablares. Por primera vez en muchos años tenía planes. Se imaginaba en un fabuloso *resort* del Caribe mexicano atendida como princesa. Un musculoso y bronceado joven llevaría hasta su camastro un coctel preparado con jugos de frutas exóticas y licores dulces. Mientras ella se asoleaba cubierta de crema protectora con extractos de coco y escuchaba salsa, se olvidaría de su ayer de esposa insulsa y sumisa... y de que Julio estaba en su silla bajo los rayos del sol. Aprendería a jugar golf y asistiría a desfiles de moda; podría dormir a sus anchas en su recámara, sin arrumacos indeseados e imprudentes ni olores a tequila mezclados con los sudores de pieles extrañas.

Esa noche regresó a su domicilio a pernoctar, dejando a Julio en el hospital al cuidado del personal médico. Necesitaba un respiro y reír a carcajadas en la soledad de su aposento. Se preparó un vodka con jugo de piña y se metió bajo las cobijas. Encendió la televisión y con el control navegó por los múltiples canales de la programación. En su búsqueda captó la escena de una película de Roman Polanski, *Lunas de hiel*. Situada en un crucero de lujo, la historia relata cómo la vida de unos recién casados se enreda con la vida de otro matrimonio que lleva años de relación, este último formado por Óscar, que se encuentra postrado en una silla de ruedas, y Mimi, su voluptuosa y joven mujer. Por designios del destino, en la trama un accidente hace que Óscar vaya al hospital, y que Mimi geste una venganza tan cruel como el trato que ese hombre le daba y que a ella casi le cuesta la vida. Los oídos de Mónica escucharon extasiados el diálogo entre esos dos personajes:

—Tengo que darte dos noticias, una buena y otra mala —dice Mimi.

—Dame primero la buena —replica Óscar.

—La buena es que te has quedado inválido de por vida.

—¿Y la mala?

—Que yo voy a cuidarte.

Esa noche, Mónica, mujer ordenada y esclava de la agenda, anotó en su lista de actividades del día siguiente:

1. Comprar la película *Lunas de hiel*, de Roman Polanski.
2. Tirar a la basura la serie *Esposas desesperadas*.

Una sonrisa placentera se apoderó de su rostro. Apagó la lámpara y, sin tomar somníferos por primera vez en muchos años, se quedó profundamente dormida.

37

—Me siento culpable de la muerte de Mercedes —expresó Amanda con voz trémula.

—Si vamos a buscar culpables, me declaro el único —replicó Montemayor—. Si yo no hubiese perdido la inspiración ella no habría perdido la vida.

—¡No digas eso!

—Tú tampoco.

Con uno de sus largos y suaves dedos Amanda limpió una lágrima honesta que se fugó del ojo izquierdo del escritor. Estaban sentados uno al lado del otro en el confortable sofá de la biblioteca del departamento de Polanco. Augusto atrapó el dedo de la musa y lo trasladó de su ojo hacia su boca. Lo besó con dulzura. Ella lo retiró con brusquedad.

—¿Qué pasa, Amanda?

—Lo de siempre: lo que toco lo daño; por donde paso lastimo. Soy oscuridad.

—La conmiseración no es lo tuyo. No te va.

—¿Y qué es lo mío?

—Lo tuyo es precisamente lo contrario. La luz, eres fuego.

—Y tú eres el aire.

—¿Por qué el aire?

—Porque avivas el fuego.

—Ya te conocí en llamas. Ardías entera.

—No, Augusto, llegué a tu vida en cenizas. Tú soplaste, y me encendí de nuevo.

—No, Amanda, el que caminaba a tropezones por la oscuridad era yo, y llegaste a encender la llama que me iluminó una vez más. Pude ver con claridad lo que no veía, a pesar de tener ojos.

—Pero traje el infierno conmigo y jodí a Mercedes. Mi pasado me persigue.

—¿Y qué es el pasado? Una forma humana de experimentar el tiempo. Un sentimiento de anhelo a la evocación de recuerdos. Una añoranza o un olvido.

—También somos nosotros, Augusto. Tú y yo estamos a punto de convertirnos en pasado.

Augusto se puso de pie y buscó el control del aparato de sonido Bang & Olufsen. Regresó hacia el sofá, y con la mano extendida invitó a su musa a levantarse. La tomó con delicadeza por la cintura y la deslizó suavemente sobre la duela. Comenzaron a bailar. Uno pegado al otro. Los brazos de Amanda se enroscaron alrededor del cuello del autor. Los brazos de Augusto sintieron la pequeña cintura de la chica en su poder. La sensual voz de Patricia Kass cantaba:

Mon mec à moi
Il me parle d'aventures
Et quand elles brillent dans ces yeux
Je pourrais y passer la nuit
Il parle d'amour
Comme il parle des voitures
Et moi je le suis où il veut
Tellement je crois tout'c qu'il m'dit
Tellement je crois tout'c qu'il m'dit
Oh oui!

La pareja entró en ritmo. Sus cuerpos se perseguían sin esfuerzo. Sus respiraciones se transformaron en una. Sus pies descalzos acariciaban el piso de madera y sus miradas se ensamblaron. Sus labios cercanos y en contención suplicaban el contacto. Sus cuerpos experimentaron el placer que provoca la nula distancia entre dos almas que se desean. Se endurecieron las partes que tienden a endurecerse y se humedecieron las que tienden a humedecerse. Incluso sus ojos. La evasión acudió a sus miradas, el escritor dirigió su boca hacia el oído de la musa y susurró:

—Amanda, gracias por regresarme la inspiración perdida.

Detuvieron su danza; ella lo abrazó con devoción y sintió rabia. Una exasperación provocada por la impotencia de no saber sentir lo que Augusto sentía. De temer al amor y de amar al temor. Enroscada en el torso de Montemayor declaró:

—El final de la concepción de tu novela será el inicio de mi nueva vida. Mi día cero.

—Hace algunos años, caminando por Madrid, conocí una gitana que por dos euros me leyó el café. Me dijo muchas cosas que ahora no recuerdo, pero una se quedó grabada en mi memoria: la casualidad será uno de tus más valiosos tesoros —relató el escritor en tono evocativo.

—¿Y por qué lo recuerdas ahora, así de súbito? —preguntó la musa.

—Porque eres mi casualidad más venturosa. Si en este momento estuvieras tomando una taza de café, ¿qué crees que se leería en el fondo de tu taza? —preguntó Augusto, al tiempo que la abrazaba con la misma intensidad que ella.

—Que cuando escribas la palabra *fin* será mi principio. Mi renacimiento.

Augusto Montemayor besó la frente de Amanda. Se separaron y buscaron en lo cotidiano deshacerse del aturdimiento que les provocaba la cercana separación. La chica se dirigió a su recámara y el prosista se encaminó a su estudio para despojarse de la ropa y en calzoncillos refugiarse en la escritura. Su vocación fue su piadoso refugio ante la indefensión que sentía ante el amor. Esa mujer había sido capaz de confrontarlo con los espejismos de su existencia, con sus pasiones inexploradas, con el erotismo amoroso conocido hasta entonces por Montemayor en la creación literaria, pero jamás sobre su propia carne. Amanda lo había arrastrado hacia las llamas e hizo posible que ardieran sus más primitivos deseos, dando paso a las más sublimes sensaciones. Arremetió sobre el teclado de su computadora pariendo frases inhabituales, excepcionales, construcciones gramaticales que una tras otras iban dando forma al altar en donde, arrodillado, adoraría a su musa en la posteridad. Su obra maestra, su alabanza a la inspiración convertida en mujer.

Amanda, recostada sobre la espaciosa cama, leía por enésima vez las palabras vertidas en la nota que Montemayor le había entregado en el sobre. Se conmovió una vez más. También sintió de súbito incomodidad al estar ahí. Se imaginó al novelista escribiendo todo eso acerca del amor, despojado de su arrogancia y de su inmunidad emocional. Releyendo sus líneas, de repente lo percibió como un hombre capaz de amar. Como un hombre enamorado.

Y el temor se apoderó de ella.

38

La nueva novela de Augusto Montemayor se publicará el próximo mes de diciembre, anunció hoy la editorial Literatto, que ha confirmado haber cerrado un acuerdo para su edición con la recién fallecida Mercedes Ortiz, amiga cercana y ex representante del famoso escritor mexicano. Se ha mantenido un hermetismo respecto a la trama pero se rumora que será un fascinante relato en donde el cinismo, la ambición, la miseria moral y el amor se mezclan para delinear los personajes del aclamado autor. Literatto ha confirmado también el lanzamiento simultáneo en México, España, Sudamérica y Estados Unidos, además de que estará disponible su edición digital como el resto de la obra de Montemayor. "Me atrevo a decir que Augusto está escribiendo el libro más importante de su trayectoria literaria, es monumental y estoy segura de que sorprenderá a todos los lectores", declaró Mercedes Ortiz a este medio justo dos semanas antes de perecer en un accidente automovilístico.

Augusto Montemayor suspendió la lectura de la nota y cerró el periódico. Le dio un sorbo a su copa de vino y encendió un cigarro. Extrañó a Mercedes y sus consejos. Transitaron por los ojos de su corazón cientos de imágenes vividas junto a quien fuera su amiga, tutora, consejera, y familiar por elección. Repasar por el corazón lo que se siente por alguien es recordar. Mercedes ahora era uno de sus más valiosos recuerdos y estaba seguro de que si existía una vida paralela en donde las almas espían a los que se han quedado aún atrapados en el cuerpo vivo, estaría observando con agrado lo que estaba por terminar de escribir. También reiría divertida al saberlo enamorado. Augusto, el que abandonaba a su antojo lo que usaba y ya no consideraba de utilidad para sus fines, ahora se sentía como un bebé indefenso, cobijado por la manta del abandono. Se percibió a sí mismo en ese instante, revolcado sobre un piso tapizado de reminiscencias; los ojos de su corazón observaron a Amanda entrando por primera vez en su vida. Etérea, con vestiduras huracanadas, intrépida, inaudita. Entre disfraces prematuros, besos inesperados y con su desnudez profanada por el pasado, pero no por Augusto el hombre. Profanada por Augusto el escritor, cada noche en que la musa lo poseía a través de la inspiración. Aprendió a amarla desde otros cuerpos, desde deseos ajenos insertados como aguijones en su propia entrepierna. Aprendió a adorarla, arrodillado ante su sexo insaciable e incansable, profanado y jamás amado. Había probado el sabor de las entrañas de su musa con el dedo impregnado de su gloriosa humedad. Con ese mismo apéndice había golpeado las teclas de la computadora para hacerle el amor por medio de la palabra. ¡Claro que Mercedes Ortiz estaría divertida! Estaba tragando soberbia y aspirando ternura. Transformando sus demonios en dóciles arcángeles sobrevolando el firmamento de su musa, suplicantes de permiso para aterrizar en sus cabellos. Amanda, su mujer inspiración, sofisticada y a la vez dulcemente vulgar. Mujer luna, con un lado oscuro y misterioso, y otro lado luminoso e incandescente. Mujer en llamas. Resurgía de sus propias cenizas ante el mínimo golpe de aliento. De manera lúdica y perversa, inconsciente e insospechada, Amanda le había atravesado la piel hasta instalarse en los empolvados recodos de su ternura masculina jamás usados. Mujer casualidad, mujer azar, mujer misterio y mujer respuesta. El todo en un cuerpo de mujer. El todo que se marcha para dar paso a la nada.

La musa entró en el estudio interrumpiendo el angustioso pensar del escritor.

—Estoy empacando mis cosas, estás a nada de terminar tu novela.

El tono de la mujer era sereno y no reflejaba emoción alguna. Ni pesar ni euforia. Ni pena ni gloria. Montemayor tragó saliva. Apenas pudo. Sintió la boca seca.

—Por fin podré leer a Kundera, a Gala y a Miller con calma y página por página —continuó Amanda.

—Así es, imagino que primero leerás a Kundera —dijo Augusto aparentando sosiego.

—Definitivo, aunque no descarto leer los tres a la vez. Debo agradecerte que me hayas reavivado el placer por la lectura, que me hayas mostrado otros rostros del mundo, otra faz del universo.

—No tenemos que agradecernos nada, Amanda. Los dos nos hemos beneficiado de este encuentro. La casualidad y el azar han sido bondadosos con nosotros.

—No estoy del todo de acuerdo y lo sabes, Augusto. Para mí sigue presente la culpa por la muerte de Mercedes, es algo que anida en mi pensamiento y no puedo evitar sentirme responsable de que Julio la buscara para dar conmigo.

—Mercedes era una mujer de agallas, Amanda, no tenía miedo de ir a tientas en la oscuridad y estaba consciente de que cada día que se está vivo se corre el riesgo de morir. No digo esto para darte consuelo. Así era Mercedes, y no me extraña que no haya sentido miedo de Julio; Hilda ha sido clara cuando comentó que Mercedes sabía de su acecho, pero prefirió protegernos que acobardarse.

—Y eso le costó la vida. Lo que me ronda se jode, te lo he manifestado. Por eso siempre me alejo de lo que amo, porque le temo a mi lado tenebroso, ése que araña lo que yo abrazo.

Augusto guardó silencio. Tomó la botella y rellenó su copa de vino. Bebió para callar ese "no te alejes" que sostenía en su esternón. Ingirió un segundo trago para no prestarle su voz a la frase que se escribió en su pensamiento: "Mercedes murió por nosotros, y yo quiero que tú mueras, pero de amor por mí". ¿Desde cuándo la cursilería más severa se había apropiado de su pensar? ¿En qué momento desapareció su temor a sentirse ridículo por articular frases de historias rosas e insípidas? ¿Desde cuándo su erudición le permitió al remilgo merodear por su frases?

Recuperó la voz y, después de suspirar, reanudó la conversación.

—¿Te gustaría leer un poco de la novela que me has inspirado?

—No. Quiero esperarme y comprar el libro cuando esté publicado.

—¿Y me buscarás para el autógrafo?

—No lo sé, si el azar nos vuelve a reunir o la casualidad se repite, me consideraré afortunada, pero tal vez esté muy lejos.

—¿París? —preguntó el escritor ilusionado.

—Milán, Madrid, Buenos Aires... No lo sé. Lo cierto es que lo primero que haré al cambiar mi cheque será comprar un boleto de avión, aunque tengo que aceptar que siempre que sea posible regresaré a París.

—Y París siempre estará esperándote, de eso estoy seguro.

Amanda sonrió. Augusto también.

Ella abandonó el estudio para continuar empacando sus pertenencias y tenerlas listas para cuando el prosista escribiera "fin". En ese instante se marcharía y buscaría concebir un futuro impregnado de novedad y diferencia.

Él quedó empapado de nulidad. Levitando sobre el páramo que se formaba bajo sus pies.

39

Escribió la palabra *fin* y apagó la computadora. Suspiró y se puso de pie. Caminó en la penumbra de la habitación iluminada por una simple lámpara de piso. El hombre en calzoncillos había imaginado un sosiego profundo en su alma cuando tecleara esas tres letras. No fue así. En una acción paradójica encendió un cigarrillo para aspirar humo y abrió la puerta del balcón buscando aire fresco. Salió a observar. Encajó sus pupilas en el cielo y, entre la espesura compuesta de esmog y nubes, pudo adivinar la presencia lejana de posibles estrellas. Miró hacia abajo. El tráfico de las calles de Polanco era mesurado. La hora pico había pasado. Una nostalgia irreverente se esparció por su piel y la erizó. El tabaco le supo a melancolía y el aire de la Ciudad de México le pareció tóxico.

Extrañó a Augusto Montemayor el hombre libre, aquel sin pesadumbres en sus recovecos interiores, acostumbrado a asir y a soltar. Se extraña lo que no está y ese Augusto ya no estaba, ya no existía. El que se encontraba parado en ropa interior observando las millones de luces de esa urbe sin horizontes era un individuo esclavo de su metamorfosis. Un narrador padeciendo eso que los poetas llaman amor. Sus ojos enmarcados con espesas cejas masculinas y rebeldes estaban inflamados y húmedos; su abdomen, aquietando suspiros; y sus labios, apretados silenciando un gemido. Su única aliada era su espalda. Su espalda que lo protegía de lo que permanecía detrás. Atrás se hallaba su estudio; atrás del estudio, el pasillo; después del pasillo, la habitación donde dormía su musa. Si el escritor volteaba, regresaba al interior y atravesaba el salón, si recorría ese pasillo y entraba en la recámara y le decía a Amanda que había terminado la novela, ella se iría al amanecer. Se mantuvo de espaldas. Encendió otro cigarrillo y dirigió su vista hacia las calles, hacia el cielo, hacia la nada. No quería mirar el interior del salón. No quería darle la espalda al *afuera* para enfrentar lo que le esperaba *adentro*. Suplicó a ese instante la perpetuidad. Mendigó al tiempo la pausa. Se sentó a fumar en la tumbona del balcón. Hizo figuras con el humo. Sintió cómo una incontenible humedad se escapó de sus ojos y se deslizó por sus mejillas. Los suspiros que contenía su abdomen subieron por su pecho, recorrieron su garganta, llegaron a su boca, y de sus labios emergió una palabra con sonido de secreto, siete letras juntas convertidas en susurro: *quédate*.

Agradecimientos

Amanda cayó en los brazos de muchos antes de caer en manos de Augusto Montemayor. Esta historia ha sido posible contarla porque mis dedos sobre el teclado se alimentaban de las fantasías y anécdotas de apreciados lectores beta que cedieron su tiempo y vertieron piadosos o despiadados comentarios de mi novela. Gracias a Ana Barcena, Laura González, Majo Chávez, Katya D. y Oliva Flores, por su complicidad y entusiasmo. A mis brujas: Georgina, Graciela, Coco, Cecy y Gabriela, por sus pacientes lecturas en grupo, mientras arrojaban sobre el cazo las fantasías femeninas y memorias traviesas. Sus palmadas en mi hombro fueron oportunas en el trayecto de esta aventura. Gracias a Israel Mejía (mi querido *Pollo*), por sus comentarios lúdicos que me hicieron arriesgarme en algunos capítulos. Mi corazón en gratitud eterna para mi estimado doctor Eugenio Arroyo, que no sólo me orientó en cómo dejar parapléjico a Julio sino que ha cuidado de mis achaques físicos durante el proceso creativo (que por cierto fueron muchos). Gracias cariñosas a mi *Angelous* (Ángel Flores Torres), que desde su mente perversa y divertida ennumeró fallas y aciertos y estimuló mi creatividad. A mi querido *Ruidos*, Armando Ciurana, que con su seductora voz me echó porras y pacientemente leyó cada capítulo. A HJ, que avivó el fuego y encendió las cenizas de Amanda con sus aportaciones, que fueron un soplo inspirador. A Leo, que devoraba los capítulos y con sus anécdotas enriquecía mis líneas. Un agradecimiento especial a mi estimado Miguel Rodríguez Andreu, quien mientras yo escribía algunos capítulos de la novela en una habitación del Hotel Moskva, en Belgrado, se convirtió en un crítico implacable que me hizo reajustar ideas y rediseñar escenarios. Gracias José Francisco Hernández por tu acompañamiento y por creer en mi talento.

Gracias, Carlos Marcovich, por la crítica sarcástica y efectuosa, esa que vino de tus ojos adiestrados para contar historias en el encuadre.

Gracias, Thierry, por estar. Por el beso, por la caricia alentadora, la palabra justa y esa lectura devota, por la crítica amorosa y tu amor hacia mis alas cuando se abrían para iniciar el vuelo en esta nueva aventura. Gracias Rebeca, por ser mi inspiración perpetua.